SURPRIZĂ PE TERENUL DE GOLF

ROXANA NĂSTASE

*Cartea a patra
în seria
McNamara*

**SCARLET LEAF
2024**

© 2024 de ROXANA NASTASE
Toate drepturile sunt rezervate. Nici o parte din această carte nu poate fi reprodusă, stocată într-un sistem de recuperare sau transmisă sub nicio formă sau prin niciun mijloc fără permisiunea prealabilă scrisă a autorului, cu excepţia unui recenzor care poate cita scurte pasaje într-o recenzie care urmează să fie tipărită într-un ziar, revistă sau jurnal.

Toate personajele din această carte sunt fictive, iar orice asemănare cu persoane reale, în viaţă sau decedate, locuri sau evenimente reprezintă o simplă coincidenţă.

Atenţie!
Cartea nu descrie sistemul poliţienesc scoţian, deşi există unele asemănări.

Toronto, Canada

ISBN 978-1-990822-30-8

Pentru Andrei – un om corect şi, mai ales, un prieten foarte apropiat.

CAPITOLUL UNU

Impulsul de a-l sugruma pe Angus Murray devenise și mai puternic, iar omul se gândi că, probabil, o bâtă în cap ar fi fost calea cea mai rapidă și mai satisfăcătoare pentru a obține ceea ce își dorea. Oricum, se gândi el că, indiferent de metoda pe care ar fi ales-o, i-ar fi închis gura în cele din urmă, astfel oferindu-și liniștea mult dorită și binecuvântată.

Cu un gest brusc, Lachlan MacDonald își împinse pălăria spre spate și își șterse fruntea transpirată, aruncându-i, în același timp, o privire piezișă tovarășului său și clătinându-și capul cu consternare. Chiar dacă era foarte devreme în dimineața aceea, bărbatului i se făcuse deja lehamite.

Clar venise timpul ca cineva să pună capăt cârtelilor continue ale individului. Angus Murray se bucurase întotdeauna de reputația unui om posomorât, dar, din nefericire, odată cu înaintarea în vârstă, acesta devenise din ce în ce mai morocănos și insuportabil.

Murray, departe de a fi o persoană timidă, se plângea de orice mişca sub soare. Tot bombănea de când cei doi amici îşi începuseră obişnuita partidă de golf, astfel ducându-l pe prietenul său cu gândul la un urs ce se pomenise muşcat de o albină. Se părea că, în acea dimineaţă, cel mai mult îl supăra că MacDonald îi amintea de o bătrână cu artrită, acesta analizând fiecare lovitură pe îndelete, astfel făcându-l să piardă timp preţios.

Şi, evident, de altfel ca întotdeauna, lui Angus nu-i păsa defel că atitudinea lui îl scotea din minţi pe Lachlan, care îşi mai şterse o dată fruntea, încreţindu-şi buzele şi nasul de nemulţumire. Sprâncenele i se împleticiseră deja deasupra nasului gros, replica aproape fidelă a unui cioc, iar asta de ceva timp, cu mult înainte ca cei doi bărbaţi să fi ajuns la prima gaură.

Acum, când se apropiau de a douăsprezecea, MacDonald era deja epuizat mental şi tânjea după un loc la umbră unde să poată da pe gât o bere rece, să îşi scoată încălţările din picioare, iar mai apoi, să se întindă cu un oftat de mulţumire.

Din depărtare se auzea ecoul mai multor voci, ceea ce însemna că, în curând, iarba de pe terenul de golf va fi înţesată de jucători, iar MacDonald ştia că acest lucru îl va înfuria şi mai mult pe tovarăşul său.

Angus şi Lachlan se împrieteniseră undeva pe la începutul timpului, cu vreo şaizeci de ani în urmă, aşa că Lachlan îl cunoştea pe bătrânul irascibil chiar mai bine decât dosul palmei sale. În fond, chiar zilele trecute observase că o nouă pată maronie își făcuse apariția, iar Lachlan putea jura că nu o mai văzuse înainte.

După mai bine de patru decenii, timp în care se tot mulțumise să clatine din cap și să încerce să nu-i acorde prea multă atenție însoțitorului său, MacDonald ajunsese, în sfârșit, la capătul răbdării. Presiunea ce îi apăsa tâmplele amenința să erupă și resimțea cu intensitate acută impulsul de a-l insulta și el pe Murray la rândul său.

Cu o lovitură lungă, Angus trimise mingea aproape de tufișuri, iar o altă litanie de înjurături țâșni de pe buzele lui. Cu pași greoi, acesta o luă pe urmele mingiei înspre boschete, iar ajuns acolo, se aplecă în față, cercetând solul cu privirea atent, dar, după câteva secunde, se împletici în spate, nesigur pe picioare.

În urma reculului brusc, șapca îi zbură de pe cap, pentru a fi urmată, după aceea, de crosa aruncată la pământ, moment în care bărbatul începu și să scuipe cele mai urâte înjurături pe care le rostise vreodată.

De la o distanță sigură, Lachlan își aținti ochii măriți de uluială asupra lui, neînțelegând ce îl mai apucase acum. Știa el că nu era prima dată când Angus se găsea în situația de a-și juca mingea înțepenită în tufișuri.

Nu ar fi fost o lovitură ușoară, era adevărat, dar nu ar fi fost nici peste puterile lui. Doar era un jucător de golf desăvârșit. Ar fi fost și greu de imaginat contrariul după atâția ani de antrenament pe terenul de golf.

Lachlan păși în direcția prietenului său, cu gândul de a-l calma, dar, aproape imediat, spiritul său de conservare îl opri din drum. Angus trăda comportamentul unui nebun furios şi nu părea o idee prea înţeleaptă să se apropie de el chiar în acel moment.

Câteva clipe mai târziu, spre surprinderea lui, Angus îşi azvârli conţinutul micului său dejun de mai devreme în iarba rară care contura peticul de tufişuri şi nisipuri. Când îl izbi mirosul vomei, Lachlan îşi apăsă dosul mâinii peste buze, temându-se ca nu cumva să-i urmeze şi el exemplul.

Când nu-i mai rămăsese nimic în stomac, Angus îşi şterse gura cu mâneca, iar mai apoi îşi propti mâinile pe şolduri, clătinând din cap buimac, şi, trecându-şi degetele prin păr cu un gest nervos, se întoarse spre Lachlan.

— Ai nenorocitul ăla de telefon mobil al tău la tine, Lachlan? întrebă el, aţintindu-şi prietenul cu o privire neagră.

— Da, îi răspunse bărbatul după o scurtă ezitare, amintindu-şi fără nicio urmă de îndoială că Angus manifesta o neîncredere de nezdruncinat faţă de telefoanele mobile şi, în acea dimineaţă, el, unul, nu se mai simţea capabil să asculte încă o prelegere pe acel subiect din partea lui. Poate că la început subiectul îl amuzase, dar spectacolul se cam învechise după o vreme.

— Atunci arată-mi că ştii să-l foloseşti şi cheamă poliţia. E un mort acolo, îşi înclină bărbatul capul spre tufişuri cu o mişcare bruscă.

Timp de câteva secunde, Lachlan se holbă la el cu nedumerire, nesigur că i-a înregistrat cuvintele corect, şi abia atunci îşi dădu el seama că Angus se albise la chip, iar degetele îi tremurau pe şolduri.

Cu o oarecare reţinere, bărbatul făcu din nou doi paşi în direcţia prietenului său, în acelaşi timp, întorcându-şi urechea dreaptă înspre el. În ultima vreme, avusese unele pierderi de auz la urechea stângă şi acum trebuia să se asigure că nu-şi imagina lucruri.

— Ce vrei să spui? îl întrebă Lachlan pe Angus cu teamă, ştergându-şi fruntea asudată cu dosul palmei.

— Ceea ce tocmai am spus, amice, îi răspunse bărbatul pe un ton aprins, sprâncenele adunându-i-se pe frunte în timp ce îşi înclină din nou capul spre tufişuri. E un mort acolo. Cheamă naibii poliţia! ridică el tonul, licăriri de furie şi teamă strălucindu-i în ochii.

Angus recunoscuse cadavrul din tufişuri, chiar dacă acestuia îi lipsea cam jumătate de faţă. Aparent, cineva lovise decedatul cu sete şi nu se oprise până când nu se asigurase că a făcut o treabă a naibii de bună.

Bărbatul înghiţi în sec, iar gâtul i se uscă brusc. Nu avea niciun dubiu în legătură cu întrebările pe care i le va pune poliţia.

Nu fusese prea multă dragoste pierdută între persoana decedată şi Angus Murray, şi omul nu-şi făcea nici un fel de iluzii că oricine ar fi putut depune mărturie în acest sens.

CAPITOLUL DOI

James își umplu stacana cu cafea neagră și apoi își sprijini șoldul de marginea biroului, ochii zburându-i afară pe fereastră. Cu toate acestea, gândurile îi rămăseseră la agenda deschisă pe birou. Nimic important nu apărea pe ordinea de zi.

Deși nu prea mai avea el chef de altă ceașcă de cafea pe ziua aceea, absent, sergentul detectiv duse cana la buze, sorbind din lichidul fierbinte. Lucrurile se vădiseră un pic mai lente decât de obicei în vara aceea, iar plictiseala nu-l invita să facă altceva.

Mental, James calculă că McNamara ar fi trebuit să se întoarcă la serviciu a doua zi și, imediat, își trecu ochii peste obiectele din birou, suspinând consternat.

Sergentul detectiv își amintea foarte bine că inspectorului șef îi plăcea ca lucrurile să fie aranjate într-un anumit fel, iar James nu simțea nici cea mai mică dorință de a-și încheia socotelile cu viața atât de curând, găsindu-se abia la prima tinerețe. Nu simțea nici nevoia de a fi admonestat chiar în ziua în care şeful său se întorcea din luna de miere.

James clătină din cap, iar un zâmbet jucăuş îi curbă buzele. *Inspectorul şef* şi *luna de miere* erau cuvinte ce, în opinia sa, nu aveau ce căuta în aceeaşi propoziţie. El, unul, nu crezuse niciodată că McNamara va ajunge vreodată să se căsătorească şi era sigur că nici unul dintre colegii săi nu îşi imaginase aşa ceva.

Omul nu vădise niciodată vreo înclinaţie deosebită faţă de femeile care îi vizitau sporadic patul şi stăpânea talentul de a disocia orice fel de sentiment de actul fizic al iubirii.

În consecinţă, oamenii încă nu înţelegeau cum de Bryony reuşise să-l facă să îşi regândească principiile de o viaţă şi toţi îşi puneau întrebări privind metodele folosite de femeie pentru a-şi atinge acel scop. Scuturându-şi capul consternant, sergentul îşi aminti că îi ajunseseră la urechi şi anumite zvonuri care menţionau vrăjitoria.

Dar, indiferent de ce se întâmplase, inspectorul şef le demonstrase tuturor că ar trebui să evite să-şi formeze opinii definitive privind comportamentul oamenilor. Uneori, o persoană putea reacţiona în mod neobişnuit, astfel surprinzându-i pe ceilalţi atunci când aceştia se aşteptau cel mai puţin.

James ştia că nu îşi putea lăsa garda jos chiar atunci. Indiferent cât de mult l-ar fi înmuiat căsătoria pe McNamara, acesta tot nu ar fi trecut cu vederea anumite lucruri.

Să-şi vadă biroul altfel decât l-a lăsat la plecare l-ar fi scos din minţi şi, fără îndoială, James ar fi suferit consecinţele.

După câteva momente pline de anxietate, James îşi aduse aminte că se gândise să fotografieze biroul atunci când începuse să lucreze acolo, după plecarea inspectorului şef în prima sa vacanţă de două săptămâni din ultimii ani. Îşi imaginase el că lucrurile s-ar putea să fie mutate în acel timp şi nu avusese încredere în propria sa memorie.

Aruncând din nou o privire prin încăpere, bărbatul decise că, în acea seară, trebuia neapărat să se uite peste acele fotografii şi să pună toate lucrurile înapoi aşa cum le găsise.

Un ciocănit în uşa biroului îl determină pe James să uite de meditaţiile sale, iar omul se întoarse, rostind:

— Intră.

Jo, unul dintre inspectorii detectivi, deschise uşa, dar nu intră în încăpere, ci rămase în prag.

— Avem o crimă, James, anunţă ea cu emoţie în glas, iar bărbatului i se arcuiră sprâncenele pe frunte de uluială.

Sergentul înţelegea dorinţa oamenilor de a se menţine activi şi ştia că aceştia se săturaseră să împingă hârtii de colo-colo toată ziua, dar el tot nu putea concepe că cineva şi-ar fi arătat entuziasmul astfel la producerea unei crime.

— Înţeleg, răspunse el, îndreptându-şi umerii, pregătit să-şi spună părerea despre atitudinea femeii.

Mai apoi, însă, se gândi mai bine şi, dând din cap, o întrebă:

— Unde?

— Pe terenul de golf, răspunse tânăra inspectoare, cu o sclipire în ochi, semn că femeia savura gândul de a ieşi pe teren.

— În regulă, oftă James cu resemnare. Voi coborî imediat, făcu el un semn evaziv cu mâna. L-ai chemat pe medicul legist? o întrebă el, punându-şi ceaşca înapoi pe birou şi luându-şi haina de pe spătarul scaunului.

— Bineînţeles că da, îi răspunse femeia laconic, ofensată, având impresia că sergentul considera că nu ştia ce are de făcut.

La urma urmei, nu era primul ei spectacol în domeniu. Jo lucra deja de câţiva ani cu echipele de investigaţii majore şi se mândrea cu faptul că era unul dintre cei mai buni inspectori detectivi din domeniu. McNamara îi aprecia abilităţile şi munca şi, uneori, chiar mai mult decât a tuturor celorlalţi detectivi, ceea ce adesea ducea la gelozie şi recriminări din partea colegilor ei.

James se întoarse spre Jo la timp pentru a-i observa nemulţumirea faţă de cuvintele lui. Omul îşi flutură mâna încercând, în acelaşi timp, să îşi găsească cuvintele pentru a-i explica de ce pusese acea întrebare, dar, neştiind ce să spună, renunţă şi îşi strânse buzele, ridicând din umeri. În fond, nu prea conta, până la urmă. Aveau o treabă de făcut, iar el nu se putea poticni de câteva cuvinte, ci trebuia să se gândească la pașii următori.

— Vii? o întrebă el, ridicând o sprânceană condescendent, privind-o cu solicitudine.

Tânăra oftă, dar refuză să dea glas gândurilor sale. Se mulțumi numai să dea scurt din cap în direcția lui, privindu-l cu ochi reci pentru ca, apoi, să iasă din birou pe ușa pe care sergentul o deschisese și mai larg pentru ea.

James zâmbi cu sfială, clătinând din cap, considerând că femeilor le plăcea uneori să facă ditamai muntele dintr-un mușuroi de furnici, iar un bărbat nu avea altceva de făcut decât să se lase dus de val. Nu exista nicio cale de a ocoli situația.

O urmă pe Jo în sala comună a echipei, unde încercă să o localizeze pe Claire, tânăra polițistă cu care se întâlnea pe ascuns, nedorind ca cineva să afle de relația lor. Ochii i se îngustară ușor când îi observă absența din încăpere și, încruntându-se, se întrebă pe unde hoinărea aceasta. Veniseră împreună la secție în acea dimineață, iar el, unul, se așteptase să o vadă așezată la biroul ei.

— Hei, Mike, știi cumva pe unde a plecat Claire? îl întrebă James pe unul dintre inspectorii din încăpere.

Mike, care tocmai își punea haina pe el, se întoarse surprins.

— De unde să știu eu? răspunse detectivul cu o ridicare indiferentă din umeri. Nu e ca și cum aș ține-o sub observație.

O uşoară roşeaţă îi acoperi chipul şi gâtul sergentului când acesta înregistră sensul vorbelor detectivului.

James se străduise din răsputeri să nu-şi dezvăluie sentimentele ce le nutrea pentru Claire în faţa detectivilor, dar, spre dezamăgirea lui, uneori mai uita să se auto-cenzureze şi se dădea în spectacol.

— Mă întrebam doar dacă nu ar fi mai bine să o luăm cu noi, încercă bărbatul să-şi explice întrebarea şi să salveze aparenţele, iar Mike îi zâmbi cu subînţeles.

— Da, asta trebuie să fie, îi răspunse detectivul.

James scrâşni din dinţi observând rânjetul sugestiv de pe buzele bărbatului. I-ar fi plăcut să-i şteargă zâmbetul obraznic cu un dos de palmă bine ţintit, dar era conştient că un astfel de gest nu ar fi fost prea bine primit de superiorii săi, mai ales de McNamara. Sergentul era destul de înţelept şi nu-şi făcea iluzii că ar fi putut opri zvonurile să ajungă la urechile acestuia.

— Tu şi Jo veţi merge împreună, decretă el pe un ton sec. Eu o voi căuta pe Claire şi vă voi urma, continuă el, fixându-şi oţelul din priviri pe chipul detectivului, provocându-l să comenteze asupra relaţiei sa cu Claire.

Mike, însă, era suficient de inteligent pentru a nu muşca momeala. Omul se mulţumi să dea din cap, chiar dacă după aceea şi-l clătină imperceptibil, neînţelegând cum de sergentul putea fi atât de orb când venea vorba de oamenii din jurul său. James chiar credea că aceştia nu erau conştienţi de relaţia ce se înfiripase între el şi Claire, blonda micuţă care abia devenise detectiv în urmă cu câteva săptămâni, la recomandarea lui McNamara. Femeia îşi dovedise valoarea ca detectiv în ultimul lor caz important, când dejucaseră planurile unui grup de terorişti.

— Presupun că Jo a aranjat deja să fim urmaţi de câţiva jandarmi, adăugă James, pretinzând că nu i-a observat clătinarea capului.

Oricum, nu era ca şi cum ar fi putut articula gândurile ce-i treceau prin cap. Era adevărat că James fusese lăsat la conducere pe perioada lunii de miere a detectivului inspector şef, dar asta nu însemna şi că Mike ar fi reacţionat docil în faţa lui. De fapt, sergentul ar fi fost uluit dacă cineva i-ar fi spus că sensul acelui cuvânt îi era cunoscut detectivului.

— Asta a şi făcut, îi răspunse Mike pe un ton liniştit, dând încet din cap şi privindu-l pe James cu ochi indescifrabili.

Într-un fel, bărbatului îi părea rău pentru James. Detectivul putea înţelege foarte bine prin ce trecea sergentul. La urma urmei, şi el se juca cu focul în ceea ce o privea pe Jo şi spera că nimeni nu va ghici că formau un cuplu. Totuşi, compasiunea nu l-ar fi oprit din a-l tachina pe James dacă ar fi avut ocazia.

Nemaiştiind ce să spună, sergentul îşi strânse buzele şi îl ţinti pe Mike cu ochii săi albaştri şi limpezi încă vreo câteva clipe, pentru ca mai apoi să se întoarcă pe călcâie şi să părăsească biroul comun al echipei.

În spatele lui, Mike clătină din cap şi un zâmbet obraznic îi înflori din nou pe buze.

CAPITOLUL TREI

Sergentul coborî din maşină şi, mai apoi, sprijinindu-şi braţul de marginea superioară a portierei, privi în zare. Priveliştea ce se desfăşura în faţa ochilor săi merita, cu adevărat, să fie admirată, iar James clătină încet din cap, un zâmbet leneş trăgându-i în sus colţurile gurii.

Poliţistul trebui să admită că, încă o dată, Jo se întrecuse pe sine. Detectiva chemase la faţa locului întreaga echipă de criminalişti şi cel puţin alţi şase poliţişti.

De cealaltă parte a zonei blocate de panglica galbenă a poliţiei, mai mulţi bărbaţi, îmbrăcaţi în ţinuta obligatorie pentru golf, discutau între ei pe şoptite. Limbajul trupului lor le dezvăluia nu doar curiozitatea, ci şi nemulţumirea pentru că le fusese întreruptă atât de macabru distracţia pe terenul de golf.

Satisfăcut, James observă că doi jandarmi treceau de la un jucător la altul, luând notiţe. Se părea că Jo nu pierduse timpul şi îi pusese deja pe oameni la treabă.

Bănuia el că, în aproximativ o jumătate de oră, jucătorilor li se va cere să părăsească clubul, prezența lor fiind o pacoste pentru poliția care trebuia să își facă treaba. Oricum, dacă ar fi fost necesar să li se mai pună întrebări, James ar fi putut da de ei cu ușurință, folosind notițele pe care le luaseră jandarmii.

De altfel, lui, unul, nu-i prea păsa de consternarea iubitorilor de golf, ci dorea numai să se elibereze zona cât mai repede posibil pentru ca echipa de criminaliști să poată colecta probele.

Dincolo de banda galbenă, oamenii echipei de criminalistică se înghesuiau peste tot, căutând dovezi, și, de la distanță, creau un tablou suprarealist, populat de furnici bezmetice. Doar un ochi antrenat și-ar fi dat seama că exista o metodă în căutarea lor, iar James nu se aștepta la mai puțin de la ei. Oamenii își cunoșteau meseria și și-o făceau bine, în ciuda faptului că McNamara nu era acolo pentru a le tăbăci pielea.

Un surâs firav i se strecură sergentului pe buze, în ciuda aprehensiunilor sale cu privire la acel caz. Bărbatul nutrea speranța că, totuși, cu ajutorul celorlalți detectivi, avea șanse să rezolve crima aceea înainte ca inspectorul șef să fi aflat de ea.

James nu se simțea capabil să-l înfrunte pe McNamara fără ceva concret, iar în ultimele patruzeci și cinci de minute, îngrijorarea lui crescuse exponențial. El îl asistase întotdeauna pe McNamara, dar nu se găsise niciodată în situația de a conduce procedurile el însuși, așa că îi mulțumea cerului că Jo dădea dovadă de bune abilități strategice, ceea ce, poate, avea să îi salveze și lui pielea.

— Arată bine, se auzi vocea blândă a lui Claire din spatele lui.

Surprins, James se întoarse spre ea. Nu-și dăduse seama că și femeia coborâse din mașină. Aceasta se găsea deja lângă el, trecându-și privirile peste grupul de oameni din fața lor. Curiozitatea îi dansa în ochii căprui și mătăsoși, în timp ce degetele mâinii ei drepte se jucau cu nasturele de sus al bluzei sale.

Bărbatului i se uscă gura brusc așa că își umezi buzele febrile cu vârful limbii. Nu pentru prima oară îl uluia puterea pe care femeia aceea micuță și rotunjoară o avea asupra lui.

Cu o ușoară scuturare a capului, sergentul își îndreptă din nou privirea spre oamenii care mișunau pe terenul de golf, conștient brusc că își pierduse concentrarea asupra anchetei, iar el, unul, nu-și putea permite așa ceva, mai ales când umbra inspectorului detectiv șef se profila peste umărul său. Trebuia să se apuce de treabă dacă voia să evite orice mustrare.

— Da, așa este, recunoscu bărbatul, amintindu-și cele spuse de Claire, dar gândul că el ar fi trebuit să fie cel care să pună la punct acel plan de atac îi zăbovea în minte, zgândărindu-i simțul de vinovăție.

Sergentul era capabil să muncească cu dedicație, dar, știa că, de fapt, nu poseda abilitățile necesare pentru a planifica așa ceva și acel gând îl irita.

Cu un suspin lăuntric, James închise uşa maşinii cu mai multă forţă decât ar fi fost necesar şi tresări. Simţind ochii lui Claire aţintiţi asupra lui, ridică din umeri şi o porni spre tufişurile unde bănuia că se găsea medicul legist. Cu o scurtă fluturare a degetelor şi o mişcare a capului, o invită şi pe Claire să îl urmeze, dar nu se opri să se asigure că aceasta venea în urma lui.

Femeia păşi alături de el, aruncându-i priviri furtive. Ainsley se comporta puţin cam straniu de când părăsiseră secţia de poliţie şi părea chinuit de milioane de gânduri. Lui Claire i-ar fi plăcut să-l întrebe la ce se gândea, dar nu voia să pară intruzivă.

Din momentul în care deveniseră iubiţi, femeia se hotărâse să nu profite de relaţia lor şi, de aceea, nu îl strigase niciodată Ainsley în public. Îi folosea prenumele doar în gândurile ei şi în momentele lor cele mai intime, ceea ce părea să-i surâdă foarte mult şi sergentului.

După ce ajunse la banda galbenă, James îi făcu semn lui Jo să vină la el. Cu o scurtă mişcarea a capului, femeia îi dădu de înţeles că i-a perceput ordinul, dar tot mai continuă să vorbească cu Steven Gilchrist timp de câteva momente. Şeful echipei de criminalişti o asculta, clătinându-şi capul cu nerăbdare din când în când, iar amuzamentul îi ridică lui James colţurile gurii. Steven nu părea să aprecieze deloc cererile detaliate pe care Jo le considera necesare. La urma urmei, bărbatul făcuse slujba aceea de mult mai mulţi ani decât şi-o făcuse detectiva pe a ei.

Chiar dacă piciorul său bătea cu nerăbdare în pământ, James nu interveni deloc, ci, pur şi simplu, îşi băgă mâinile în buzunarele pantalonilor şi încercă să-şi stăpânească surâsul ce i se înghesuia pe buze în ciuda eforturilor sale.

Când isprăvi cu prezentarea aşteptărilor sale, Jo îl plesni pe Steven peste umăr satisfăcută şi se îndreptă spre sergent cu paşi grăbiţi. În spatele ei, o încruntare îi contorsionă trăsăturile expertului criminalist, iar James abia îşi stăpâni amuzamentul.

— Ce ai aflat? o întrebă James fără să o privească direct, ochii lui trecând peste oamenii din echipa de criminalişti, ocupaţi cu perierea atentă a terenului pentru a nu trece peste nici o fărâmă de evidenţă.

Sergentul nu se îndoia că Jo descoperise deja ceva. Ştia el că detectiva era un adevărat as când venea vorba despre munca sa.

— Ei bine, avem un cadavru în tufişuri, arătă Jo spre locul unde James avusese impresia că îl văzuse pe medicul legist mai devreme. Bătrânul care ne-a sunat nu a minţit. Cineva l-a lovit pe decedat cu o bâtă sau cu o crosă de golf peste cap şi în faţă, continuă femeia cu nonşalanţă. Aş merge totuşi pe varianta crosei de golf, având în vedere locul în care ne aflăm, ridică ea din umeri din nou, fluturându-şi mâna într-un cerc larg pentru a cuprinde întregul teren de golf.

— S-ar putea să ai dreptate, o aprobă James cu o mişcare scurtă a capului, detectivul îndoindu-se că cineva s-ar fi obosit cu o bâtă când crosele de golf se găseau acolo din abundenţă.

— Avem vreo idee cam cine ar fi victima? o întrebă el pe Jo.

— Da, asta nu este o problemă, dădu femeia din cap zâmbind. Ucigaşul i-a zdrobit craniul bărbatului şi i-a distrus faţa, dar i-a lăsat cartea de identitate. Nu cred că intenţia lui a fost să ascundă identitatea victimei, îşi clătină ea capul, pianotând absentă cu degetele pe coapsă. Presupun că a vrut doar să se răzbune. Se pare că cineva chiar îl ura de moarte pe acest om, îşi strânse ea buzele posacă, strâmbând din nas de neplăcere. Atacul pare să fi fost feroce, iar ucigaşul nu s-a oprit până nu şi-a potolit setea.

— Deci, cine e victima? întrebă James printre dinţii strânşi.

Deşi şi-o dorea, sergentul nu poseda îndrăzneala lui McNamara de a-i cere femeii să nu se abată de la fapte cu povestirea ei. Lui Jo îi plăcea să distreze trupele cu părerea ei despre orice afurisit de lucru ce îi trecea prin cap.

— Îl chema Peter Walsh, citi Jo din carnetul ei pe un ton indiferent, ca şi cum nici nu i-ar fi înregistrat reproşul.

James strânse din nou din dinţi, privind-o cu nemulţumire, dar Jo părea mai degrabă neimpresionată de exasperarea lui, iar el îşi strânse buzele cu amărăciune, înregistrându-i nepăsarea. I-ar fi plăcut ca, măcar o dată, unul dintre inspectorii detectivi să îl ia în serios.

— Vreun martor? se gândi el să o întrebe, în speranța că, măcar așa, femeia îi va putea da niște răspunsuri clare.

Experiența îl învățase că Jo îl putea conduce într-o goană veselă pe pajiște dacă o lăsa să se descurce singură cu relatarea ei, așa că spera că niște întrebări la obiect ar putea totuși să rezolve problema și să le economisească tuturor ceva timp.

— N-aș spune chiar martori, clătină ea din cap, iar un zâmbet ușor îi curbă buzele rozalii.

Nu era prima dată când sergentul remarca acele buze pline. James știa că majoritatea bărbaților din echipă erau înnebuniți după acea femeie, dar, pe el, unul, acea febră nu îl prinsese niciodată. Era adevărat că Jo trăda o frumusețe ieșită din comun, cu ochii ei albaștri, palizi și transparenți, și cu părul ei roșcat și cârlionțat, dar el considera că frumusețea acesteia pălea alături de cea a lui Claire și nu înțelegea cum de ceilalți din echipă nu își dădeau seama de aceasta.

— Dar îi avem pe cei care au găsit cadavrul, continuă detectiva, nebănuind direcția gândurilor lui.

Femeia își înclină ușor capul, indicând doi bărbați trecuți de vârsta a doua, care se țineau mai la o parte, la vreo zece centimetri dincolo de cealaltă parte a benzii galbene.

James își îndreptă privirile cu curiozitate asupra așa-zișilor martori, care arătau ca orice alt scoțian bătrân, a cărui singura rațiune de a trăi părea să fie golful.

Deşi el unul nu le înțelegea motivul, sergentul nu se îndoia că cei din jur își luau jocul în serios. Moştenirea sa galeză ar fi trebuit să-l împingă şi pe el să arate ceva înclinare spre acel hobby, dar microbul acela îşi ratase ținta cu el.

— Unul dintre ei şi-a pierdut micul dejun chiar acolo, arătă Jo spre linia tufişurilor. Celălalt spune că nu a aruncat mai mult de o privire spre cadavru, îl mai informă ea. Primul pare puțin cam morocănos, dacă înțelegeți ce vreau să spun, adăugă ea, iar în ochii îi dansară luminițe jucăușe.

— Ai vorbit deja cu ei? o întrebă James, strângându-şi mâna dreaptă în pumn, simțindu-se înşelat în aşteptările sale.

De obicei, James punea toate acele întrebări preliminare şi era al naibii de bun la aşa ceva, chiar dacă el însuşi era cel care o afirma. Să vorbească cu oamenii şi să-i facă să-i spună anumite lucruri reprezenta abilitatea sa de căpătâi. Gândul că detectiva deja îi interogase pe cei doi îi stârnise gelozia, mai ales că, până în acel moment, el cam eşuase în construirea unui plan solid pentru anchetă.

— Nu chiar, clătină femeia din cap. M-am gândit că ți-ar plăcea să o faci tu. În fond, tu ştii să conduci aceste interviuri mai bine decât mine, explică ea ridicând din umeri. În plus, cred că talentele mele ar fi mai bine folosite dacă aş observa scena crimei în timp ce experții criminalişti lucrează, îşi flutură ea mâna, în timp ce ochii îi săgetau încoace şi încolo pentru a-i monitoriza pe cei de pe teren.

Acele cuvinte rostite cu neglijenţă îi încălzirăinima sergentului. Acum, îşi aduse el aminte de ce o plăcea el pe Jo de cele mai multe ori. Tânăra femeie avea momente când îşi dezvăluia empatia cu adevărat.

Iureşul de recunoştinţă aduse culoare pe chipul lui şi bărbatul îşi feri ochii pentru ca femeia să nu citească prea mult în ei.

— Mulţumesc, Jo. Ai dreptate. Cred că ai putea observa scena crimei mai bine decât mine, o aprobă el dând din cap, privind-o furtiv, pentru ca după aceea să îşi ascundă din nou ochii de privirea intrigată a colegei sale, temându-se că aceasta ar putea să-i citească uşurarea.

— Ei bine, atunci vă las pe voi să vă ocupaţi de acei doi cârcotaşi, privi Jo de la James la Claire şi înapoi, cu un zâmbet subţire, semn că întâlnirea ei anterioară cu cei doi martori nu decursese tocmai bine.

Jo niciodată nu-şi cântărea cuvintele cu atenţie, iar cei doi bărbaţi se dovediseră destul de neplăcuţi.

— Bun, vă doresc noroc, spuse ea din nou, dând din cap decisiv şi îndreptându-se spre Steven Gilchrist, dar, după nici doi paşi, murmură ca pentru sine: *Veţi avea nevoie de el.*

Nu avea nici o intenţie să-l avertizeze pe James de ceea ce îl aştepta, temându-se că sergentul o va chema înapoi să participe la interviuri.

În ciuda precauțiilor sale, cuvintele ei tot ajunseră la urechile sergentului, iar sprâncenele acestuia i se arcuiască pe frunte. Omul se temea că discuția anterioară a detectivei cu cei doi bătrâni nu prea era de bun augur pentru viitorul său interviu cu ei.

CAPITOLUL PATRU

— Vrei să te însoțesc la interviuri? îl întrebă Claire pe James cu uluială, în timp ce o urmărea pe Jo avansând pe terenul de golf.

Proaspăta detectivă se așteptase ca, până atunci, sergentul să o fi trimis deja cu Jo sau să o fi rugat să se alăture echipei de criminaliști și să ia notițe.

Nu se temea ea de cei doi bărbați posaci, care așteptau nerăbdători mai la o parte să li se pună mai multe întrebări, așa cum le ceruse Jo mai devreme. Claire se îndoia însă că James ar fi vrut-o alături de el. Observase deja că acesta făcea tot posibilul să se disocieze de ea, sperând că, astfel, nimeni din echipă nu ar fi speculat asupra relației dintre ei doi.

Cu un zâmbet firav pe buze, tânăra femeie clatină imperceptibil din cap. Nu avea nici o îndoială că Ainsley pur și simplu se amăgea nutrind speranța că inspectorii nu aveau habar de activitățile lor extra curriculare, dar cum nu dorea să-i spulbere omului iluziile, îl lăsa să creadă ce voia. De altfel, se părea că atitudinea ei îi liniştea bărbatului orgoliul, iar ea nu avea nici cea mai mică intenţie să-i distrugă convingerile.

— Da, răspunse sergentul. Este normal să îl rugăm pe cel mai nou inspector detectiv din echipă să asiste la interviuri. Aşa se învaţă, mai aruncă el peste umăr şi o porni spre cei doi martori, lăsând-o în urmă pe Claire, care îl fulgeră cu ochii îngustaţi.

Cuvintele lui o răniseră. Dacă nu ar fi ştiut că James nu era maliţios, Claire i-ar fi spus verde în faţă ce părerea avea despre declaraţia lui.

Era adevărat că abia devenise inspector, dar lucrase deja cu detectivii şi îşi dovedise valoarea de fiecare dată. Se îndoia că McNamara ar fi insistat pentru promovarea ei dacă lucrurile ar fi stat altfel. Inspectorul şef nu dădea nici o ceapă degerată pe oamenii incapabili să-şi facă treaba după regulile lui.

Oricum, Claire nu avea nevoie de milă sau de favoruri din partea nimănui. Ştia că muncise din greu pentru a ajunge acolo. Cu acel gând minte, inspiră şi expiră prelung, încercând să-şi calmeze furia. Ştia că oricum nu-i va trece supărarea cu uşurinţă. I-o va plăti ea lui Ainsley cu vârf şi îndesat mai târziu, dar ancheta nu era locul potrivit pentru a-şi spăla rufele murdare.

Dintr-o dată, James se opri din mers şi Claire, care, pierdută în gândurile ei, mergea cu hotărâre în spatele lui, mai că îl cosi la pământ.

— Ce faci? îl întrebă femeia pe un ton nedumerit, sprijinindu-se cu o mână pe umărul lui pentru a se echilibra.

— Cred că ar trebui să vorbesc mai întâi cu medicul legist, îi explică sergentul şi, fără să o mai bage în seamă, îşi schimbă direcţia spre tufişurile care adăposteau victima.

Lui James îi venea să se pălmuiască pentru prostia sa. Nu-i venea să creadă că uitase o sarcină atât de importantă.

De obicei, McNamara se ocupa de discuţia cu medicul legist şi, prin urmare, acea acţiune nu reprezenta un act reflex pentru sergent. Dar cum acum acţiona în locul inspectorului şef, trebuia să aibă grijă să nu sară peste niciuna dintre acţiunile pe care acesta le-ar fi făcut în mod obişnuit.

Bineînţeles că da, îşi dădu Claire ochii peste cap în spatele lui. Femeia îi înţelegea nevoia de a excela în acea investigaţie, dar se temea că bărbatul o cam luase pe o cale greşită.

Claire îl urmă pe James în direcţia medicului legist abia după ce îşi potoli furia. Când îl ajunse din urmă, James îl salutase deja pe doctor, David Stewart, şi se interesa de cadavrul care fusese sigilat într-un sac de plastic, gata să fie transportat la morgă.

— Este o zi prea frumoasă pentru o crimă atât de oribilă, menţionă Stewart, ridicându-se în picioare, ţinându-şi geanta medicală în mână.

— Da, aşa este, îl aprobă James dând scurt din cap, tristeţea strălucindu-i în ochi. Aveţi ceva să ne spuneţi? îl întrebă el pe medicul legist.

David Stewart ridică din umeri, arătând spre sacul ce adăpostea cadavrul:

— Nu cred că vor fi prea multe surprize aici, dar, bineînțeles că voi efectua și ancheta post-mortem.

— Vorbiți despre cauza decesului? se încruntă James, nefiind foarte sigur cum să ia cuvintele medicului legist.

— Păi despre ce crezi că vorbesc, băiete? îl privi doctorul încruntat. Bineînțeles că vorbesc despre cauza morții. Este evidentă cu ochiul liber. Cineva l-a omorât pe amărâtul ăla cu o crosă de golf, îi explică el cu asprime. Rămâne un singur lucru, totuși. Omul a băut ceva înainte de a fi bătut până la moarte, se gândi el să menționeze. Nu știu dacă era beat sau nu, dar voi afla, îl asigură el pe sergent.

— Aveți vreo idee când a avut loc crima? îl întrebă acesta.

— Da, am o idee generală, băiete. Aș spune că nu mai devreme de cinci sau șase ore în urmă și nu mai târziu de o oră și jumătate sau două ore, mai mult sau mai puțin. Mă îndoiesc, însă, că omul și-a întâlnit creatorul după ora cinci și jumătate dimineața, își strânse el buzele, cu o lumină contemplativă în ochi.

— Să contez pe raportul dumneavoastră mâine dimineață? îl întrebă sergentul cu speranță în glas.

Stewart clătină din cap.

— Nu, nu ar trebui să te aștepți să-l ai așa devreme. Cel puțin, nu de dimineață, băiete. Dar cred că s-ar putea să ți-l pot pregăti pentru mai târziu, după-amiază, îl plesni el peste umăr, iar mai apoi, se întoarse să plece, făcându-i semn asistentului său să încarce cadavrul în ambulanță. Era să uit, se lovi el mai apoi cu palma peste frunte. Vezi că i-am dat cartea de identitate a victimei lui Jo. Apropo? Când trebuie să vină McNamara? se întoarse el acum complet spre James.

— Poimâine, poimâine cel mai curând, dar nu se știe niciodată, ridică din umeri sergentul.

Doctorul chicoti și clătină din cap.

— Nu, nu ar fi exclus să vină la secție mai devreme.

De asta se temea și James. Trebuia să se grăbească să se întoarcă la secție și să pună biroul la punct. Auzindu-și temerile exprimate de altcineva, îl șocase.

— În regulă, băiete. Ne vedem atunci probabil mâine după-amiază, își flutură doctorul mâna, plecând mai apoi fără să mai arunce o privire în urmă.

James își aținti privirile pe silueta medicului legist care se îndepărta, dar mintea lui era în altă parte. Pentru o clipă, sergentul nu mai știa ce trebuia să facă. Gândul că McNamara ar putea reveni la birou atât de devreme în anchetă îi răpise abilitatea de a raționa.

Claire întinse mâna și îi atinse brațul. Bărbatul părea oarecum pierdut, iar toate gândurile ei de răzbunare zburară pe fereastră.

— Ești bine? îl întrebă ea pe un ton scăzut.

— De ce n-aș fi? îi scutură el iritat mâna de pe brațul lui, iar mai apoi mărșălui spre locul unde știa că se găseau martorii lor.

James nu avea nevoie de compasiunea ei în acel moment. Cu toate acestea, inima îi tresări când își dădu seama că gestul lui ar fi putut să o rănească.

Nu era o dimineață prea bună pentru el sau, poate, spectrul sosirii lui McNamara era mai mult decât putea suporta el în acel moment. Nisipul de sub tălpi îi îngreuna înaintarea, iar James înjură în sinea lui, continuând îndârjit pentru ajunge mai repede la porțiunea cu iarbă.

Claire privi după el preț de câteva clipe și apoi, negăsindu-și cuvintele, clătină din cap. Mândria nu se dovedea niciodată un bun tovarăș de pat, dar femeia renunță să mai spună ceva și decise să-l lase pe James să culeagă ceea ce a semănat. Era a doua sau a treia oară în acea zi când o insulta într-un fel sau altul.

Ea înțelegea că omul voia să-și demonstreze valoarea în fața lui McNamara, însă asta nu însemna să îi desconsidere sau ignore pe ceilalți. Mai mult decât atât, Claire avea și ea mândria ei și știa că James va avea nevoie de ajutor divin dacă femeia își atingea limita.

CAPITOLUL CINCI

Încă năucită de atitudinea insensibilă a sergentului, Claire îi calcă pe urme, știind că nu putea refuza ordinul acestuia de a participa la interviurile cu martorii. Din păcate, până la întoarcerea lui McNamara, James era șeful.

În curând, cei doi martori ajunseră în linia ei vizuală, iar Claire se întrebă de ce li se permisese celor doi bărbați să stea împreună. Jo nu ar fi trebuit să facă o asemenea greșeală. Un detectiv nu avea voie să lase martorii să se pună de acord înainte de un interviu.

Claire se grăbi să-l ajungă din urmă pe James, hotărâtă să-l întrebe de ce nu-i menționase acel lucru lui Jo.

— Hei, James, se apropie de el, oarecum gâfâind. Nu ar fi trebuit ca cei doi bărbați să fie ținuți separat?

— Bineînțeles că ar fi trebuit, îi răspunse James cu asprime. Acum, însă, este prea târziu să mai facem ceva în privința asta, dar nu-ți face griji, voi avea eu un cuvânt cu Jo mai târziu la birou, o asigură el fără să se oprească din mers.

Femeia aruncă o privire furișă spre chipul lui, iar încruntarea lui o ului. Îi păru rău pentru Jo, dar numai pentru o clipă. La urma urmei, aceasta ar fi trebuit să știe mai bine ce avea de făcut. Oricum, inspectoarea ar fi trebuit să-i fie recunoscătoare sergentului că nu i-a atras atenția asupra greșelii sale cu atâtea urechi în preajmă.

James îi salută pe cei doi martori și le strânse mâna, iar, mai apoi, le-o prezentă pe Claire. După aceea, îi invită pe una din terasele clubului de golf, pentru a lua loc și sta de vorbă.

Odată ajunși în zona cu mese, sergentul îi făcu semn lui Lachlan să se așeze cu el la o masă, iar, apoi, îl rugă pe Angus să aleagă o altă masă la umbră, sfătuindu-l să bea ceva și să-și potolească setea în timp ce el îl intervieva pe prietenul său.

Dându-și seama de realele intenții ale polițistului, Angus se încruntă și, fluturându-și mâna supărat, o porni spre celălalt capăt al terasei. Nu mai era el în floarea tinereții de multă vreme, dar creierul îi rămăsese la fel de ascuțit ca întotdeauna. Înțelegea el motivele sergentului, dar asta nu însemna și că trebuia să-i placă ceea ce se întâmpla.

Sprâncenele i se împletiră deasupra ochilor în timp ce se îndrepta cu pași greoi spre celălalt capăt al terasei. Impulsul să se întoarcă și să arunce o privire pe furiș către cei doi bărbați îl înghiontea, însă nu îndrăzni să-și sfideze soarta.

Omul se temea de ce ar fi putut prietenul său să-i divulge sergentului. Dacă ar fi știut dinainte ce va spune acesta, ar fi putut și el încropi o poveste plauzibilă.

Amicul său nu se uitase la cadavru, așa că nu știa cine era victima, dar, dacă polițistul i-ar fi dezvăluit numele acesteia, Lachlan s-ar fi simţit obligat să dezvăluie duşmănia pe care Angus o nutrise pentru decedat.

Atunci, lucrurile s-ar fi precipitat rapid, iar lui Angus i-ar fi fost greu să explice totul, mai ales prezenţa lui la locul faptei. Obiceiul lui de a juca golf acolo de cel puţin trei ori pe săptămână nu i-ar fi salvat gâtul dacă sergentul nu ar fi găsit un alt ţap ispăşitor pentru crimă.

În timp ce lua loc pe scaunul de lângă James, Claire îl urmărea pe Angus pe sub gene. Paşii lui îi dezvăluiau frământările, iar ea se întrebă ce putea să-i treacă bărbatului prin minte.

Era sigură însă că Angus cunoştea victima, iar ceva în legătură cu acea crimă îl speria de moarte. Omul încercase să îşi acopere frica evidentă cu gesturi îndrăzneţe şi cu priviri mânioase, dar femeia o observase în ochii lui când acesta înţelesese că James nu intenţiona să-l interogheze pe MacDonald în prezenţa lui.

CAPITOLUL ȘASE

— Claire? o strigă James după ce își clăti vocea de câteva ori.

Femeia părea pierdută în gânduri în loc să fie atentă la interviu. Două perechi de urechi erau mai bune decât una singură, și de aceea o rugase să îl însoțească.

James știa că avusese și un alt motiv pentru a-i cere compania la interviuri, dar nu-i prea surâdea să îl analizeze, așa cum nu avea niciun chef să zăbovească asupra felului în care reacționase de-a lungul acelei zile.

Auzindu-și numele, Claire își îndreptă rapid ochii plini de întrebări spre el.

— M-am gândit că ar fi mai bine să începem interviul, rosti James pe un ton aspru, înclinând ușor capul spre Lachlan MacDonald.

Bărbatul părea să trepideze de nerăbdare. Dimineața aceea îl încercase nespus, iar toate resursele sale de toleranță se cam epuizaseră.

Claire remarcă linia aspră a gurii bătrânului, precum şi furtuna din ochii lui. Angus nu-i lăsase impresia că ar fi fost un om cu care cineva s-ar fi simţit înclinat să petreacă prea mult timp, aşa că se întrebă care era secretul prieteniei dintre el şi Lachlan, dacă într-adevăr exista o astfel de relaţie între cei doi. Simţind însă privirea lui James asupra ei, tânăra femeie se mulţumi să dea din cap, scoţând un carneţel din buzunar.

Nu ştia de ce se comporta sergentul în felul acela, dar îi era clar că ei, una, nu prea îi plăcea atitudinea lui. Bănuia ea, însă, că va avea timp să-i pună întrebări în seara aceea dacă ar mai fi fost dispusă să ia cina cu el, aşa cum discutaseră în acea dimineaţă, deşi se cam îndoia. Omul o enervase prea mult până atunci ca să-i mai pese de explicaţiile lui.

Totuşi, în acel moment erau la muncă şi trebuiau să îşi respecte rolul. Claire înţelegea asta, chiar dacă asta nu însemna şi că trebuia să-i placă ceea ce se întâmpla. Bărbatul dovedea o lipsă teribilă de tact, când, de fapt, era bine cunoscut pentru simţul său diplomatic.

— Deci, domnule MacDonald, cunoaşteţi victima? îşi începu James interviul după o altă scurtă privire aruncată înspre Claire.

Omul avea sentimentul că ceva nu mergea exact aşa cum îşi dorea, iar asta îl îngrijora. Tânăra părea senină, dar el o cunoştea mai bine decât atât. Observase deja supărarea sclipind în ochii femeii, precum şi linia strânsă a buzelor ei. Nu se îndoia că, mai târziu, în cursul serii, ea îl va face probabil să plătească pentru ceva.

— N-aș putea spune, Lachlan MacDonald clătină din cap, apoi, în nici două secunde, înghiți toată apa din paharul pe care îl avea în mână.

— Și de ce nu? întrebă James fără inflexiune în voce, cercetând trăsăturile bărbatului mai în vârstă.

— Nu știu cine este biata victimă. Nu m-am uitat deloc la cadavru, își mai scutură bătrânul capul încă o dată, ștergându-și, mai apoi, buzele cu degete tremurânde. Am văzut că Angus a început să vomite, așa că nu m-a mai interesat nimic altceva decât să pun o distanță cât mai mare între mine și tufișurile acelea, le explică Lachlan, înclinând capul în direcția generală a medicului legist.

James îi urmări mișcarea cu privirea și observă că doctorul se întorsese și îi oprise pe asistenții de la morgă pentru a re-examina partea superioară a decedatului.

Detectivul se întrebă cât va mai dura acea examinare. Părea evident că victimei îi fusese zdrobit craniul și nu era nevoie de un savant pentru a determina cauza morții. Polițistul nu înțelegea de ce unii oameni preferau să facă totul cât mai dificil.

— Oh, deci nu v-ați uitat la cadavru, dădu James din cap cu înțelegere. Presupun că priveliștea nu era tocmai potrivită pentru cei cu un stomac sensibil, adăugă el cu ironie, sperând să stârnească o reacție specifică în bărbatul din fața lui.

Claire, surprinsă de cuvintele lui, îi aruncă o privire piezişă. Atitudinea bărbatului din acea zi devenea din ce în ce mai ciudată, iar asta o îngrijora mai mult decât comportamentul lui faţă de ea. Acela nu era James pe care îl cunoştea ea.

Sergentul îi remarcă privirea scrutătoare, dar nu reacţionă. Observase el că, uneori, oamenii ofereau răspunsuri interesante atunci când se simţeau încolţiţi. De obicei, lăsa partea asta în seama lui McNamara, dar acesta era absent în acel moment. Cineva trebuia să-i ia locul, şi cum el era acel cineva, înţelegea să se ridice la înălţimea sarcinii sale.

Lachlan îl biciui cu ochii mânioşi. Nu-i prea surâdeau presupunerile poliţistului, aşa că îşi îngustă ochii, răspunzând pe un ton tăios:

— O fi adevărat că nu-mi place să zăbovesc cu privirea asupra unui cadavru, dar asta nu înseamnă că sunt laş, tinere.

James îşi arcui sprâncenele uluit. Se aşteptase el la o reacţie, dar nu se gândise că omul îşi va urla indignarea fără să ţină cont de urechile care abundau în jurul lor.

— Nu am avut intenţia să arăt lipsă de respect, încercă James să îl liniştească, dar Lachlan refuză să îi accepte scuzele.

— Ba da, ai vorbit serios, amice, i-o întoarse bătrânul, scuturându-şi capul, sprâncenele sale stufoase împletindu-se deasupra ochilor. Dacă ai întrebări de pus, pune-le. Îţi voi da răspunsuri directe. Dar nu te juca cu mine, îl avertiză Lachlan cu severitate, aţintindu-l cu ochii cenuşii furtunoşi.

James îl aprobă cu o clătinare a capului, dar continuă să-l privească cu atenţie. Bătrânul se dovedise beligerant, dar asta nu îi schimbă sergentului părerea pe care şi-o formase despre el.

— Avem motive să credem că numele victimei este Ian Walsh, îl informă James pe Lachlan, lăsându-se pe spate în scaun.

Chipul poliţistului trăda o atitudine lipsită de griji, acesta intenţionând să-l inducă în eroare pe intervievat, dar sergentul era departe de a fi calm. Încolţit de o irascibilitate necunoscută, bărbatul se simţea bântuit de chipul rău prevestitor al şefului său.

— Ian Walsh, murmură absent Lachlan, acesta ridicându-şi degetele tremurânde la gură pentru a-şi şterge buzele, iar ochii lui cercetară orizontul, părând să vadă acolo, în depărtare, toate răspunsurile cerute de James.

— Îl cunoaşteţi pe Walsh, conchise detectivul sergent, aplecându-se uşor în faţă, ochii lui nepărăsind trăsăturile bărbatului.

Sergentul îi observase detaşarea vagă şi voia să-l scuture pentru a-l readuce înapoi la conversaţia lor.

Lachlan dădu din cap cu o oarecare reticenţă, dar nu îşi întoarse privirea spre detectiv. Coborându-şi ochii pe faţa de masă în carouri roşii şi albe, lăsă impresia că încerca să îşi adune gândurile.

— Ce ne puteți spune despre el? îl îmboldi James din nou, sperând să obțină un răspuns mai detaliat.

Lachlan își flutură mâna absent. Sprânceana stângă a polițistului se ridică. James îl cântări cu privirea pe bărbatul mai în vârstă, evaluându-l pe tăcute. Observă cum acesta își mișca buzele, dar niciun sunet nu zbură de pe ele timp de câteva secunde.

Claire îl măsura și ea pe Lachlan. Nu se așteptase la un asemenea spectacol din partea lui și avea sentimentul neliniștitor că acesta încerca cumva să îi tragă pe sfoară. Cu toate acestea, știa ea că, în lipsa unor dovezi irefutabile, nu-l puteau acuza de absolut nimic.

Nici sergentul nu era convins că bătrânul nu juca un rol sau, pur și simplu, nu își găsea cuvintele, dar decise să îi acorde, pentru moment, beneficiul îndoielii. Totuși, el, unul, avea nevoie de răspunsuri și cât mai curând. Nu avea la dispoziție toată ziua pentru a chestiona o singură persoană. Se temea că McNamara se va întoarce cât ai clipi, iar lui trebuia să-i prezinte fapte certe.

— Și? insistă James cu și mai multă forță, împingând cuvântul de o singură silabă printre dinții strânși.

— Bineînțeles că îl știu pe Walsh, se răsti Lachlan. Suntem de-o vârstă, noi doi, și am crescut împreună, în fond, dezvălui bărbatul pe un ton ce oglindea tristețea ce-i umbrea și trăsăturile acum.

James recunoscu privirea aceea îndepărtată care apărea pe chipurile oamenilor când își aminteau de tinerețea lor.

— Ce fel de persoană era? îl întrebă James, sprijinindu-şi mâinile pe cotierele scaunului.

Cu buzele strânse, Lachlan îşi flutură din nou degetele prin aer, căutând cuvintele potrivite. Ochii îi săgetau încoace şi încolo, părând să caute inspiraţie de undeva din jur, dar, aparent, nimic nu-i veni în ajutor.

— Vom afla oricum, îl informă James cu nonşalanţă. Ai ajuta la prinderea mai rapidă a ucigaşului său dacă ai vorbi acum, insistă el, sperând să-l îmboldească suficient pentru a mărturisi tot, ochii lui albaştri nepărăsindu-i nici pentru o clipă chipul.

Brusc neliniştit, cu trăsăturile încordate, Lachlan evită privirea fermă a sergentului, îşi umezi buzele cu vârful limbii şi apoi se afundă şi mai mult în scaun. Gândurile lui nu se dovedeau a fi prea plăcute, ba chiar îi provocau o durere considerabilă. Îşi strânse degetele de câteva ori, gândindu-se la cele spuse de James, apoi dădu din cap, gata să le spună detectivilor tot ceea ce ştia.

— Ian Walsh este... a fost... o persoană complicată, începu Lachlan ezitant, fără să-şi ridice ochii la detectivi, aţintindu-i asupra feţei de masă, pe care degetele sale o netezeau cu grijă.

Ridul dintre sprâncene i se adâncise, semn că încerca să găsească cea mai bună cale pentru a-şi exprima gândurile. Lipsa lui de interes faţă de poliţişti era evidentă, dar aceştia nici nu o băgară în seamă, Claire şi James găsind trăsăturile bărbatului mai în vârstă mai mult decât intrigante.

Lachlan şi-ar fi dorit să pară indiferent, dar ochii lui şi umbrele de sub ei spuneau o cu totul altă poveste, iar James avea certitudinea că bărbatul ştia ceva ce îi putea ajuta să descâlcească firele acelei crime.

— Ei bine, Walsh putea fi cel mai bun prieten pe care ţi l-ai putea dori să-l ai sau un ticălos teribil, continuă bătrânul, clătinând din cap consternat, ca şi cum nu l-ar fi înţeles niciodată pe Ian.

De fapt, dacă se gândea mai bine, chiar nu-l înţelesese niciodată cu adevărat pe prietenul său. Walsh arăta lumii prea multe faţete, iar cele mai multe dintre ele îl nedumeriseră pe Lachlan constant.

— Nu exagerez, îi asigură el pe cei doi detectivi, luându-şi ochii de pe faţa de masă, privirea lui oscilând între inspectoare şi sergent. Mie mi-a fost şi prieten şi duşman de-a lungul anilor, îşi clătină Lachlan capul, pe buze apărându-i un zâmbet misterios, ceea ce incită o imagine fugară într-un colţ al minţii sergentului.

Zâmbetul acela spunea multe, dar şi ascundea totul de ochii lumii. Lui James i-ar fi plăcut să smulgă adevărul din creierul bărbatului din faţa sa, dar se îndoia că o astfel de acţiune ar fi fost posibilă.

— Walsh a fost un om interesant, îşi scutură din nou Lachlan capul, pentru ca mai apoi să-şi strângă buzele cu hotărâre şi să-şi aţintească din nou ochii gânditor spre orizont. Nu puteai să rămâi supărat pe el prea mult timp, să ştii, îşi flutură el degetele, chicotind ca pentru sine. Se pricepea la cuvinte... A fermecat multe fete şi femei de-a lungul anilor numai din cuvinte, mai pufni el încă o dată, de data aceasta cu o surpriză evidentă.

Omului tot nu-i venea să creadă ce noroc avusese Ian cu fustele, chiar și după mai bine de cincizeci de ani. Îl cam râcâia și invidia, dar nu dorea ca și polițiștii să i-o observe.

— A vânat... pe teritoriul altor oameni, presupuse James, privindu-l pe Lachlan pe sub gene.

Sergentul avea senzația că Lachlan se număra printre victime, în ciuda sincerității aparente a bărbatului. James învățase că gelozia reprezenta o motivație puternică atunci când venea vorba de crimă.

— Asta a și făcut, îi răspunse bărbatul mai în vârstă, clătinând din cap ca și cum tot nu-i venea să creadă îndrăzneala de care dăduse dovadă regretatul său prieten. Nu cred că a existat vreunul dintre noi care să fi fost iertat. Mă refer la grupul nostru de prieteni, își flutură el mâna într-un cerc vag. Nici măcar unul dintre noi n-a avut norocul să nu fie părăsit de vreo prietenă din cauza lui. Și asta mă include și pe mine, ca să fiu sincer, mărturisi cu o oarecare jenă. Ian știa să învârtă cuvintele, aș putea spune, chicoti el fără umor.

Observând sclipirea granitului din ochii lui, James se îndoii că Lachlan uitase vreodată ce-i făcuse prietenul său. De iertare nici nu putea fi vorba.

— Așadar, Walsh a călcat și pe teritoriul dumneavoastră, observă James pe un ton coborât, surprinzându-l pe bătrânul care își strânsese mâinile în pumni.

— Da, a făcut asta, recunoscu Lachlan dând din cap, în același timp, privind în depărtare. Dar, de fapt, asta a făcut și cu toți ceilalți din gașca noastră, ridică el din umeri cu indiferență, întorcându-și ochii spre sergent.

Acesta, surprins, își dădu seama că nu exista nici o urmă de furie în ochii bărbatului. James știa că dacă i-ar fi făcut lui cineva așa ceva, el, unul, nici nu ar fi uitat și nici nu ar fi iertat cu ușurință.

— M-am necăjit atunci, pe moment, recunoscu Lachlan cu un surâs batjocoritor. Cine nu s-ar fi supărat? întrebă el, ridicând din umeri și gesticulând, fără a-și dezlipi ochii de pe chipul detectivului. Am fost norocos, totuși, adăugă el, o grimasă ironică ridicându-i colțurile gurii.

— Cum așa? îl întrebă James atât cu curiozitate, cât și cu neîncredere în glas.

Sergentului, de pildă, nu i-ar fi trecut niciodată prin gând că ar fi fost norocos dacă cineva i-ar fi furat fata. Omul îi aruncă lui Claire o privire ușor amuzată și observă că tânăra părea și ea absorbită de relatarea interlocutorului lor, ceea ce nu îl surprinse defel.

Timp de câteva momente, Lachlan il studie pe sergent pe sub gene. Își dădu seama că bărbatului îi era greu să îi creadă povestirea și consideră că ar fi fost cazul să-i explice puțin mai în amănunt ceea ce se întâmplase.

— Până când Ian mi-a fura fata, ieșisem cu ea doar de câteva ori, le dezvălui el cu o altă ridicare indiferentă din umeri. Cel puțin, nu investisem prea mult timp sau sentimente în acea aşa-zisă relaţie, chicoti el, nu fără oarecare amărăciune. Nu a fost o pierdere prea mare pentru mine. Alţii nu au fost la fel de norocoşi, îşi clătină bărbatul capul, strângându-şi buzele cu regret.

— Şi au fost mulţi alţii care n-au avut noroc? îl întrebă James, înclinându-şi capul pe o parte pentru a-i citi mai bine expresia chipului.

— Destul de mulţi, aş spune, declară acesta, deschizându-şi braţele în lipsă de cuvinte, neştiind cum le să explice forţa din spatele acţiunilor lui Walsh. Nu trecea o zi nenorocită fără ca Ian să nu adauge o nouă crestătură la căpătâiul patului său.

James îl studie şi observă nemulţumirea care plutea foarte aproape de suprafaţă, semn că, de fapt, Lachlan nu uitase că Walsh îl întrecuse atât de uşor în faţa iubitei sale.

— Pentru Ian, nu conta că era iubita sau soţia unui prieten, le explică bătrânul, cu privirile pierdute din nou în depărtare, iar James lua notă de norii ce i se adunaseră în ochi.

— Vorbim despre lucruri care s-au întâmplat cu peste patruzeci de ani în urmă, nu-i aşa? întrebă James liniştit, înclinându-şi uşor capul şi privindu-l cu şi mai mult interes decât înainte.

— Cea mai mare parte s-a întâmplat cu patruzeci de ani în urmă, cu câţiva ani în plus sau în minus, recunoscu Lachlan. Dar un leopard nu-şi schimbă niciodată petele, nu-i aşa? îşi încreţi el nasul, adunându-şi sprâncenele stufoase deasupra lui.

— Ar trebui să înţeleg că Walsh încă mai alerga după fuste la vârsta lui înaintată? îl întrebă James uluit, aplecându-se uşor în faţă, nevenindu-i să creadă că un bărbat de şaizeci şi cinci de ani ar mai fi fost interesat să colecţioneze fuste.

— La vârsta lui? izbucni Lachlan mânios, fulgerându-l pe sergent cu privirea.

Atât Walsh, cât şi el trecuseră de pragul de şaizeci de ani, dar asta nu însemna că se găseau deja pe panta declinului, iar sergentul acela cu caş la gură ar fi trebuit să se abţină din a face presupuneri privind bărbăţia lor.

Chiar dacă Lachlan nu mai era în floarea tinereţii, soţia lui, în afară de obiceiul lui de a face cu ochiul unei fete frumoase, din când în când, aşa cum făcuse şi în tinereţe, nu avea de ce să se plângă.

Pentru o clipă, James consideră că nu are sens să se ostenească să-i ia în seamă izbucnirea, dar mai apoi observă că furia pictase obrajii bărbatului cu un roşu aprins, şi, cum nu voia să înstrăineze martorul încă de la început cu remarcile sale stupide, se grăbi să spună:

— Asta chiar nu are nici o importanţă. Aţi auzit de cineva care a avut vreo neînţelegere cu Walsh în ultima vreme? decise James să îşi îndrepte investigaţia în altă direcţie.

— Walsh avea tot timpul neînţelegeri cu unul sau altul, îşi flutură Lachlan mâna cu dezgust.

CAPITOLUL ȘAPTE

— Totuși, voi avea nevoie de acele nume, insistă James pe un ton sever, neluându-și ochii de pe chipul martorului, hotărât să nu îi permită bărbatului să se ascundă în spatele unor generalități.

— Am auzit că săptămâna trecută a avut o neînțelegere destul de vocală cu Angus, își înclină Lachlan capul spre celălalt capăt al terasei, spre prietenul său. Din câte înțeleg s-a terminat cu pumni zdraveni împărțiți și de o parte și de alta, mai adaugă el după câteva momente de reflecție. Angus mi-e bun prieten, dar nu are rost să ne ascundem după deget, ridică el din umeri. Oricum, s-ar fi găsit altcineva să-ți povestească despre asta, le explică el trădarea amicului său.

— De la ce s-au luat la bătaie? întrebă James, flexându-și ușor degetele în jurul cotierelor scaunului.

Fiorul descoperirii îl electriza întotdeauna, fiecare nouă pistă prezentând un val de noi posibilități.

— Întotdeauna au fost la cuțite, ei doi, îl lumină Lachlan. Walsh i-a furat soția când Angus avea douăzeci de ani, mărturisi el, gesticulând agitat, aparent încercând să diminueze importanța dezvăluirilor sale.

Surprins de cele rostite, James își arcui sprâncenele, iar, mai apoi, aruncă o privire furișă spre Claire, dar observă că femeia nu trăda niciun semn de interes sau de uimire, ceea ce îl nedumeri. Sergentul nu înțelegea cum putea aceasta să-și păstreze seninătatea auzind cuvintele bărbatului, care puteau deschide o pistă viabilă pentru anchetă.

— Angus a iubit-o foarte mult, continuă Lachlan, aproape visător, strângându-și buzele preț de câteva momente. Evident, Angus nu i-a uitat și nici nu i-a iertat vreodată pe nici unul dintre ei, mai adăugă el.

Pentru o clipă, bărbatul păru să realizeze că vorbele sale îl condamnau pe prietenul său, dar, mai apoi, ridică din umeri. Nu avea niciun control asupra situației. Detectivii oricum aveau să afle tot ce se întâmplase între Angus și Ian.

— Iar Angus nu s-a mai recăsătorit după aceea, mai adăugă el. S-a mulțumit să aibă doar aventuri trecătoare. Cred că nu mai putea avea încredere într-o altă femeie după o asemenea trădare, ridică el din umeri din nou.

Lachlan își înțelegea tovarășul foarte bine. Nici el nu ar mai fi avut chef să își lege soarta de o altă femeie dacă ar fi fost în locul lui.

— De fapt, s-a cam mulțumit numai cu o întâlnire sau două cu aceeași femeie. A avut câte o aventură pe ici, pe colo, dar nu a fost vorba de sentimente, bineînțeles. Au crescut împreună, Angus și Mary, soția lui, știți. Păreau să împărtășească multă afecțiune, iar acțiunile ei ne-au nedumerit pe toți. Nimeni nu s-ar fi gândit că femeia s-ar fi uitat la altcineva și faptul că l-a ales pe Walsh a fost surprinzător... Chiar și pentru Ian, aș spune, adăugă Lachlan, gesticulând larg.

— Deci Walsh i-a vrăjit soția, deși știa că prietenul lui era îndrăgostit până peste cap de ea? întrebă James neîncrezător, mai apoi aruncându-i o privire furișă lui Claire, care își încrucișase mâinile peste carnetul său și îl analiza pe Lachlan cu o curiozitate temperată.

Sergentul ar fi dat orice ca să afle ce îi trecea femeii prin minte în acel moment, dar trăsăturile ei nu îi trădau gândurile.

— De fapt, cred că unul dintre băieți l-a împins să o facă, își flutură Lachlan degetele. Liam l-a provocat pe Ian. Toată lumea știa că Mary îi era credincioasă lui Angus. Nici nu se uitase vreodată la alt bărbat în afară de el. Totuși, Ian niciodată nu a putut refuza o provocare, oricât de stupidă ar fi fost. Așa că au făcut un pariu, iar Walsh a câștigat, concluzionă bărbatul cu o ridicare indiferentă din umeri, semn că nu punea bază pe ceva vechi de când lumea.

Indiferența lui îi surprinse pe detectivi. Un om care se declara prieten ar fi trădat o oarecare compasiune față de tovarășul său.

Lachlan le luă în seamă uluirea, dar el, unul, nu înțelegea să-și exprime simpatia și înțelegerea față de situaţia dificilă a prietenului său doar pentru că aşa îi dicta societatea. Îl dispreţuia pe Angus pentru slăbiciunea sa şi pentru că îi permisese femeii să-l îngenuncheze. Una era să te doară că te-a părăsit o muiere, şi era cu totul altceva să te tot gândeşti la ea şi după patruzeci de ani.

— De ce s-a decis să se bată acum cu Walsh? insistă sergentul, neconvins că o ranchiună veche de patruzeci de ani ar fi putut constitui un motiv întemeiat pentru crimă.

— Poate pentru că era beat criţă, îi răspunse Lachlan pe un ton sec, ridicând un umăr cu indiferenţă. Lui Angus îi cam place să bea, ca să ştiţi, adăugă el, pentru ca mai apoi să îşi şteargă buzele, sătul să tot dea din gură. Sau poate pentru că tocmai aflase că Walsh îi făcuse viaţa calvar lui Mary, le oferi Lachlan o altă explicaţie, urmată de obişnuita lui ridicare din umeri.

— Aşadar, Walsh s-a căsătorit până la urmă cu acea Mary, conchise James, bătând încet darabana pe mânerul scaunului, interesat de această turnură a evenimentelor.

— Ha, râse scurt bărbatul, buza superioară încreţindu-i-se cu dispreţ.

— Ce vreţi să spuneţi, domnule MacDonald? vorbi Claire pentru prima dată, vocea ei blândă şi melodică rupând tăcerea ce se lăsase după interpelarea lui.

Lachlan tresări şi se întoarse spre ea surprins. Aproape că uitase de femeia aşezată la aceeaşi masă cu ei.

— Walsh nu s-a căsătorit niciodată cu Mary, răspunse el după câteva momente apăsătoare. A păstrat-o ca amantă şi a folosit-o ori de câte ori a simţit nevoia, mai adăugă, vocea lui trădând aceeaşi satisfacţie încercată de toţi băgătorii de seamă.

— Şi Angus nu a spus niciodată nimic despre asta? întrebă James pe un ton nedumerit, neînţelegând cum şi-ar fi putut ţine bărbatul gura aflând că Mary fusese redusă la statutul de amantă ocazională.

Aşa ceva ar fi fost imposibil, având în vedere că acesta dovedise sentimente puternice pentru soţia sa. Logic ar fi fost ca bărbatul să explodeze şi să se răzbune cu multă vreme în urmă.

Lachlan îşi scutură imediat capul, împrăştiindu-i iluziile.

— Mary a murit pentru el în ziua în care a găsit-o în patul lor conjugal cu Ian. A refuzat să vorbească cu ea sau despre ea, spuse el cu hotărâre.

— Atunci de ce această furie bruscă? îl întrebă Claire, nedumerită, considerând că vorbele bărbatului nu aveau sens.

— Ei bine, prostul nu a putut nici să o ierte pe Mary şi nici să se descotorosească de sentimentele pentru ea. Angus şi-a pierdut rău de tot cumpătul când a auzit că Mary a fost abandonată şi lăsată să moară de una singură. Îmi amintesc că a băut timp de o săptămână şi s-a tot plâns la oricine era dornic să-l asculte, clătină Lachlan din cap, cu dezaprobare, trădându-şi dispreţul pentru tovarăşul său, lipsit de demnitate. Angus este enervant în cea mai mare parte a timpului. Tot dă din gură despre una sau alta, dar moartea lui Mary l-a făcut să-și piardă și ultimul strop de luciditate.

— Și ce s-a întâmplat atunci? încercă James să-l readucă pe bărbat la bătaia cu pumnii dintre cei doi foști prieteni.

— Ei bine, de obicei, Angus evita să se afle în aceeași încăpere cu Walsh, le explică bătrânul pe un ton dezinvolt, gesturile largi completându-i discursul, determinându-l pe James să tragă concluzia că lui Lachlan îi plăcea să vorbească cu mâinile la fel de mult cum îi plăcea să-și miște limba. Ori de câte ori sărbătoream ceva, trebuia să alegem pe cine să invităm, mai adăugă Lachlan, pentru a se face înțeles.

— Vă referiți la grupul dumneavoastră de prieteni, interveni James pentru precizie.

— Da, îl aprobă Lachlan, dând din cap. Cei mai mulți dintre noi suntem împreună încă din copilărie, își aminti el cu un zâmbet. Doi dintre noi au murit, menționă bărbatul cu regret. Un accident stupid pe mare, știi. Erau în aceeași barcă. Acum, dacă mă gândesc bine, cu Ian, au murit trei dintre ei, șopti bărbatul ca pentru sine, privind în depărtare, chipul lui reflectând ceva similar regretului.

— Și atunci cum se face că Angus a ajuns față în față cu Walsh? interveni James, temându-se că bărbatul va uita de subiectul lor, fiind prea preocupat de trecutul său.

— Nu prea ştiu, ridică Lachlan din umeri. Nu am fost acolo, vezi tu, îşi ridică el mâinile cu palmele în sus. Pot să vă spun doar ce am auzit, dacă vreţi, adăugă el.

— Da, vă rog, spuneţi-ne, îl invită James, încercând din greu să se controleze şi să nu-şi dea ochii peste cap de consternare, iar mai apoi se felicită că reuşise să-şi îndepărteze exasperarea din voce.

În fond, tot aştepta de ceva vreme ca bărbatul să ajungă la subiectul discuţiei.

— Liam mi-a spus că Angus a venit la bar, beat şi beligerant. Tocmai ce aflase de moartea ei. Mary avea cancer, ştiţi. O moarte groaznică, în opinia mea, clătină Lachlan, cu buzele strânse într-o linie subţire.

Atât Claire, cât şi James murmurară ceva neinteligibil, neştiind ce se aştepta bărbatul să audă. Nu puteau să-i prezinte condoleanţe, din moment ce femeia nu îi era rudă, ba chiar, mai mult decât atât, până atunci omul nu vădise nicio milă pentru fosta doamnă Murray.

Lachlan se mulţumi să dea din cap ca şi cum le-ar fi mulţumit pentru grija lor, iar, mai apoi, îşi continuă relatarea.

— Angus a aflat că Ian a lăsat-o pe Mary să moară singură în spital. De fapt, Ian nu se obosise niciodată să o viziteze pe femeie, iar Mary nu mai avea familie, ştiţi. Aşa că nu a avut pe nimeni alături de ea când i-a venit vremea, spuse bărbatul, iar apoi, aşa cum se aştepta James, ridică din umeri din nou.

— Înțeleg, murmură James, gândindu-se că, probabil, Angus o fi iertat-o pe femeie odată ce aceasta și-a întâlnit creatorul.

În marea lor majoritate, oamenii luau în serios zicala *despre morți, trebuie să vorbești numai de bine.* Probabil Murray era suficient de convențional ca să respecte astfel de precepte.

— Oricum, își flutură Lachlan mâna, Angus era deja beat pulbere atunci când a ajuns la cârciumă și l-a atacat pe Ian. S-au bătut în mijlocul localului spre amuzamentul celor din jur. Știți doar că tuturor le place să asiste la o bătaie bună, mai ales dacă nu există pericolul de a fi dat afară sau de a fi anihilat. Până la urmă, însă, proprietarul localului a chemat poliția. Nu de alta, dar cei doi au scos din uz o masă și câteva scaune, lucru peste care bietul om nu a putut să treacă. Desigur, Ian și Angus au fost reținuți, dar au fost eliberați în dimineața următoare pentru că nu s-a depus nicio plângere împotriva niciunuia dintre ei, adăugă Lachlan, lăsându-le polițiștilor impresia că îl dezamăgise acel deznodământ.

— A mai avut loc vreun alt incident după aceea? îl întrebă James, măcinat de curiozitate.

— Nu, din câte știu eu, spuse Lachlan cu o grimasă.

În acel moment, chipul lui îi aminti lui Claire de un buldog, astfel că detectiva se văzu nevoită să-și înăbușe un chicotit, acoperindu-și gura cu palma pentru a nu-și trăda gândurile.

— Dar pot să vă spun că Angus s-a dovedit o adevărată pacoste în ultima vreme, își aținti bărbatul arătătorul spre celălalt capăt al terasei, unde tovarășul său fierbea la foc mic. Nu face decât să bombăne cât e ziua de lungă, adăugă el cu mânie printre dinți.

— Înțeleg ce vreți să spuneți, îl aprobă James. V-ar deranja să ne scrieți o listă cu numele celor din gașca de prieteni de care ne vorbeați? întrebă el cu indiferență studiată.

Lachlan păru să ezite o clipă, dar, mai apoi, ridică încă o dată din umeri și luă stiloul oferit de Claire. Scrise câteva rânduri în grabă, iar James, aruncându-și ochii în grabă peste mâzgăliturile de pe foaie, își dădu seama că le va fi dificil să-i descifreze scrisul.

Terminând de scris, bărbatul aruncă stiloul pe fața de masă și, sprijinindu-și mâinile de tăblia mesei, se împinse în picioare cu hotărâre. Se săturase deja pe ziua aceea și nu mai dorea decât să meargă acasă.

James imediat înțelese ce denota acel comportament, așa că își împinse și el scaunul înapoi pentru a se ridica.

— Vă mulțumim pentru cooperare, domnule MacDonald. Vă rog, luați cartea mea de vizită. S-ar putea să vă mai amintiți câte ceva și v-am fi recunoscători dacă ne-ați suna. Desigur, s-ar putea să fim nevoiți să vă mai punem și alte întrebări în viitor, îl avertiză el pe bătrânul care dădu din cap plictisit, părăsind mai apoi terasa cu pași mari, îndreptându-se spre poarta clubului de golf.

O tăcere asurzitoare se lăsă în urma lui. Nici măcar cuvintele schimbate de către experții criminaliști de pe iarba terenului de golf nu le ajungea polițiștilor la urechi.

CAPITOLUL OPT

Claire şi James îl urmăriră cu privirea pe Lachlan preţ de câteva clipe, iar apoi James se întoarse spre femeie:

— Ce părere ai despre el, Claire?

— Părea destul de deschis, ridică ea din umeri, dar eu tot am sentimentul că MacDonald nu ne-a spus tot ce ştia, îşi spuse tânăra detectivă părerea. Mai e ceva ce nu ne-a dezvăluit. Asta este clar, spuse ea cu convingere, dar, în ciuda siguranţei de sine, chipul i se coloră.

Sergentul o aţintea cu privirea şi, brusc, femeia se intimidă, chiar dacă nu avea nici cea mai mică idee de ce. La urma urmei, James îi ceruse impresiile, iar ea nu făcuse decât să-şi ofere părerea despre interviul cu Lachlan, chiar dacă nu avea prea multe elemente care să o susţină.

— Atunci amândoi gândim la fel, îi răspunse James, întorcându-şi ochii spre gazon.

Sergentul părea atât de pierdut în gânduri încât nici măcar nu observă stânjeneala femeii. Nedumerită, Claire îl cercetă cu privirea preț de câteva clipe, dar, mai apoi, renunță să se mai obosească să ghicească ce-i trecea omului prin minte. În fond, îl cunoştea bine pe James şi ştia că acesta îi va spune el singur ce gândea, dar numai după ce a meditat suficient asupra problemei.

— Ei bine, într-un fel sau altul, vom afla despre ce a fost vorba înainte ca ancheta să se încheie, decise el pe un ton mai vioi, abia acum întorcându-şi din nou ochii atenți către Claire.

— Da, probabil că vom afla, se arătă Claire de acord, pe un ton blând. Să-l chem acum pe Angus Murray? îl întrebă ea, înclinându-şi capul spre masa la care Murray îşi găsise un loc la începutul interviului cu Lachlan.

— Nu te deranja, îşi flutură el mâna. Murray a pornit deja încoace, o informă el, un zâmbet ştrengar iţindu-i-se în colţul gurii.

Claire se întoarse şi dădu cu ochii de trăsăturile sumbre ale lui Angus, care, pur şi simplu, mărşăluia furios spre ei.

James nu avea nicio îndoială că, în acel moment, Angus se simţea în pielea scoţienilor din vechime, pe vremea când se îndreptau spre luptă, mânaţi de ţelurile timpurilor. Hotărârea bărbatului îl emoţionă oarecum.

— Aş fi crezut că până acum aţi fi ajuns să vorbiţi şi cu mine, spuse vârstnicul pe un ton imperios, imediat ce ajunse lângă masa lor, iar frustrarea îi scânteie în ochii.

Angus nu era un om răbdător nici în zilele lui cele mai bune, aşa că nu-i prea convenise să aştepte ca detectivii să-l cheme pentru interviu. Încrâncenarea afişată îi trăda gândurile tumultoase şi temerile. În fapt, evenimentele din acea dimineaţă îl epuizaseră, iar omul tânjea să se întoarcă acasă, să mănânce ceva şi să-şi înece furia şi amărăciunea într-o cană mare de bere sau poate chiar două dacă aşa îi era cheful.

— V-aţi gândit bine, domnule Murray, îl aprobă James pe un ton cumpătat, plecându-şi uşor capul în faţa lui.

Sergentul, fără să vrea, nutri un respect straniu vizavi de Angus. Un om menit să facă faţă singur greutăţilor vieţii, acesta inspira admiraţie prin postura sa. James se ridică de pe scaun pentru a-l saluta, iar apoi, cu un gest scurt, îl invită să ia loc pe scaunul eliberat de MacDonald cu câteva minute mai devreme.

Uşor amuzant, poliţistul îl observă pe bărbat examinând fotoliul de grădină cu mare atenţie, aparent aşteptându-se să găsească praf sau cine ştie ce altceva pe el. Abia după ce se convinse că nu îşi riscă turul pantalonilor, acesta se lăsă pe scaun cu un geamăt moale, ce trăda faptul că era mort de oboseală. Dimineaţa aceea părea să îl fi afectat destul de mult, iar James se întrebă dacă nu cumva şi vederea trupului stâlcit în bătaie al lui Walsh nu contribuise şi ea la osteneala lui.

— Un lucru bun, atunci. Să ştii că nu am toată ziua la dispoziţie să aştept să te gândeşti la întrebările tale, tinere, se pronunță vârstnicul cu autoritate, dar furia și teama reprimată se citeau în linia rebelă a gurii sale.

Degetele lui strângeau atât de tare cotierele încât articulațiile i se albiseră, iar sergentul se întrebă ce putea ascunde bărbatul de era atât de îngrijorat.

— Nu vă faceți griji, atunci. Nu vă vom reține mult timp, domnule Murray, îi răspunse James calm, simțind că o abordare directă nu va funcționa cu bărbatul din fața lui.

Lui Angus îi plăcea să se dea mare, dar nu ar fi răspuns bine la o confruntare.

— Înțeleg că ați dat peste cadavru în această dimineață, observă el pe un ton blând, lăsându-se pe spate în scaun și sprijinindu-și și el mâinile pe cotiere, cu coada ochiului observând că și Claire îl analiza pe martor cu interes.

Cu părul său roșcat, răsucit în bucle groase și ondulate și brăzdat pe ici, pe colo de gri, bătrânul arăta dezolant, ca un leu pe jumătate îmblânzit. James nu se îndoia defel că bărbatul prezentase o figură impunătoare cu treizeci sau patruzeci de ani în urmă, lucru care îl făcu să se întrebe cam în ce fel l-ar fi putut întrece Walsh. Totuși, ceva trebuie să o fi atras pe Mary Murray către el pentru a o face să uite de sentimentele ei pentru Angus și de lunga lor relație.

— Da, asta am făcut, răspunse Angus morocănos, oarecum reticent să recunoască faptul că a ajuns primul la locul crimei, temându-se că declarația sa ar putea fi interpretată ca o recunoaștere a vinovăției.

Cu toate acestea, nu putea pretinde că lucrurile stăteau altfel. MacDonald îl însoțise, iar din câte știa el, bătrânul turnător abia ar fi așteptat să le dezvăluie acel lucru detectivilor. Chiar și pe vremea când erau puștani de o șchioapă, amicul său găsea o plăcere bolnăvicioasă în a-și turna colegii la profesori pentru orice nimic.

— Nu a fost o priveliște plăcută, trebuie să recunosc, își scutură omul capul, consternat, iar un tremur ușor îi zgudui corpul.

Degetele i se încleștară și mai mult pe cotiere. Deși marginile ascuțite îi brăzdau pielea, omul nu percepea nicio durere, fiind încă mult prea răvășit și adâncit în propria-i tulburare.

De altfel, el se și temea și că trupul desfigurat al lui Walsh îi va bântui somnul în următoarele săptămâni. Nu era el o persoană prea sensibilă, dar îl îngrozise chipul maltratat al bărbatului, pe care o dată îl considerase prieten. Nici măcar ura pe care i-o purtase în ultimele decenii nu avea puterea să atenueze viziunea macabră ce îi dansa permanent în fața ochilor.

— Nu-mi imaginez că a fost, se arătă James de acord cu evaluarea lui.

Detectivul nu văzuse cadavrul, lucru pentru care se simți recunoscător, dacă ar fi fost să ia în seamă descrierea făcută de Jo și Stewart.

— Deci, l-ați recunoscut pe bărbat, domnule Murray? îl întrebă James direct, hotărât să nu se mai învârtă în jurul cozii.

În fond, timpul nu stătea în loc pentru nimeni, iar el, unul, trebuia să avanseze cu investigația cât mai curând.

— Da, răspunse Angus abia auzit, chiar dacă reuși să dea din cap cu hotărâre. O fi fost omul bătut crunt, dar când cunoști pe cineva de mai bine de cincizeci de ani, e normal să îl recunoști în majoritatea împrejurărilor. Oricum, aș crede că și voi îi cunoașteți deja identitatea, se încruntă el, fluturându-și mâna cu dispreț, convins că sergentul încerca să îl prindă cu minciuna, ceea ce lui nu-i plăcea defel.

Dar, cel puțin acum, avea certitudinea că Lachlan îl bârfise ca o muiere bătrână, lipsită de orice altă ocupație. Clar acesta îi expusese trecutul în fața poliției cu lux de amănunte.

— Da, știm, recunoscu James cu o mișcare ușoară a capului. Mă întrebam doar dacă și dumneavoastră v-ați dat seama cine era bărbatul.

— Ian Walsh, rosti Angus printre buzele strânse, scuturându-și capul, dar ochii lui tulburi ocoliră privirea sergentului, ațintindu-se spre un punct în depărtare. Odată ca niciodată, noi doi am fost prieteni, râse bărbatul fără haz, clătinând din cap, oarecum neîncrezător că ajunsese să pronunțe acele cuvinte, dar mai ales simțindu-se încolțit de regret și de furie.

Un tovarăș loial nu ar fi încercat să fure femeia din brațele altui bărbat, considerând acea ispravă o simplă glumă. Mary însemnase mult mai mult pentru Angus decât hohotele de râs pe care fapta lui Walsh le stârnise din partea tovarășilor lor sau decât banii care își schimbaseră stăpânul după ce rezultatul pariului dintre Walsh şi Liam fusese stabilit. Dar Walsh nu se gândise niciodată mai departe de ce ar fi putut obţine pe moment.

— Aşadar, l-aţi recunoscut, clătină James din cap, strângându-şi buzele concentrat. Ce v-a trecut prin minte când l-aţi văzut aşa? întrebă el înainte de a avea timp să-şi reconsidere întrebarea.

Inima îi tresări, dar cuvintele îi zburaseră deja din gură. Oricum, trebuia să privească dincolo de cinismul întrebării, iar Murray trebuia să-i dea un răspuns şi să limpezească apele.

Angus îşi întoarse rapid privirea spre poliţist, înclinându-şi capul cu uimire. Se aşteptase la întrebări neplăcute, dar nu îşi imaginase că detectivul l-ar fi atacat într-un mod atât de direct. Bărbatul îşi încleştă mâinile în pumni de câteva ori, clătinând din cap uluit. Apoi, răspunse cu asprime:

— Dacă mi-aţi fi pus această întrebare acum vreo patruzeci de ani, v-aş fi spus că mă bucur. Aş fi fost convins că Ian Walsh şi-a meritat soarta, să ştiţi, se încruntă Angus.

— Dar acum? insistă James, chiar dacă vocea i se mai înmuiase.

Angus ridică din umeri, închizându-şi ochii. Nu voia să răspundă la acea întrebare. Ar fi însemnat să-şi expună trăirile lăuntrice, iar el, unul, niciodată nu fusese predispus la confesiuni. Cu toate acestea, ştia că sergentul îi aştepta răspunsul şi nu se va da bătut uşor.

Pentru o clipă doar, Angus se gândi să-i dea un răspuns frivol, dar alungă imediat acel impuls. Se temea că, uneori, sinceritatea se vădea cea mai bună alegere.

— Nu voi spune că l-am iertat pe Ian, își scutură el capul. Nu pot face asta, declară el pe un ton hotărât, deschizându-și ochii și ațintindu-l pe sergent cu privirea. Nu cred că voi fi în stare să fac asta vreodată. Nenorocitul mi-a făcut prea mult rău la vremea lui, spuse Angus cu amărăciune. Totuși, bietul ticălos nu merita să o sfârșească astfel, declară el.

— Asta așa este, spuse James după un moment de ezitare. Când l-ați văzut ultima dată pe domnul Walsh? se gândi el să întrebe.

— În ziua în care ne-am bătut în cârciumă, ridică Angus din umeri, ușor dezinteresat de restul interviului, deoarece momentul de care se temuse cel mai mult trecuse deja, iar el tocmai recunoscuse că știa cine era victima, așa că ce mai rămânea de spus nu avea prea multă relevanță. Nu cred că mai este cazul să mă obosesc cu relatarea acelei întâlniri. Sunt al naibii de sigur că Lachlan v-a povestit deja totul, sublinie bărbatul cu amărăciune. Eu, unul, nu mai am nimic de adăugat, își reiteră el spusele, scuipând cuvintele recalcitrant, lăsând impresia că îl provoca pe sergent să încerce să îi ceară să dezvolte acel subiect.

— Da, domnul MacDonald ne-a spus despre asta. Ne-a spus deja tot ce știa, cred, îl aprobă James dând ușor din cap, considerând că nu i-ar fi fost de niciun folos să ascundă adevărul. Cu toate acestea, aș dori totuși să aud de la dumneavoastră cum s-au desfăşurat lucrurile, adăugă el, astfel spulberându-i omului iluziile.

Cu ochii aprinşi de sentimente contradictorii şi mânie prost ascunsă, Angus se holbă la James, plecându-şi capul pe o parte, astfel dându-i de înţeles sergentului că avea impresia că şi-a pierdut minţile. Omul nu înţelegea la ce ar fi folosit să mai zgândăre trecutul.

— Ce altceva ar mai fi de spus? se răsti el consternat, aruncându-şi mâinile în aer, exasperat. Walsh vizita patul lui Mary ori de câte ori simţea nevoia. Atât însemna ea pentru el - un pat cald în lipsa a altceva, declară bărbatul înfierbântat, chipul şi gâtul devenindu-i stacojii. Odată ce Mary s-a îmbolnăvit şi a încetat să-i mai fie de folos, a dat-o deoparte ca pe un nimic. Femeia îi dăruise tot ce avea, ba chiar mai mult, clătină el din cap cu amărăciune, iar Ian nu a avut nici măcar decenţa de a-i înveseli ultimele ore, spuse el cu atâta furie că îşi pierdu respiraţia şi nu mai reuşi să-şi controleze degetele tremurânde.

Bărbatul se văzu nevoit să se oprească preţ de câteva clipe, iar mai apoi, clătinând din cap, continuă:

— Ian şi-a meritat buza însângerată şi ochiul umflat pe care i l-am dat, îl informă el, ochii lui săgetându-l pe sergent de sub sprâncenele stufoase, înnodate deasupra nasului cărnos.

Privirea şi postura lui îl sfidau pe detectiv să intervină şi să spună ceva. Angus se arăta gata să se ia la trântă cu toată lumea dacă ar fi fost necesar. Cu toate acestea, James nu muşcă momeala. Nu simţea nevoia de a-i ține o prelegere privind legalitatea bătăilor prin baruri. În fond, la urma urmei, și el ar fi făcut același lucru dacă ar fi fost în locul lui.

— Ian Walsh nu pare să fi fost un om prea de treabă, observă James, ochii lui nepărăsind trăsăturile bărbatului din fața lui.

Angus se strâmbă cu neplăcere și apoi dădu din mână cu lehamite.

— Nu, Ian nu era un om de treabă, spuse el. Putea, însă, să fie extrem de generos atunci când avea chef. Dar, pe de altă parte, Ian întotdeauna a considerat că datoria lui principală era față de el însuși, așa că lua ceea ce voia fără să-și refuze nimic și niciodată nu dădea înapoi când era vorba să se laude cu succesul său, continuă el. Nu am fost eu nici primul și nici ultimul care a căzut pradă egoismului lui. Sunt conștient de asta, încheie omul cu osteneală în glas.

— Dar asta nu însemna că nu v-a rănit grav, își exprimă James înțelegerea, înclinându-se ușor în față pe scaun.

Angus râse cu năduf.

— Se spune că mizeriei îi place compania, doar știi, spuse el, însoțindu-și cuvintele cu un gest batjocoritor.

După ce reflectă în tăcere câteva clipe, se încruntă și adăugă:

— Nu întotdeauna, tinere... Nu întotdeauna.

După acele cuvinte, bătrânul își întoarse ochii de la polițist, ațintindu-i pe linia orizontului, fără a da nicio atenție bărbaților și femeilor cu haine galbene și albe care bântuiau prin iarbă, căutând Dumnezeu știe ce.

— Nu mi-a păsat că unii dintre colegii mei au căzut și ei pradă lăcomiei lui Ian, își întoarse el privirea spre James din nou. Nu mi-a păsat chiar deloc. Niciodată nu am simțit că nefericirea lor mi-ar fi ostoit-o pe a mea. Pot să te asigur de asta, dădu el din cap cu convingere, strângându-și buzele, posac.

— Asta pot să cred, recunoscu sergentul, în același timp, aruncându-i omului mai în vârstă o privire calculată. Și nu l-alți mai văzut pe Walsh de la bătaia din cârciumă? îl întrebă el pe un ton liniștit, ca nu cumva să îl sperie pe bărbat.

— Nu, nu înainte de dimineața asta, își clătină Angus capul. Aș fi preferat să nu-l văd nici astăzi, mormăi el, strângându-și mâna în pumn pe tăblia mesei din fața lui.

— Știți cam cine ar fi vrut să-i facă rău? îl întrebă James, pretinzând că nu i-a auzit ultimele cuvinte.

— În afară de mine, vrei să spui, râse Angus fără urmă de umor, încruntându-se. Știu că Ian a supărat o mulțime de oameni, ridică el din umeri. Dar asta nu are nici o importanță, gesticulă el. În caz că vrei să-ți spun dacă mă pot gândi la cineva capabil să facă asta, rosti el, arătând cu degetul spre tufișurile unde dăduse peste cadavrul amicului său din tinerețe în acea dimineață, atunci ar trebui să spun că nu.

Angus luă seama de neîncrederea din ochii sergentului și își scutură capul cu convingere, chiar dacă în privirea lui se citea nemulțumirea.

— Vă spun că nu. Nu văd cum ar putea cineva să fie atât de vicios. Ian i-a rănit pe mulţi, mai ales în trecut, încercă Angus să le explice. Asta însă nu e plată pentru păcate vechi, clătină el din cap din nou. Care ar fi scopul? Durerea se amorţeşte în timp, chiar dacă încerci să o păstrezi vie, îşi spuse el părerea. Ştiu ce vorbesc pentru că am trecut prin asta. Totuşi, asta e ură proaspătă, dacă mă întrebi pe mine, îşi aţinti el din nou degetul spre tufişuri.

— S-ar putea să fie, îl aprobă James, deşi cu o oarecare reticenţă.

Într-un fel, nu era de acord cu cele spuse de el. Din experienţa sa, răzbunarea era un fel de mâncare care se servea cel mai bine rece. Sergentul cunoscuse oameni care aşteptaseră zeci de ani să le vină în sfârşit rândul la zar ca să se poată răzbuna. Dar atunci, metoda lor de a ucide se vădea mai rafinată decât ceea ce se întâmplase în acea dimineaţă.

— Oricum, veţi afla voi cine a făcut asta, conchise bărbatul, fluturându-şi degetele cu hotărâre. Vă ştiu eu pe voi, poliţiştii. Sunteţi ca un câine cu un os între dinţi. Nu vă odihniţi până nu vă prindeţi omul, îşi scutură el capul, cu o grimasă indescifrabilă pe faţă.

— Şi asta v-ar satisface? îl întrebă Claire, imediat după aceea, regretând că a deschis gura.

Femeia simţi privirea dură a lui James asupra ei, dar nu se întoarse spre el. Îşi dăduse ea seama că vorbise fără să fi avut acordul lui, dar era necesar să se pună anumite întrebări. Răspunsul la acestea putea face o mare diferență în ancheta lor.

Angus păru să se gândească câteva clipe, învârtindu-și absent degetele.

— Da, spuse el până la urmă, întorcându-și ochii spre ea. Așa ar fi corect, aș zice eu, continuă el hotărât.

Preț de câteva minute după aceea, domni liniștea, cei trei mulțumindu-se să se privească pe furiș. Detectivii tot sperau ca martorul lor să le dezvăluie ceva mai mult, în timp ce Angus, pur și simplu, profită de acel moment de răgaz pentru a se mai liniști. Dimineața aceea îl zguduise până în măduva oaselor.

— Am terminat aici? întrebă Angus după o vreme, dorindu-și doar să se întoarcă la el acasă, unde nimeni nu-i punea întrebări incomode.

— Da, îi răspunse James. Într-un fel... Cel puțin pentru moment. Dar am dori să ne scrieți o listă cu prietenii lui Ian, își împinse el carnetul și pixul spre Angus.

Încruntat, bărbatul îl trase spre el și începu să mâzgălească câteva nume pe pagina din fața lui.

— Trebuie să înțelegeți că nu-i cunosc toți amicii, își ridică el ochii spre sergent. A trecut ceva vreme de când ne-am mișcat în același cerc, mai adăugă el inutil.

— Înțelegem, bineînțeles, îl asigură James.

Angus îl mai aținti pe sergent cu privirea câteva clipe, apoi își întoarse ochii la pagina pe care aproape că o umpluse cu rânduri de nume, scrise cu o caligrafie îndrăzneață. Reciti ceea ce scrisese, puse stiloul între pagini şi, după aceea, împinse carnetul înapoi spre detectiv.

— Aceştia sunt toţi cei pe care mi-i amintesc, declară el.

— Foarte bine, domnule Murray, îi mulţumi James. Aş dori să luaţi cartea mea de vizită. Dacă vă amintiţi ceva, vă rog să mă sunaţi. S-ar putea, de asemenea, să mai fie nevoie să vorbim cu dumneavoastră şi altă dată, îl avertiză el, privindu-l drept în ochi.

După o clipă de ezitare, Angus îşi înclină capul. Înţelegând că era liber să plece, bărbatul imediat se ridică de pe scaun cu agilitatea unui om mult mai tânăr decât vârsta sa, ceea ce îl ului pe James.

— Presupun că ne mai vedem, spuse omul cu convingere, trecând cu privirea de la James la Claire şi înapoi.

Detectivii îi confirmară temerile, iar apoi Angus se întoarse pentru a se îndrepta spre ieşirea din club, urmărit de privirea celor doi până ce dispăru din raza lor vizuală.

— Aş spune că acest ultim interviu a fost cu adevărat interesant, îşi întoarse James încet privirea spre Claire, evaluându-i limbajul corporal şi aşteptând să îi audă părerea despre ceea ce se discutase.

— Şi chiar ai avea dreptate, îşi strânse ea buzele, gândindu-se la unele dintre lucrurile spuse de Angus.

— Un om interesant, acest Murray, observă James, însă Claire se mulţumi doar să dea din cap pentru a-i da de înţeles că era de acord cu el.

CAPITOLUL NOUĂ

Deși i-ar fi plăcut să se bucure de un pahar de bere, James își înăbuși dorința cu o mână de fier, se ridică de pe scaun și, urmat de Claire, se îndreptă spre locul unde se afla echipa criminalistică. Sergentul ar fi putut să-i ceară unui angajat al clubului să-i aducă ceva răcoritor pentru a-și umezi gâtul uscat, dar nu își putea permite să profite de poziția sa oficială.

Apropiindu-se de criminaliști, detectivii se îndreptară către șeful echipei. Deși Steven Gilchrist se aplecase să culeagă ceva de pe jos, când îi observă, se ridică și îi salută cu entuziasm, aceștia făcând parte din grupul de oameni pe care îi plăcea cel mai mult.

Trecând pe lângă el, Claire își flutură mâna în semn de salut și îi aruncă un zâmbet luminos. După aceea, își continuă drumul către Jo și Mike, care erau prinși într-o discuție serioasă la vreo douăzeci de metri de ea.

Cu sprâncenele încruntate, confuz, James o urmări cu privirea câteva clipe, pentru ca mai apoi să-și dea seama că femeia nici măcar nu se obosise să-i ceară permisiunea să plece, aşa că luă hotărârea să discute cu ea pe acea temă cât mai curând posibil. Nu se putea să-i sfideze autoritatea atât de făţiş. Chiar dacă aproape că locuiau împreună, sentimentele ce le nutreau unul pentru celălalt nu puteau să interfereze cu ierarhia şi procedura.

— Este o zi prea călduroasă pentru o investigaţie pe terenul de golf, îi spuse şeful echipei de criminalişti lui James, după ce îşi şterse fruntea transpirată cu mâneca.

Bărbatul observase pe unde colinda privirea sergentului, dar şi încruntarea lui. Steven ghicise cam ce-i rănise mândria ofiţerului şi îi păru rău pentru Claire. Se gândi el că James trăia o oarecare nesiguranţă în poziţia sa de şef de caz şi, probabil, de aceea, se comporta mai aspru decât era necesar cu proaspăta detectivă.

Înregistrând cuvintele bărbatului, James ridică, pur şi simplu, din umeri. Într-adevăr, era o zi neobişnuit de călduroasă pentru regiunea lor, dar nu puteau să aleagă când şi unde să îşi desfăşoare cercetările.

— Ceva folositor, Steven? îl întrebă el pe roşcatul masiv, în jur de patruzeci şi cinci de ani.

— Mă îndoiesc, îi răspunse Steven strâmbându-se. Nu am dat încă peste crosa folosită la executarea crimei, dacă asta vrei să ştii, îşi înclină el capul în zeflemea, ştiind el bine că aceea era întrebarea preferată a tuturor detectivilor, ca şi cum găsirea armei folosită la comiterea crimei ar fi fost cel mai uşor lucru din lume.

— Nici nu mă gândeam că ai găsit-o, îi răspunse James aspru, deranjat de tonul lui. Totuşi, speram că ai dat peste alte indicii care să ne conducă la criminal.

— Nu avem noi aşa noroc, băiete, îşi flutură Steven mâna în semn de dezgust. Am adunat noi câte ceva de prin gunoiul din jur, dar nu prea sper să dau de ceva util, îi explică el cu o privire sumbră. Există totuşi hainele de pe cadavru. S-ar putea să avem ceva noroc cu ele, ridică el din umeri, semn că nu promitea nimic.

— Ai grijă să găseşti ceva, mormăi James, bântuit în continuare de chipul sever al inspectorului şef, care cu siguranţă avea să sosească curând, punându-l astfel în situaţia de a nu fi capabil să-i prezinte prea multe.

Sprânceana dreaptă a lui Steven se arcui imediat ce acesta îi înregistră cuvintele.

— Ştii că nu sunt eu cel care dictează rezultatele, nu-i aşa? glumi el, deşi era sătul şi obosit să i se tot ceară să producă minuni.

La urma urmei, omul ştia că îşi făcea treaba mai bine decât majoritatea experţilor din domeniu, iar acel lucru ar fi trebuit să fie de ajuns. Spre surpriza lui, niciodată nu era.

— Da, ştiu asta, îşi scutură James capul, stânjeneala lucindu-i în ochi.

De fapt, sergentul nu se arătase niciodată nerecunoscător sau pretenţios, dar se părea că venise şi momentul acela.

— Dar ai putea să te străduieşti mai mult, adăugă el. Cunoşti regula. Este imposibil să nu găseşti o urmă infimă a criminalului pe corpul victimei.

— Cunosc regula, îi replică ironic Steven. Şi sunt convins că nu ai nevoie de mine să-ţi spun că uneori nu se aplică, ţinu el să precizeze, sprijinindu-şi mâinile pe şolduri şi privindu-l pieziş.

Bărbatul făcea acea meserie de mult prea mulţi ani pentru a-şi mai ţine gura în timp ce tânărul sergent considera că ar putea să îi dea lecţii.

— Dar nu acum, Steven, îşi clătină James capul. Locul crimei este clar acolo, arătă el spre tufişuri. Criminalul nu a avut timp să pieptene zona sau să scape de toate indiciile, se îndârji el să-i explice.

— Nu am nevoie să-mi spui tu asta, izbucni Steven exasperat. Ce se întâmplă cu tine, James? Să nu-mi spui că ţinându-i scaunul cald lui McNamara te-a făcut să te crezi atotştiutor? îl întrebă el cu sarcasm, privindu-l de sus.

James scrâşni din dinţi, iar în ochii îi apăru o sclipire aspră.

— Nu intenţionez să-ţi spun cum să-ţi faci treaba, Steven. Îţi spun să-ţi faci afurisita de slujbă, i-o întoarse sergentul, căruia nu-i surâdea defel atitudinea omului şi bănuia că acesta îl privea de sus doar pentru că era mai tânăr decât el. S-ar putea să încălzesc eu fotoliul inspectorului şef doar pentru câteva zile, Steven, dar asta nu te scuză să nu-ţi faci meseria cum trebuie, îl avertiză el glacial, hotărât să nu-i permită criminalistului să-l calce în picioare.

James nutrea convingerea că Steven se așteptase ca McNamara să-l lase pe el la conducere în absența sa, numai pentru că lucrase mai mult timp cu el, iar situația prezentă îi iritase orgoliul.

Steven înghiți în sec fără cuvinte, iar sprâncenele i se împletiră deasupra nasului. Bărbatul mormăi ceva, dar James nu prinse sensul niciunui cuvânt, deși își înclinase capul spre el ca să-l audă mai bine.

În cele din urmă, Steven reuși să construiască o replică bună, așa că își îndreptă umerii pentru a părea mai impozant atunci când o va rosti. Dar tocmai când își deschisese gura să lase cuvintele să curgă, Mike strigă din depărtare:

— Hei, James, a sunat sergentul. McNamara s-a întors la birou. Întreabă de tine, amice, îl informă Mike îngrijorat, iar Steven și James înghițiră în sec în același timp.

Steven uită de cuvintele nimicitoare pe care le pregătise pentru James și își umezi buzele brusc uscate.

— Ce facem acum? îl întrebă el pe sergent, ochii lui cercetând chipul bărbatului.

James, la rândul său, îl privi cu nedumerire, pe moment neînțelegând despre ce vorbea acesta.

— Fă-ți doar treaba, îl sfătui el mai apoi, întorcându-se pe călcâie și lăsându-l pe Steven să se descurce singur.

Deodată, îi răsări în minte gândul că nu avusese timp să pună biroul la punct, așa cum sperase, iar acea revelație îl năuci. Își trecu degetele nesigure prin părul negru-albăstrui, clătinând imperceptibil din cap, temându-se că, în curând, acesta îi va zăcea pe un platou pe masa din biroul lui McNamara.

Omul nu nutrea nici cea mai mică speranță că detectivul inspector șef nu a observat deja că unele lucruri fuseseră mutate de la locul pe care el îl stabilise. Lui McNamara nu-i scăpa nici cel mai mic detaliu din propriul său mediu.

CAPITOLUL ZECE

Înapoi la secția de poliție, inspectorii erau deja în plină activitate. Toți înghețaseră atunci când inspectorul principal pășise în sala brigăzii de detectivi în acea dimineață târzie.

Nimeni nu se așteptase să-l vadă pe McNamara în acea zi. Știau că acesta urma să se întoarcă la serviciu în acea săptămână, dar tot mai sperau că mai aveau ceva timp pentru a se obișnui cu ideea. Omul îi trata întotdeauna pe toți imparțial, dar uneori polițiștii îi detestau prezența datorită asprimii și așteptărilor sale ridicate.

După ce păși în încăpere, McNamara își trecu ochii verzi, plini de interes, peste chipurile tuturor, pentru ca mai apoi să îi surprindă, când un zâmbet îi apăru pe buze. Nici unul dintre detectivi nu-l mai văzuse zâmbind astfel înainte, de-a lungul acelor ani lungi în care lucraseră împreună, iar asta spunea multe.

Fără să se oprească, omul îi salută scurt, dar cum se știa că nu este o persoană efuzivă, nimeni nu se simți lezat. Privirile furtive ale detectivilor îi urmăriră pașii până ce acesta ajunse în biroul său.

Odată ce McNamara a dispărut din peisaj, începură șoaptele. Oamenii își puneau întrebări despre acel zâmbet neașteptat – asta dacă într-adevăr inspectorul șef zâmbise și nu le jucase vreo festă lumina sau imaginația. Dacă nu avuseseră vedenii, însemna că luna de miere îl schimbase pe bărbat, iar unii dintre ei considerau că ăsta era un lucru bun.

— Nici o șansă, nici în o mie de ani, îi contrazise Mackie cu convingere. E nevoie de mult mai mult decât atât pentru a-l schimba pe McNamara, vă spun eu. În orice caz, ascultați-mă pe mine..., își clătină bărbatul capul cu consternare, renunțând să mai spună ceva după aceea, văzând că nimeni nu-i dădea atenție.

Al naibii ticălos, spuse el în sinea lui când unul dintre detectivi insistă că dragostea îl putea schimba pe om.

În biroul său, McNamara își aruncă jacheta lejeră pe spătarul scaunului, iar, după aceea, cu mâinile sprijinite în șolduri, examină încăperea cu ochii mijiți.

Când plecase în luna de miere, inspectorul șef îl lăsase pe James la conducere, convins fiind că acesta poseda suficient calm și tact pentru a-și conduce oamenii. În plus, nutrise iluzia că tânărul nu va muta lucrurile de colo colo, stricând astfel mediul perfect pe care și-l crease McNamara.

Bărbatul se îndreptă, trăgând aer brusc în piept, iar o ceață stacojie îi acoperi pomeții. Trase din nou aer adânc în plămâni pentru a-şi linişti mânia care îi răpise respiraţia, dar continuă să scruteze fiecare centimetru al încăperii.

După alte câteva minute, pătrunse din nou în sala comună a echipei şi întrebă scurt:

— Unde e James?

Imediat, toată activitatea din jur încetă, iar mai multe perechi de ochi se îndreptară cu îngrijorare spre el. Toţi îşi dădură seama că sergentul făcuse ceva ce îl trimisese direct pe lista neagră a inspectorului şef.

Lui Mackie i-ar fi plăcut să le dea celorlalţi cu tifla, dar nu îndrăzni să o facă în faţa şefului cel mare. Bărbatul consideră că era suficient că James avea probleme. Nu avea nici cel mai mic chef să i se alăture. Ştia el din proprie experienţă că McNamara avea o limbă usturătoare.

— James este pe teren, domnule, spuse Mackie cu mai mult curaj decât simţea.

— Pe teren? repetă inspectorul şef, iar o linie adâncă îi apăru între sprâncene.

— Da, domnule. Am fost chemaţi în această dimineaţă pe terenul de golf pentru a ancheta o crimă, îi explică Mackie, gesticulând, iar mai apoi, se uită la ceas. James, Jo, Claire şi Mike au plecat acum vreo trei ore, domnule, îl informă el.

— Spune-i sergentului să-l contacteze pe James. Trebuie să vorbesc cu el. Să se întoarcă de îndată ce îşi termină sarcinile pe teren, ordonă inspectorul şef cu asprime, iar lucirea din ochii lui îngustați îi înfioră pe toți.

— Da, domnule. Mă voi duce acum la sergent și îl voi informa, aprobă Mackie cu o mișcare a capului, neluându-și ochii de la inspectorul șef, ca și cum s-ar fi temut că acesta îi va trage un șut dacă nu ar fi fost suficient de atent.

După aceea, inspectorul se întoarse pe călcâie în grabă, hotărât să iasă cât mai curând din linia de foc.

McNamara îl urmări cu privirea, iar apoi se întoarse către ceilalți, care rămăseseră încremeniți pe loc, privindu-l cu neliniște.

— Presupun că aveți altceva mai bun de făcut decât să vă holbați la mine, își înclină el capul într-o parte, privirea lui tăioasă trecând inchizitorial de la un inspector la altul.

I se răspunse cu un murmur colectiv, după care oamenii se împrăștiară imediat.

Ca niște pisici speriate, observă McNamara cu consternare. El, unul, se aștepta la respect din partea lor, dar nu se bucura să le vadă frica. Cu un oftat adânc, se întoarse în biroul său. Știa că nu va putea face nimic înainte de a pune încăperea la punct.

Asta se întâmplă dacă plec, clătină McNamara din cap cu nemulțumire. *Totuși, nu pot spune că regret luna de miere*, surâse el, ștergându-și de pantaloni mâinile brusc transpirate. Amintirea lui Bryony îi potolise anxietatea ce-i copleșise rațiunea în momentul în care își văzuse biroul.

O clipă mai târziu, fluierând în surdină, bărbatul se apucă să pună lucrurile la loc prin încăpere. Cu toate acestea, mintea lui vagabonda departe de acel birou. Ştia că Bryony se va întoarce acasă de la librărie în jurul orei şapte şi abia aştepta să o revadă.

CAPITOLUL UNSPREZECE

După o scurtă discuție cu Jo şi Mike despre direcţia investigaţiei şi despre tot ce mai aveau de făcut pe teren, James, împreună cu Claire, se întoarseră cu maşina la secţie.

Neliniştea din piept îl determină pe James să apese cu mai multă putere pe pedala de viteză, ceea ce nu i se mai întâmplase până atunci, sergentul preferând să conducă prudent. Cu toate acestea, omul nu părea să fie conştient că maşina lui depăşise deja cu zece mile viteza legală.

Claire îşi tot furişa privirea spre el, întrebându-se ce-i trecea omului prin minte. Femeia ştia că McNamara îl aprecia şi nu credea că ar fi găsit motive să se plângă de felul în care acesta gestionase echipa în absenţa sa.

— Ce te supără, Ainsley? îl întrebă ea, uitând să i se mai adreseze cu titlul oficial.

La urma urmei, erau doar ei doi în maşină, aşa că nu credea că încălcarea etichetei ar fi avut o importanţă prea mare.

James îi aruncă o privire surprinsă şi îşi clătină capul, încercând să-şi alunge temerile, fără a reuşi însă să-şi controleze anxietatea. Mâinile i se încleştaseră pe volan, iar încheieturile degetelor mai că i se albiseră.

Pentru o clipă, Claire avu senzaţia că James nu-i va răspunde la întrebări, dar mai apoi, bărbatul o surprinse spunând:

— Probabil că nu ştii, dar McNamara are nişte fixaţii ale lui. Îi place ca fiecare lucru să fie aşezat într-un anumit loc. Pare incapabil să funcţioneze altfel.

— Am observat, îl aprobă ea cu o mişcare a capului. Dar ce legătură are chestia asta cu tine acum? îl întrebă ea, încrucişându-şi mâinile în poală, dar neluându-şi ochii de pe chipul lui.

— Vezi tu, nu am avut timp să pun totul la loc, mărturisi el cu o grimasă. Ştiam că în cele din urmă tot voi muta ceva, aşa că am făcut fotografii în prima zi în care am preluat conducerea biroului. Dar ştiam că McNamara se va întoarce abia poimâine şi nu am avut timp să verific pozele, îi explică el, gesticulând larg pentru a-şi sublinia cuvintele, reuşind în sfârşit să îşi desprindă degetele de pe volan.

Claire îl privi surprinsă şi buzele îi zvâcniră de amuzament. *Dragul de Ainsley*, îşi scutură ea capul imperceptibil. Ea, una, nu s-ar fi gândit să facă fotografii pentru a putea pune totul la loc înainte ca McNamara să revină la birou.

— Totuşi, nu cred că McNamara îţi va lua capul, spuse ea pe un ton blând pentru a-l linişti.

Având senzaţia că femeia îşi bătea joc de situaţia lui precară, James îi aruncă o privire furioasă.

— Nu, nu-mi va lua capul, răbufni el. Dar îmi va tot reaminti de neajunsurile mele până în ziua în care voi da ortul popii, continuă el mânios.

Claire îşi întoarse capul pentru ca bărbatul să nu-i vadă zâmbetul, iar mai apoi, respirând adânc, încercă să găsească ceva de spus, dar nimic nu-i trecu prin minte în afară de câteva banalităţi.

— Nu cred că lucrurile sunt atât de sumbre, Ainsley, îi mângâie ea braţul, privindu-l cu simpatie.

— Pentru tine, probabil, mormăi bărbatul, îndepărtându-şi părul de pe frunte cu degete nervoase.

— Lasă că o să vezi, îl linişti tânăra femeie. Totul va fi bine până la urmă, adăugă ea, chiar dacă îşi dădea seama că încurajările ei îi treceau pe lângă urechi.

James se strâmbă şi renunţă la subiect. Îl cunoştea pe McNamara de mult mai mult timp decât Claire. În plus, femeia nu stârnise încă mânia inspectorului şef, aşa că nu ştia despre ce vorbea.

După alte treizeci de minute, James parcă pe una din lateralele staţiei de poliţie şi coborî din maşină cu inima strânsă. Se resemnase deja cu gândul că o să fie admonestat de şeful său, dar asta nu însemna că se şi bucura de predica ce urma să vină.

Claire i se alătură, iar cei doi o porniră spre intrarea în clădire. Tânăra femeie îşi potrivi mersul la paşii grăbiţi ai sergentului, chiar dacă nu înţelegea unde ardea. Era imposibil ca McNamara să nu ştie că fuseseră la locul unei crime, aşa că nu putea avea pretenţia ca cei doi să se materializeze în interiorul secţiei. Trebuia să îşi dea seama că întoarcerea lor urma să ia ceva timp.

Când păşiră în sala detectivilor, toţi inspectorii îşi ridicară privirile către James cu oarecare milă. Mackie se apropie de ei şi îi şopti:

— Şeful este într-una din toanele lui, James. Trebuie să păşeşti cu grijă, amice.

Cu o mişcare scurtă a capului, sergentul îi mulţumi colegului său pentru avertisment, apoi se întoarse spre Claire.

— Ar trebui să rămâi aici. Eu mă voi ocupa de McNamara şi vom vorbi mai târziu.

Claire nu părea prea sigură că ideea lui era bună, dar nu-l putea contrazice pe James în faţa celorlalţi. Suspinând în sinea ei, tânăra detectivă porni spre masa ei, cu pasul mai puţin grăbit decât înainte.

Observând că femeia îi respecta dorinţa, James simţi o oarecare satisfacţie. După aceea, îşi îndreptă umerii şi o luă la picior hotărât spre biroul inspectorului şef.

CAPITOLUL DOISPREZECE

James ciocăni în uşa biroului şi aşteptă să fie invitat înăuntru. Omul îşi simţea faţa încordată din cauza tensiunii şi putea jura că inima îi bătea mai repede decât de obicei.

— Intră, lătră McNamara, iar James, înghiţind în sec, deschise uşa cu sentimentul că merge la spânzurătoare.

McNamara era un şef bun, dar nu şi atunci când ceva îl supăra, iar James evitase întotdeauna să calce în străchini. Detectivul şef avea o limbă afurisită, iar discursurile lui aveau talentul de a-l face să se simtă ca un novice din nou.

— Oh, văd că ai reuşit, în sfârşit, să te întorci la secţie, spuse McNamara din cealaltă parte a camerei, aruncându-i o privire încruntată.

Sarcasmul vocii lui părea mai domol decât de obicei, dar tot avea puterea să rănească.

Cu o uşoară strâmbătură şi înghiţind din nou în sec, sergentul observă că şeful său tocmai aranja ceştile de pe etajeră în ordinea pe care şi-o dorea. Tânărul îşi ţinu gura închisă, neștiind ce ar putea spune, mulțumindu-se numai să dea scurt din cap.

— Eram încă pe terenul de golf când ați întrebat de mine, domnule. Durează ceva timp să te întorci la stație de acolo, îl informă el pe ofițerul său superior pe un ton liniștit.

— Știu, știu, știu, îi îndepărtă McNamara cuvintele cu un gest dezinteresat, care, însă, îi trăda iritarea. Doar că ardeam de nerăbdare să te întreb ce te-a apucat de ai schimbat locul fiecărui amărât de lucru de pe aici, făcu el un gest larg pentru a desemna întreaga încăpere, iar trăsăturile lui sumbre nu erau foarte încurajatoare.

James își coborî ochii, înghițind din nou în sec, dar, mai apoi, încercând să-și regăsească curajul, își ridică privirea și spuse:

— Sunt convins că nu am mutat chiar toate lucrurile, domnule. Am folosit doar două căni, la urma urmei, și le-am spălat în fiecare seară. În realitate, intenționam să pun totul la loc înainte de întoarcerea dumneavoastră, dar v-ați întors mai repede decât ne așteptam, recunoscu el, ridicând din umeri.

— Și cum ai fi putut să pui totul la loc, James? îl întrebă McNamara zeflemitor. Dacă ți-ai fi amintit unde am lăsat fiecare obiect, ai fi avut grijă să pui lucrurile la locul lor imediat după ce le-ai folosit, mai sublinie el, punându-și mâinile pe șolduri și ațintindu-și ochii duri asupra sergentului, care, pentru o clipă, se mulțumi să îi susțină privirea.

Tânărului detectiv i-ar fi plăcut să-i răspundă pe măsură, dar nu se putea hotărî să o facă. McNamara era şeful său, până la urmă, iar James îl respecta prea mult. După câteva clipe de tăcere apăsătoare, mormăi ceva neinteligibil, iar McNamara îşi înclină capul spre el, cu ochii măriţi.

— Nu am înţeles bine ce ai spus, băiete, zise el aspru. Vorbeşte mai tare, îi ordonă el.

— Am spus că m-am asigurat să am tot ce-mi trebuie pentru a aranja totul aşa cum era înainte de plecarea dumneavoastră, domnule, îi răspunse James cu mai mult curaj decât simţea, privindu-şi şeful drept în ochi, mândru că îşi găsise în sfârşit coloana vertebrală.

— Şi cum te-ai asigurat? îl chestionă McNamara, arcuindu-şi o sprânceană, cu adevărat interesat în răspunsul lui.

Detectivul şef învăţase deja că James avea o minte ascuţită, chiar dacă tânărul sergent mai uita uneori de asta, ceea ce, în opinia lui, reprezenta, cu adevărat, un păcat.

— Am poze, domnule, îi răspunse el, oarecum încurcat, iar stânjeneala îi aduse sângele în obraji.

Sergentul nu intenţionase să-i mărturisească inspectorului şef eforturile pe care le făcuse pentru a se asigura că totul va fi în regulă la întoarcerea sa. McNamara fiind un om imprevizibil, James se temea că acesta ar putea reacţiona într-un mod neplăcut, dar, evident, nu putea refuza să se conformeze atunci când inspectorul şef îi punea o întrebare directă.

Preț de câteva clipe, McNamara îl privi pe James cu nedumerire, pentru ca mai apoi să izbucnească în hohote de râs. Sergentul nu-l dezamăgea niciodată. Îl mai deranja el cu atitudinea sa temătoare, dar știa că se putea baza pe el să ia decizia corectă întotdeauna.

— Bine gândit, băiete, se apropie McNamara de el, plesnindu-l peste spate cu o mână grea.

James abia reuși să rămână în picioare și oftă în sinea lui. McNamara se purta la fel de imprevizibil ca întotdeauna. Chiar dacă marea parte a temerilor lui dispăruse, tânărul detectiv tot nu știa ce ar mai fi putut apărea.

— Păcat că nu ai avut ocazia să-ți aplici planul, clătină din cap inspectorul-șef, un zâmbet amuzat trăgându-i de colțurile gurii. Știi, îmi amintesc că aveam o femeie de serviciu aici la secție care obișnuia să facă același lucru, își aminti McNamara.

— Tot aici lucrează și încă face asta, domnule, dădu James din cap, încercând să-și reprime o grimasă, știind că, sătui să o însoțească pe femeie în timp ce aceasta făcea poze, majoritatea jandarmilor păreau gata să se revolte.

— E bine de știut. Urăsc să mi se mute sau să mi se pună lucrurile într-o poziție aiurea, mărturisi McNamara cu dezgust, nemulțumit că nu-și putea controla ciudățeniile.

Înregistrându-i cuvintele, lui James i se făcu milă de colegii săi ofițeri, condamnați să o urmărească pe femeia de serviciu pentru totdeauna. McNamara nu ar fi renunțat la ea acum, mai ales după ce avusese atâtea probleme cu altele în trecut.

Fără să știe ce gânduri nutrea sergentul, detectivul inspector șef îl invită să ia loc în fața biroului său.

— Hai, povestește-mi despre ancheta în curs, îl îmboldi el pe tânărul detectiv, care luă notă de scânteia de curiozitate din ochii lui.

— Victima este un bărbat în jur de șaizeci și cinci de ani, domnule. Numele lui este Ian Walsh. Cineva l-a lovit cu o crosă în cap... de mai multe ori, îl informă James pe un ton neutru, știind că inspectorului șef îi displăcea orice urmă de emoție ce s-ar fi strecurat într-un raport. Deși ucigașul i-a distrus o parte a feței, nu a făcut-o pentru a-i ascunde identitatea, continuă el.

— De unde știi asta? îl întrebă McNamara, aplecându-se în față și sprijinindu-și coatele pe marginea biroului.

James nu se așteptase la altceva de la el, acesta întotdeauna dorind să afle cum au ajuns oamenii săi la o anumită concluzie. Astfel, nu numai că putea să le evalueze abilitățile, dar putea și să verifice dacă aceștia nu cumva se grăbeau doar pentru a avea un caz rezolvat.

— Ucigașul a lăsat cartea de identitate a victimei asupra ei, domnule. Acum, uite ce cred eu. Dacă ucigașul ar fi vrut să țină secretă identitatea victimei, chiar și măcar pentru o vreme, bineînțeles că ar fi luat documentul cu el, îi explică James, însoțindu-și cuvintele cu gesturi largi.

Ştia el că identitatea unei persoane nu rămânea ascunsă la nesfârşit. Existau excepţii, dar tehnologia contemporană făcea acest lucru mai dificil.

— Suntem siguri că ucigaşul este un el? întrebă McNamara cu interes, observându-l cu atenţie.

— Nu chiar, se întunecă James, încercând să-şi rearanjeze gândurile.

Până atunci, nu se gândise deloc la sexul ucigaşului, iar folosirea pronumelui masculin reprezenta o simplă scăpare, lucru de care trebuia să se ferească când discuta un caz cu McNamara.

— Cu toate acestea, mă îndoiesc că o femeie ar fi putut provoca o astfel de distrugere, explică sergentul, evitând să-l privească pe McNamara şi părând, oarecum, pe gânduri.

— Ştiu destule femei care ar putea face pagube considerabile cu o bâtă, îl dezaprobă McNamara cu asprime, astfel arătându-şi nemulţumirea că sergentul făcea presupuneri pe care faptele nu le susţineau, iar el îl avertizase asupra acelui obicei de nenumărate ori. Nu ar trebui să restrângem lista suspecţilor doar la bărbaţi, îl sfătui McNamara. Oricum, ce altceva mai aveţi cu privire la acest caz?

— Nu prea multe, domnule, recunoscu James cu regret, observând nemulţumirea şi luciul metalic ce reapăruse în ochii detectivului inspector şef. Îi avem pe cei doi bărbaţi care au găsit cadavrul, domnule, îşi aminti James, profitând de ocazie pentru a-i devia mânia. Unul dintre ei pare să fie destul de motivat pentru a-i fi vrut moartea omului, mai adăugă el, cu mai multă convingere decât avea de fapt.

— Ţi se pare cam prea evident? îl întrebă McNamara cu interes, neavând prea multă încredere într-o astfel de situaţie.

— Mă tem că da, domnule, aprobă James cu o clătinare a capului. E ca şi cum cineva ni l-ar fi oferit pe tavă, uitând doar să-i lege o panglică roşie în jurul gâtului. Pare prea convenabil ca cel ce-a dat peste cadavru să fie şi cel cu un motiv puternic pentru crimă. Totuşi, nu se ştie niciodată, ridică el din umerii, întorcându-şi şi mâinile cu palmele în sus.

— Da, nu se ştie niciodată... Totuşi, dacă motivul este suficient de convingător, trebuie să-l păstrăm pe individ pe lista suspecţilor, îşi înclină inspectorul şef capul, părând să mediteze asupra celor auzite. Oricum, mai ai şi alte nume pe lista cu suspecţi? mai întrebă el, bătând darabana cu vârful degetelor pe marginea biroului şi aruncându-i lui James o privire plină de nerăbdare.

Pe McNamara îl încerca obişnuita febră ce o resimţea întotdeauna când se afla pe urmele unui criminal, iar bărbatul abia îşi controla impulsul de a sări în picioare şi a o porni la vânătoare.

— Nu, nu deocamdată, domnule, îşi scutură James capul. Prima persoană interogată, Lachlan MacDonald, părea să încline spre prietenul său, Angus Murray, ca fiind criminalul, deşi nu mi-a spus-o în mod direct. Murray nu a vrut să avanseze niciun nume şi a declarat că nu-şi putea imagina că cineva l-ar putea urî pe Walsh atât de mult încât să comită o crimă atât de bestială, adăugă James cu o grimasă.

— Este posibil să fi fost o crimă întâmplătoare? Un jaf care a mers prost, de exemplu? îl întrebă McNamara, nedezlipindu-şi ochii de pe chipul tânărului său subordonat, ştiind că uneori oamenii refuzau să vadă ce se găsea chiar în faţa nasului lor.

El nu considera că James ar fi fost capabil de aşa ceva, dar ştia că toată lumea mai făcea greşeli, inclusiv el însuşi, iar uneori nici măcar nu-şi dădeau seama de asta.

— Mă îndoiesc, îşi clătină sergentul capul cu convingere. Un tâlhar ar fi lovit o dată sau, hai să spunem, de două sau trei ori, pentru a se asigura că Walsh nu se va mai ridica de la pământ, încercă el să îşi explice opinia, punctându-şi fiecare idee cu o fluturare a degetelor, deşi, în general, nu-i plăcea să atragă atenţia asupra lui gesticulând amplu. Atacul asupra victimei, însă, a fost cu adevărat sălbatic. Nu, nu a fost un jaf, domnule, insistă James cu vehemenţă. Vă garantez, afirmă el cu fermitate, tăind aerul cu lăţimea palmei.

— Dacă aşa spui tu, atunci nu a fost. Ar trebui să ştii diferenţa până acum, îi dădu dreptate McNamara. Şi atunci, care e planul?

— Ei bine, i-am lăsat pe Jo şi Mike pe terenul de golf. Jo a vrut să cerceteze zona şi să stea cu ochii şi pe echipa criminalistică în acelaşi timp. Nu că ar fi necesar, dar ştiţi bine că e bună la aşa ceva, îl privi el printre gene.

McNamara îi aprobă acţiunea cu o înclinare a capului.

— Bine gândit, James. Ce altceva?

James se îmbujoră uşor, simţindu-se flatat. Inspectorul şef rareori lăuda pe careva, aşa că spusele lui însemnau ceva.

— Mike se va ocupa de intervievarea unor persoane din cadrul clubului. Vrem să aflăm dacă Walsh a fost membru. Bănuiesc că a fost, dar oricum, tot trebuie să vedem cât de des vizita clubul, la ce oră din zi şi cine îl însoţea. Dacă nu era membru, atunci trebuie să aflăm cum a ajuns acolo în această dimineaţă. După aceea, mă gândeam să îi trimit pe Mackie şi Donna la adresa lui să pună câteva întrebări. Poate că ar trebui să îi cercetăm şi casa, dacă locuieşte singur. Cine ştie ce am putea descoperi şi acolo? ridică din umeri cu nonşalanţă sergentul, ştiind că îşi epuizase deja lista de acţiuni pe care şi-o pregătise cu meticulozitate mai devreme în minte, iar mai apoi, se încordă, pregătindu-se să fie mustrat, convins că McNamara se aştepta la ceva mai mult din partea lui, dar el, unul, nu avea nimic altceva în plus de oferit.

Nu avusese prea mult timp să construiască un plan de acţiune, iar marea parte a drumului spre secţia de poliţie şi-o petrecuse agonizând, gândindu-se la ce-l aştepta.

— E un plan bun, James, aprobă inspectorul şef detaliile prezentate, surprinzându-l pe sergent. Cine a fost medicul legist în această dimineaţă? îl mai întrebă el, lăsându-se pe spate în scaun uşor, relaxându-se acum că ajunsese la concluzia că ancheta era pe mâini bune.

De fapt, mulţumit de raţionamentul sergentului, McNamara cocheta cu gândul de a-l lăsa la conducerea cazului.

— Stewart, domnule, îi răspunse James, neavând nici o idee privind gândurile ce îi treceau prin minte inspectorului şef. Este unul dintre cei mai buni, doar ştiţi, aşa că am fost norocoşi în această privinţă. Mi-e teamă însă că autopsia nu va dezvălui mai mult decât ştim, îşi strânse James buzele, îndreptându-şi ochii spre fereastră câteva clipe, încercând să-şi amintească dacă nu cumva uitase ceva.

După ce ajunse la concluzia că nu, James îşi întoarse privirea înapoi spre inspectorul şef şi adăugă:

— Oricum, vom avea raportul lui mâine în jurul prânzului.

Pritocind cele spuse, McNamara îşi aţinti ochii asupra sergentului câteva clipe, iar acesta se întrebă ce ar mai fi putut dori omul de la el acum. Nu putea şti niciodată cum stăteau lucrurile cu şeful său, iar aşteptarea aceea îl ucidea.

— Ştii ceva, James? spuse brusc inspectorul şef, luminiţe dansându-i în ochii verzi.

— Ce, domnule? se aplecă James uşor în faţă, nerăbdător să-i audă ideile, chiar dacă se temea el că McNamara se hotărâse să îl înlocuiască de la conducerea cazului.

James își dorea de mult timp să aibă șansa de a conduce o investigație, așa că l-ar fi dezamăgit un astfel de deznodământ. Sergentul nu se amăgea singur. Știa că va trebui să se bazeze pe colegii săi în desfășurarea investigației, dar aflându-se la conducerea ei ar fi putut demonstra ce putea.

— Hai să luăm prânzul împreună. Invit-o și pe Claire, sugeră McNamara, făcând semn cu mâna spre ușă, semn că se gândea că femeia se găsea în sala comună a echipei împreună cu ceilalți.

— Aș fi crezut că ați prefera să luați prânzul cu proaspăta dumneavoastră soție, domnule, spuse James fără să se gândească, o clipă mai târziu simțind impulsul de a se pălmui pentru prostia sa.

Deși plăcută, propunerea inspectorului șef îl luase pe nepregătite. Nu se așteptase ca acesta să-i facă o astfel de invitație, mai ales că McNamara abia ce se întorsese din luna de miere și James își imaginase că bărbatul tânjea să ia prânzul cu noua sa soție.

Oricum, dându-și seama că a vorbit fără să se gândească, James se înroși violent, iar McNamara surâse sarcastic, ghicind ce-i trecea prin cap tânărului detectiv. Pentru o clipă se gândi să-l mustre pentru cele spuse, dar se răzgândi.

— Asta și doream, James, își ridică el mâinile cu palmele în sus, surâsul zăbovindu-i în colțul gurii. Bryony a avut însă alte idei. Vezi tu, vrea să se pună la curent cu ce s-a întâmplat la librărie în lipsa ei, așa că va lua prânzul cu Meg astăzi. Dacă îmi amintesc bine, cuvintele ei exacte au fost că vom avea suficient timp să fim doar noi doi împreună diseară, spuse McNamara cu o grimasă, evident nemulțumit, așa că nu contează dacă luăm prânzul separat.

— Înțeleg, domnule, mormăi James, în sinea lui mulțumind zeilor că McNamara se controlase și nu măturase cu el pe jos mai devreme, știind că dezamăgirea provocată de alegerea soției sale de a nu împărtăși masa de prânz cu el, l-ar fi putut determina pe acesta să fie mai necruțător.

Cu toate acestea, James nu își făcea nici un fel de iluzii. McNamara putea oricând să-și amintească de pângărirea biroului său și omul nu-și ținea limba în frâu când venea timpul să-și exprime opiniile.

— Deci, cum rămâne cu prânzul despre care vorbeam? întrebă încă o dată McNamara, aruncându-i o privire speculativă tânărului și întrebându-se ce îi trecea oare acestuia prin minte, fără a simți, însă, vreo dorință viscerală de a afla.

În fond, omul considera că fiecare avea dreptul la propriile gânduri, fără imixtiuni externe.

— Am să-i spun lui Claire, domnule, se ridică James de pe scaun. Ne întâlnim afară? mai întrebă el.

McNamara îl aprobă cu o mișcare scurtă a capului:

— Vin în câteva minute. Trebuie doar să trimit un mesaj capricioasei mele soții, adăugă el cu un surâs, ceea ce îl nedumeri și mai mult pe James.

În ciuda confuziei sale, bărbatul reuși să dea din cap, pentru ca mai apoi să iasă pe ușă, lăsându-l pe inspectorul şef singur. Sergentul avea senzaţia că cineva îl aruncase în mijlocul unui film, fără a-i înmâna şi un scenariu. Comportamentul lui McNamara era mai mult decât neobişnuit, iar el, de-a dreptul confuz, nu ştia ce să mai creadă.

Odată ieşit din birou şi cu uşa bine închisă în urma lui, James se sprijini de perete şi, frecându-şi pleoapele cu degetele, suspină uşurat că a trecut cu bine şi prin încercarea aceea. Socoti că obţinuse o amânare pentru moment şi nu-i venea să creadă că norocul era de partea sa.

Dintr-o dată, sergentul zâmbi, judecând că întoarcerea lui McNamara era de bun augur, iar apoi se hotărî să considere că aparenta bună dispoziţie a inspectorului şef nu era altceva decât cireaşa de pe tort.

CAPITOLUL TREISPREZECE

Cei trei luară prânzul împreună la o cârciumă din apropiere, unde McNamara degustă o tocană ciobănească, mărturisind că într-adevăr îi dusese lipsa de-a lungul timpului pe care îl petrecuse pe continent. De altfel, omul nu se sfii să le împărtăşească părerea lui că cei de dincolo de Marea Mânecii nu aveau nici cea mai mică idee de cum ar fi trebuit să fie pregătită acea mâncare.

Claire şi James se opriseră asupra fripturii, explicându-i inspectorului şef că ei abia ce mâncaseră tocană cu o zi înainte. De altfel, James considerase că ar fi fost înţelept din partea sa să mănânce ceva mai substanţial la prânz pentru a-i putea ţine piept şefului său, dar, evident, nu simţi nevoia să-i spună şi lui adevărul.

În ciuda temerilor sergentului, de-a lungul prânzului, McNamara se dovedi un tovarăş de masă interesant, povestirile lui amuzante din luna de miere făcându-i pe detectivi să izbucnească în râs de câteva ori. Nici unul dintre ei nu s-ar fi așteptat la așa ceva de la el și, deși plăcut surprinși, dispoziția plină de umor a acestuia îi cam nedumerea.

McNamara nu era omul care să-și împărtășească pățaniile oricui. De fapt, până în acel moment, acesta nu le dezvăluise niciodată nimic din viața lui personală, așa că atitudinea lui îi ului. Inspectorii se gândiră că, probabil, acea schimbare se datora căsătoriei sale cu Bryony, dar nici unul dintre ei nu îndrăzni să-și exprime gândurile cu voce tare și, pur și simplu, deciseră să se bucure de buna lui dispoziție atât timp cât va dura, convinși fiind că nu va ține prea mult timp.

Într-adevăr, după ce Claire și-a mâncat tortul de ciocolată, iar McNamara și James și-au terminat budincile, trăsăturile inspectorului șef s-au schimbat brusc. Seriozitatea din ochii lui i-a avertizat că partea distractivă a mesei se încheiase pentru a face loc muncii.

— Cred că ar trebui să continui să te ocupi de această anchetă, James, declară McNamara, lăsându-se pe spate în scaun și respirând adânc, cu satisfacție.

De fapt, omul avea senzația că va exploda în câteva clipe. Prea multă mâncare avea adeseori acel efect asupra lui și, într-adevăr, de data aceasta se cam răsfățase. Degetele lui lungi se jucau cu paharul cu apă de lângă farfurie, dar ochii îi rămaseră ațintiți pe chipul sergentului.

— Ai început bine și mi se pare corect să mergi până la capăt.

Recunoştinţa aduse o lumină caldă în ochii sergentului, colorându-i şi pomeţii cu pete stacojii, dar tânărul detectiv nu ştiu cum să răspundă la acele cuvinte, din moment ce, în mod obişnuit, McNamara nu se prea întrecea cu laudele.

Claire îşi coborî ochii pentru ca James să nu îşi dea seamă că reacţia lui o amuza. Înţelegea ea ce se întâmplase, însă considera că sergentul făcea prea mult caz pentru un lucru care, în fond, avea prea mică importanţă.

— Aş dori să mă ţineţi la curent şi, bineînţeles, vreau să fac parte din anchetă, chiar dacă nu voi prelua eu conducerea, sublinie McNamara, gesticulând larg. Mi-a lipsit acest aspect al muncii, mărturisi el cu un zâmbet pe buze.

În acel moment, Claire îşi dădu seama că avea ocazia să observe o faţetă necunoscută până atunci a inspectorului şef.

— Bineînţeles, domnule, aprobă James imediat, fără a sta deloc pe gânduri.

Oricum nu se aşteptase ca şeful său să îi ofere libertatea de a conduce investigaţia aşa cum dorea el. Nu acesta era stilul lui McNamara.

— Ştiu că v-am spus că mă gândeam să-i trimit pe Mackie şi pe Donna acasă la Walsh, începu el să spună cu oarecare reticenţă.

— Da, aşa ai spus, îl aprobă McNamara cu o uşoară mişcare a capului.

— Ei bine, mă gândesc că poate ar fi mai bine ca ei să îi intervieveze pe vecini, iar noi să ne aruncăm ochii prin casa victimei. Bineînțeles, dacă omul locuia singur, se grăbi el să precizeze. Dacă nu, cel puțin, putem să-i interogăm colocatarul, își explică James firul gândurilor.

— Nu e o idee rea, murmură McNamara. Așa ar trebui să facem, James. Mai întâi, mergem la Walsh, așa cum ai spus. Nu uita, însă, că tu ești la conducere, îl avertiză el.

— Foarte bine, domnule. Dați-mi voie să-i sun pe Mackie și Donna să le spun să pună întrebări pe strada unde locuia Walsh. Cred că aș cere să-i însoțească și patru jandarmi. Astfel, ar putea acoperi mai mult teren într-un timp mai scurt, spuse James cu convingere.

— Da, ai dreptate, aprobă McNamara. Dă telefoanele alea și hai să mergem. Cine conduce mașina? întrebă el, sperând că va avea ocazia să șofeze până la Leven, unde știa că locuise Walsh.

Lui McNamara îi lipsise volanul în ultimele două săptămâni. Își dorise să închirieze o mașină pe timpul vacanței petrecute pe continent, dar Bryony refuzase, declarând că nici nu avea voie să se gândească să conducă în Europa, temându-se că șofatul pe partea cealaltă a drumului, combinat cu dragostea lui pentru viteză, nu ar fi fost o combinație prea reușită.

James păli când înțelese cererea voalată a inspectorului șef și, clătinând imperceptibil din cap, spuse cu mai multă forță decât ar fi fost necesar:

— Voi conduce eu, domnule. M-aţi numit la conducerea anchetei, iar asta înseamnă să conduc şi maşina, îşi încheie el declaraţia, privindu-şi şeful cu încăpăţânare.

Auzindu-i vorbele, McNamara se încruntă, dar nu îl contrazise. Deja hotărâse să-l lase să continue investigaţia şi nu mai putea să se răzgândească doar pentru că sergentul nu era dispus să-l lase să ia volanul.

— În regulă, conduci tu. Dar nu uita că, atunci când eu am condus ancheta, te-am lăsat şi pe tine la volan, nu uită el să precizeze.

— Bineînţeles, domnule. Îmi amintesc foarte bine. Dar asta nu se va întâmpla astăzi, clătină James din nou din cap, hotărât să nu cedeze.

Omul avusese parte de prea multe suişuri şi coborâşuri în acea zi, iar McNamara la volan era ultimul lucru de care avea nevoie în acel moment.

McNamara murmură ceva neinteligibil, în ochii scânteindu-i frustrarea prost ascunsă. Cu toate acestea, în ciuda temerilor sergentului, acesta tot nu îşi schimbă hotărârea în ceea ce privea conducerea anchetei, iar James trebui să admită că fusese nedrept cu el. În fond, McNamara nu-şi încălcase niciodată cuvântul până atunci.

CAPITOLUL PAISPREZECE

James, urmat de Claire şi McNamara, se opri în faţa uşii casei lui Walsh şi ciocăni cu putere de mai multe ori, dar, în ciuda insistenţei sale, nimeni nu se obosi să le deschidă.

La casa de peste drum, o mână nesigură trase uşor perdeaua la o parte, iar, o clipă mai târziu, chipul unei femei mai în vârstă apăru în cadrul ferestrei. Aceasta aruncă priviri furişe în stradă, extrem de interesată de cei trei indivizi care insistau să facă gălăgie la uşa vecinului de vizavi.

— Mă tem că avem martori, şopti McNamara, aplecându-se spre James, iar când sergentul îşi ridică privirea spre el, bărbatul îşi înclină uşor capul spre casa de pe celălalt trotuar, arătându-i spionul ascuns în spatele perdelei.

— Poate ar fi mai bine să mă duc acolo şi să o întreb dacă mai locuieşte cineva aici în afară de Walsh, se întoarse Claire spre James, astfel pecetluindu-i statutul de detectiv însărcinat cu ancheta.

McNamara îşi reprimă un surâs şi, luându-şi ochii de la sergent, mătură strada cu privirea. Omul nu crezuse că ar fi fost posibil să o placă pe Claire mai mult decât înainte, dar aceasta îl surprindea mereu, confirmându-i că nu se înşelase atunci când o promovase.

— Da, n-ar fi rău, spuse James, îndemnând-o cu un gest să meargă să discute cu bătrâna care continua să-i privească. Eu voi bate din nou la uşă. Cine ştie? Poate că e cineva înăuntru, dar doarme, mai spuse el ridicând din umeri, în acelaşi timp furând o privire către inspectorul şef, încercând să-i citească gândurile.

Glasului său îi lipsea convingerea, James fiind mai mult ca sigur că locuinţa era goală. Nu credea că Walsh ar fi împărţit spaţiul cu altcineva. Descrierea celor doi martori din acea dimineaţă picta portretul unui bărbat lipsit de interes faţă de ceilalţi, care evitase să îşi clădească viaţa alături de un partener, acesta preferând aventurile de scurtă durată. Sergentului îi venea greu să creadă că bărbatul s-ar fi schimbat atât de radical la apogeul vieţii.

Frustrat, James ciocăni şi mai tare, trăgând cu coada ochiului la McNamara care, cu mâinile adânc înfipte în buzunare, se balansa pe călcâie, în acelaşi timp urmărind-o cu privirea pe Claire, care tocmai se pregătea să bată la uşa de peste drum.

Se vădi că poliţista trebui să insiste puţin mai mult pentru ca locatara casei să-i deschidă. Când uşa casei se deschise într-un sfârşit, spionul din spatele perdelelor se dovedi a fi o femeie plăpândă cu părul albit de ani.

Claire deja se întreba ce să facă dacă ocupanta casei nu voia să iasă afară şi să vorbească cu ei. Se dovedi, însă, că întârzierea acesteia nu se datora lipsei de bunăvoinţă, ci faptului că femeia se mişca cu oarecare dificultate.

Claire începu să-i vorbească cu răbdare, iar interlocutoarea ei o ascultă cu atenţie. McNamara o observă pe bătrână răspunzând cu o clătinare a capului la cele spuse de poliţistă şi, frustrat, se întrebă ce se petrecea dincolo de drum, deşi ştia foarte bine că numai după întoarcerea lui Claire avea şansa să îşi satisfacă curiozitatea.

— Cred că-ţi pierzi timpul, băiete, se întoarse el spre James, iritat de concluzia la care ajunsese.

— Da, ştiu, îi răspunse acesta morocănos. Walsh nu ar fi locuit cu cineva. Nu pare să fi fost genul de bărbat dornic să se împiedice de careva prin casă, recunoscu sergentul cu amărăciune, sperând să nu ajungă în aceeaşi situaţie la vârsta lui Walsh, gândindu-se că ar fi fost trist să nu aibă cu cine să vorbească sau să îşi împartă cina.

Ridicând din umeri, McNamara se sprijini de peretele de lângă uşă şi, neavând altceva mai bun de făcut, continuă să supravegheze pe sub gene conversaţia dintre Claire şi femeia mai în vârstă, chiar dacă niciun sunet nu ajungea până la el. Nereuşind să îşi dea seama de direcţia conversaţiei, bărbatul renunţă, ridicându-şi faţa spre soarele scoţian de vară, meschin ca întotdeauna, şi suspină uşor.

James îi mai aruncă o privire furişă inspectorului şef, iar, mai apoi, satisfăcut că bărbatul nu părea abătut din cauza acelei întorsături de situaţie, îşi îndreptă şi el privirea spre Claire, amintindu-şi cât de confortabil se simţise mai devreme în acea dimineaţă când se trezise cu trupul ei cuibărit în braţele lui.

În ultima vreme, îşi tot imaginase că senzaţia ameţitoare de a o găsi lângă el când deschidea ochii se va atenua la un moment dat, dar, spre surprinderea lui, nimic nu putea fi mai departe de adevăr. James chiar se gândea că, într-una din acele zile, îşi va găsi curajul să-i ceară să facă următorul pas rezonabil în relaţia lor, dar, pe moment, îi era teamă şi nu voia să presupună mai mult decât ar fi fost înţelept, mai ales după cum se desfăşuraseră lucrurile în acea zi.

Claire păruse destul de supărată pe el mai devreme şi el ştia că nu avea o scuză valabilă pentru atitudinea sa. Ar fi trebuit să se controleze, chiar dacă gândul că trebuia să se ocupe singur de caz îl îngrijorase.

James îşi prinse mâinile la spate, balansându-se şi el pe călcâie. Îşi dorea ca tânăra femeie să se întoarcă cât mai curând pentru că se simţea nelalocul lui alături de inspectorul şef şi nu îndrăznea să întrerupă tăcerea. Bărbatul se uită în jur şi oftă în sinea lui, socotind că niciun indiciu nu-i aştepta în afara acelei case.

Cu coada ochiului o zări pe Claire traversând strada înapoi cu pas sprinţar, iar moralul îi crescu, sperând că femeia se întorcea cu unele răspunsuri. O altă privire furişată către McNamara îl anunţă că nici pe acesta nu îl mulţumise aşteptarea.

— Deci, ce ai aflat? o întrebă el pe Claire imediat ce tânăra femeie păşi pe trotuarul din faţa casei, nemaiaşteptând ca aceasta să urce cele câteva trepte până la uşă.

Claire le făcu un semn cu mâna şi reduse distanţa dintre ei înainte de a vorbi, considerând că nu ar fi fost o idee bună să-şi strige răspunsurile în auzul altora.

— Ei bine, Walsh a plecat dis-de-dimineaţă, îi informă ea, privind de la unul la altul. Foarte devreme, aş putea spune. Doamna Taylor nici nu l-ar fi văzut dacă nu s-ar fi trezit cu gura uscată. Pornise spre bucătărie când s-a auzit o bubuitură, aşa că s-a dus să tragă cu ochiul pe fereastra de lângă uşă. Cred că s-a grăbit puţin mai mult decât atunci când am bătut eu la uşa ei, adăugă ea ironic.

— Foarte curioasă, micuţa noastră doamnă Taylor, într-adevăr, observă McNamara cu un zâmbet.

— Chiar aşa, aprobă Claire cu o mişcare a capului. Atât de curioasă încât nu s-a mai întors în pat, deşi era în jur de cinci dimineaţa, iar afară de abia mijea ceva lumină.

— Deci, ce a văzut până la urmă? interveni James, temându-se că McNamara o va admonesta pe tânără pentru divagaţiile sale.

— Walsh tocmai pleca şi nu părea deloc în toane bune, explică Claire, aruncându-i o privire întunecată sergentului, sătulă de atitudinea lui din acea zi şi hotărâtă să-l facă să plătească pentru asta mai târziu, ba chiar cu vârf şi îndesat. A trântit uşa şi pornit-o încolo, le arătă ea cu degetul direcţia urmată de bărbat. Femeia nu a văzut dacă îl aştepta cineva, deşi a încercat, continuă ea, abia stăpânindu-şi râsul ce ameninţa să erupă.

— Sunt sigur că a încercat, murmură McNamara, aruncând din nou o privire rapidă spre casa de peste drum, unde tocmai sesizase o mişcare în spatele perdelei de dantelă albă care acoperea fereastra de la holul din dreptul intrării. Se pare că doamna Taylor şi-a făcut un obicei din a se ţină la curent cu ce se întâmplă cu vecinii săi.

— Ei bine, da, îl aprobă Claire, cu o mişcare a capului. Oricum, mi-a spus că la vreo cincisprezece minute după ce Walsh a plecat, a apărut un bărbat la uşa lui. Se pare că doamna Taylor nu renunţase încă la locul de supraveghere, adăugă ea, iar McNamara se văzu nevoit să îşi suprime impulsul de a surâde.

Ştia el de ce o plăcea pe tânăra inspectoare. Aceasta nu era doar inteligentă, ci şi plină de viaţă şi de umor, iar în domeniul lor, aşa ceva era mai mult decât necesar pentru a putea trece peste ceea ce vedeau zi de zi.

— Asta sună... interesant, observă James. Îl cunoaşte pe acel bărbat? se interesă el.

— Nu după nume, clătină Claire din cap, dar l-a văzut de câteva ori înainte. Ultima oară, însă, Walsh s-a certat cu el şi şi l-a aruncat pe uşă afară.

— Deci, omul a venit, a văzut că Walsh nu era acasă şi a plecat, presupuse James, însă Claire îl contrazise, clătinând viguros din cap.

— Te înşeli. A venit, a verificat strada cu atenţie meticuloasă, iar apoi a bătut de câteva ori la uşă pentru a se asigura că nu era nimeni acasă. După aceea, a scos ceva din buzunar, probabil o cheie sau un şperaclu, şi a descuiat uşa, intrând mai apoi înăuntru. Doamna Taylor aproape că a adormit tot aşteptându-l să iasă.

— Da, asta e interesant, se încordă McNamara. Cât timp a petrecut bărbatul în casă? întrebă el, o cută apărându-i între sprâncene.

— Mai mult de patruzeci de minute, preciză Claire. Doamna Taylor l-a văzut când a plecat.

— Avea ceva la el când a ieşit? o întrebă James.

— Nu în mod vizibil, nu, clătină Claire din cap, şuviţe de păr auriu fluturând în jurul chipului ei.

— Propun să intrăm înăuntru, domnule, se întoarse James către McNamara, iar urgenţa din tonul vocii sale aduse un zâmbet pe buzele inspectorului şef.

— Te-ai gândit bine, îl aprobă acesta.

— Probabil, ar trebui să chemăm mai întâi echipa de criminalişti, propuse sergentul, iar aruncându-i o privire pe furiş.

— Asta e clar, spuse McNamara. Ocupă-te tu, îşi flutură el mâna scoasă din buzunar.

Claire îi privea pe cei doi cu curiozitate, fascinată de felul în care aceştia comunicau.

CAPITOLUL CINCISPREZECE

Curând, hoarda de experţi criminalişti se abătu asupra casei a cărei uşă fusese descuiată cu un şperaclu de către un jandarm. Imediat ce broasca a cedat, McNamara îl invită pe James să intre primul înăuntru.

Sergentul pătrunse cu paşi hotărâţi în vestibulul casei, iar, apoi, se îndreptă spre uşa întredeschisă de la capătul acestuia, pe care a deschis-o mai larg. Ochii i se măriră la priveliştea ce-l aştepta. Podeaua era acoperită de diverse obiecte, hârtii şi sertare sparte.

— S-a întâmplat ceva, James? întrebă diplomatic McNamara din spatele lui, încercând să vadă încăperea, fără succes, deoarece bărbatul îi bloca vederea cu umerii săi largi şi trupul oarecum corpolent.

— Da, domnule, îi răspunse sergentul. Nu cred că putem trecem mai departe de acest punct chiar acum. Este necesar ca Stevens şi oamenii lui să intre mai întâi pentru a începe colectarea probelor. Doar după ce ei eliberează drumul, putem continua, declară James hotărât, dându-se la o parte, astfel permiţându-i inspectorului şef să vadă ce se afla în spatele lui.

— Da, înţeleg ce vrei să spui, băiete, îl aprobă McNamara cu o mişcare scurtă a capului, privirea lui trecând peste distrugerea din faţa lor. Ei bine, atunci lasă-i să preia ei, se întoarse el spre uşa de la intrare, urmat de sergent.

— Steven, trebuie să intraţi voi mai întâi, îl informă James pe şeful echipei de criminalişti, trecând pe lângă el.

Gilchrist le făcu oamenilor săi semn să îl urmeze în camera care, cândva, jucase rolul de cameră de zi şi de birou la un loc.

— Mă îndoiesc că Walsh a lăsat casa aşa când a plecat azi de dimineaţă, domnule, spuse James, întorcându-şi ochii spre McNamara.

— Cred că ai dreptate, James, răspunse el. Când un om trăieşte singur multă vreme, tinde să fie mult mai organizat decât atât. Nu i-ar plăcea dezordinea. Oricum, ceea ce am văzut noi acolo, este mult mai mult decât o dezordine obişnuită, îşi înclină el capul în direcţia salonului. Asta e clar opera tipului pe care vecina l-a văzut aici mai devreme, adăugă el.

James se gândi câteva clipe şi apoi se întoarse spre Claire:

— Crezi că ai putea să obţii o descriere a bărbatului de la acea vecină, doamna Taylor?

— Desigur, domnule, răspunse tânăra inspectoare pe un ton oficial, iar McNamara zâmbi.

Inspectorul șef știa de ceva vreme că tânăra își petrecea timpul liber împreună cu sergentul, inclusiv nopțile, și că, de fapt, aceștia aproape că locuiau împreună. Tocmai de aceea, îi aprecia el atitudinea profesională. Își pusese el întrebări privind comportamentul celor doi tineri într-un cadru profesional, iar acum i se luase o piatră de pe inimă, înțelegând că nu greșise în alegerea noului său detectiv.

Neavând habar de gândurile ce-i treceau prin minte șefului său, James continuă să o instruiască pe Claire:

— După ce obții acea descriere, trimite câțiva jandarmi să se intereseze de acel bărbat pe la casele de pe stradă. Poate cineva a văzut ceva.

Tânăra își înclină capul ca a înțeles și, cu un pas vioi, se îndreptă spre casa de peste drum.

— Ce altceva crezi că ar trebui să facem, James? îl întrebă McNamara, fără să îl privească, ocupat cu construirea unui plan alternativ în caz că James ar fi dat greș.

James își privi șeful pieziș, oarecum îngrijorat de întrebare, însă după câteva clipe, sergentul înțelese că omul îi evalua acțiunile și respiră adânc, temându-se că s-ar putea face de râs.

CAPITOLUL ŞAISPREZECE

James propuse să îi cheme pe Jo şi Mike pentru a ajuta la interviuri şi să împartă lista cu numele notate de către Angus şi Lachlan. Spera ca aceştia să dea de bărbatul care vizitase casa lui Walsh în absenţa sa în acea dimineaţă.

Claire obţinuse de la doamna Taylor o descriere cu adevărat amănunţită a persoanei. Bătrâna avea ochiul format pentru cele mai mici detalii, aşa că dacă unul dintre ei l-ar fi întâlnit pe individ, l-ar fi recunoscut imediat.

McNamara consideră că era bună ideea lui de a împărţi lista între inspectori, astfel fiind posibilă intervievarea mai multor persoane mai curând.

James nu aştepta decât aprobarea lui pentru a începe să facă pregătirile, aşa că îi ceru lui Claire să dea telefoanele necesare şi să-i convoace pe detectivi, ceea ce ea a şi făcut, chiar dacă avea impresia că sergentul o trata ca pe o simplă secretară.

— Ar trebui să vorbeşti şi cu Donna şi Mackie, îi propuse apoi Claire, fără a-l privi, iar bărbatul înţelese că ceva în atitudinea lui o supărase iar.

Femeia observă privirea lui piezişă, aşa că se gândi că era necesar să-i explice ce voia să spună.

— Ştiu că Donna şi Mackie sunt deja pe teren să discute cu oamenii de pe această stradă, gesticulă ea. Numai că ei nu ştiu despre bărbatul care i-a răvăşit casa lui Walsh după plecarea acestuia şi cred că le-ar prinde bine această informaţie, ridică ea din umeri.

— Presupun că da, admise James, cu oarecare reticenţă, deşi îşi dădu seama că acel fapt îi scăpase din vedere. În regulă, sună-i şi pe ei şi spune-le să vină aici, decise el, întorcându-se mai apoi la McNamara.

Claire privi în urma lui cu ochii îngustaţi, convinsă acum că bărbatul era hotărât să-i stârnească mânia în acea zi şi neînţelegând cum de era posibil ca un om atât de inteligent să fie atât de nepăsător şi să nu-şi dea seama de rezultatul acţiunilor sale. Tânăra femeie se încruntă preţ de câteva momente, dar, mai apoi, ridică din umeri. În fond, dacă el nu înţelegea, atunci trebuia să-l oblige să o facă. Unele circumstanţe necesitau acţiuni dure, iar ea, una, nu se dădea înapoi de la nimic.

Inspectoarea decise să lase problema deoparte cât timp erau la muncă pentru că oricum nu avea la îndemână mijloacele să i-o plătească chiar atunci. Totuşi, în seara aceea, trebuia să-l facă pe James să înţeleagă că nu se putea purta astfel cu ea. Ştia că îi va fi greu să renunţe la el dacă nu va avea succes, dar Claire nu era femeia care să accepte jumătăți de măsură din partea nici unui bărbat.

Aruncându-i sergentului o ultimă privire, Claire începu să-i sune pe inspectori, având grijă să le transmită faptul că trebuiau să vină mai întâi la casa Walsh, iar jumătate de oră mai târziu, Donna și Mackie apărură. Aceștia își începuseră deja interviurile în cartier când primiseră apelul ei.

James le observă apariția și se îndreptă spre ei cu pași grăbiți.

— Ați avut deja vreun interviu? îi întrebă el, uitând și să salute, ceea ce-l determină pe Mackie să-și arcuiască o sprânceană.

Detectivul îl cunoștea pe James de ceva vreme, iar dacă ar fi fost întrebat despre sergent, ar fi spus că omul era întruchiparea civilității. Aparent, James uitase de bunele maniere pe ziua aceea. Părea să fi luat o lecție din cartea lui McNamara, iar acest lucru era cu adevărat terifiant. Un McNamara era mai mult decât suficient la ei în secție.

De altfel, Mackie îl zări pe inspectorul șef la o oarecare distanță de ei, iar trăsăturile lui îi trădau amuzamentul. Detectivul înțelese că acestuia nu-i scăpase ironia situației și probabil chiar se felicita că îl modelase pe James după chipul său.

Mackie își întoarse privirea spre sergent, luând notă de nerăbdarea acestuia. Inspectorul oftă în sinea lui și se luptă cu impulsul de a-și arunca ochii spre cer pentru inspirație divină. Abia după aceea spuse:

— Da, am terminat deja două interviuri, domnule. De aceea ne-a luat ceva mai mult timp să ajungem aici, îi explică el, ridicând nonşalant din umăr, considerând că mai multe scuze decât atât erau inutile din moment ce el şi colega sa nu-şi făcuseră decât treaba până atunci.

— Păcat, mormăi James. Tocmai ce am aflat că un individ a răscolit casa după ce Walsh a plecat de dimineaţă, îi informă el pe detectivi, degetul său mare încovoindu-se spre casa din spatele lui. Ar fi fost o idee bună să îi întrebaţi pe oamenii cu care aţi vorbit deja dacă l-au mai văzut pe acel bărbat prin preajmă, zise el.

— Ei bine, putem să ne întoarcem la cei cu care am vorbit, dacă vrei, se aventură Donna în discuţie. Oricum le-am spus că o vom face dacă va mai fi nevoie, continuă ea cu obrajii stacojii.

Era un fapt bine-cunoscut printre poliţişti că Donna Blair era de o timiditate cronică şi făcea un efort imens pentru a şi-o controla. Mulţi chiar se întrebau cum de reuşea femeia să îşi facă meseria, dar aceasta nu dezamăgea niciodată.

James îi cântări cuvintele preţ de câteva secunde, dar apoi clătină din cap.

— Nu, nu te întoarce acum. Continuă cu ceilalţi care trăiesc în jur, decise el. Dacă mâine avem nevoie de mai multe informaţii, vă puteţi întoarce din nou la cele două case la care aţi fost deja.

— În regulă, domnule, îi răspunse Mackie, cu o aplecare a capului. Ce ne puteţi spune despre intrusul de azi dimineaţă? întrebă el, arătând şi el cu bărbia spre casa din spatele sergentului.

— Claire are toate detaliile, îşi flutură James degetele. E acolo, le-o arătă el. Mergeţi la ea şi vă va spune tot ce ştie.

Donna îl privi nedumerită pe sergent, acesta fiind departe de James pe care îl cunoştea. Dar, cum avea o treabă de făcut, se mulţumi să dea din cap şi se îndreptă spre Claire pentru a cere mai multe informaţii.

Mackie o urmă, aruncându-i şi el o ultimă privire sergentului, dar acesta nu băgă de seamă, preocupat să se întoarcă la McNamara.

— Ce părere ai despre James al nostru, Donna? întrebă Mackie pe un ton coborât, temându-se că l-ar putea auzi altcineva.

Femeia ridică din umeri, dar, mai apoi, se întoarse spre el şi îi cercetă faţa cu ochi curioşi.

— Ai văzut acelaşi lucru, nu-i aşa? îl întrebă ea.

— O clonă a lui McNamara, şopti Mackie, iar Donna zâmbi, cu colţurile gurii răsfrânte.

După aceea, femeia strâmbă din nas şi spuse:

— Nu chiar, dar destul de aproape, cred.

— Să sperăm că nu va deveni cu adevărat clona inspectorului şef. Nu cred că am supravieţui, recunoscu el cu părere de rău.

Donna clătină din cap:

— Nu îţi fă griji, îi mângâie ea braţul liniştitor. Chiar dacă James încearcă să sune şi să se comporte ca McNamara, nu va reuşi să o facă pentru încă multă vreme. Nu are personalitatea necesară, declară femeia cu siguranţă în glas.

— Vorbiţi despre James? întrebă Claire cu blândeţe, iar un oftat simultan zbură de pe buzele inspectorilor, care nu-şi dăduseră seama că se apropiaseră atât de mult de Claire încât aceasta să le audă cuvintele.

— Îmi pare rău, Claire, începu Donna să se explice, cu pomeţii îmbujoraţi. Ştii că nu am vrut să...

Claire îi îndepărtă cuvintele cu un gest nepăsător, zâmbind.

— Nu ai spus nimic mai rău decât ceea ce am gândit şi eu, îşi întrerupse ea colega. Ştii ce cred eu? James are nevoie de o scuturătură bună, iar eu sunt persoana cea mai potrivită pentru aşa ceva, declară ea cu ochii scânteind de furie.

— Bietul ticălos, şopti Mackie compătimitor, dar Claire îl auzi şi îşi arcui o sprânceană.

Mackie ridică din umeri, un zâmbet ironic fluturându-i pe buze.

— Ei bine, lăsaţi-mă atunci să vă spun ce ştim despre intrusul de azi dimineaţă, spuse Claire.

— Bun, spuse Donna cu o mişcare a capului. Că trebuie să ne întoarcem curând la interviuri. James vrea rezultate rapid, mai ales că McNamara s-a întors deja din luna de miere.

— Da, ai dreptate, mi-e teamă, o aprobă Claire. James era un caz pierdut încă înainte de apariţia lui McNamara. Acum, este şi mai rău, se strâmbă ea, iar mai apoi le relată tot ce aflase de la vecina cea curioasă pentru ca aceştia să se întoarcă la interviurile lor.

Inspectoarea îi urmări cu privirea, sperând că vor afla ceva în curând. Ştia ea că, în caz contrar, lucrurile se vor înrăutăţi. Prezenţa inspectorului şef îl zdruncinase bine pe sergent.

CAPITOLUL ȘAPTESPREZECE

James nu avu deloc o noapte bună. Dormise foarte puțin, somnul fiindu-i agitat. Nici dimineața nu păru să se îmbunătățească prea mult. James se trezi înainte de șase, deși adormise cu mult după ora două.

Claire refuzase să îl însoțească la el acasă, gând care încă îl măcina. Mai mult decât atât, când se oferise să meargă el la ea, femeia îi refuzase oferta.

Bineînțeles, bărbatul încercase să-i schimbe părerea. Îi plăcea să se trezească cu ea lângă el dimineața și era sigur că prezența ei în patul lui îl ajuta să se odihnească mai bine. Noaptea care tocmai trecuse îi dovedise acest lucru. Cu toate acestea, aceasta refuzase cu obstinație să-i asculte argumentele, ba chiar avusese tupeul să-i amintească că toată ziua o tratase ca pe o simplă secretară și îi atrăsese atenția că nu era profesional să împartă patul cu secretara sa.

James își înghițise protestele la vorbele ei, deși i-ar fi plăcut să aibă șansa de a-i explica de ce se comportase în acel fel. Încercase să-și păstreze calmul, dar, oricum,

Claire nu dădu vreun semn că i-ar fi păsat de ce avea el de spus, ci, pur şi simplu, îi întorsese spatele şi plecase.

James o privise pe Claire părăsind sala detectivilor cu inima strânsă. Câteva secunde mai târziu, îl simţise pe McNamara lângă el.

Acesta îl bătuse pe umăr şi spusese:

— Uneori femeile au nevoie de mai mult spaţiu decât suntem noi dispuşi să le oferim, cred. Totuşi, ar trebui să descoperi ce a supărat-o, James. Altfel, nu vei reuşi niciodată să-ţi refaci relaţia cu ea. Claire pare hotărâtă să te ţină la distanţă, băiete. Şi am observat că are o fire încăpăţânată, adăugase el, ridicându-şi sprânceana stângă cu tâlc.

James îşi scutură capul pentru a scăpa de amintirile din noaptea trecută şi îşi frecă faţa cu palmele, trecându-şi, mai apoi, degetele prin păr. Oftând, coborî din pat şi se îndreptă spre baie. Se simţea lipsit de energie şi se întrebă cum se va descurca în ziua aceea.

Bărbatul nu se simţise niciodată absolut deprimat în toată viaţa lui, dar recunoştea semnele. Nu înţelegea cum de totul luase o întorsătură atât de urâtă, dar ştia că trebuie să facă ceva pentru a îndrepta situaţia. Era clar că trebuia să aibă o discuţie deschisă cu Claire.

Jumătate de oră mai târziu, se îndreptă cu maşina spre casa ei, ştiind că nu va avea ocazia să vorbească cu ea la serviciu şi era necesar să limpezească apele înainte să-şi înceapă tura. La urma urmei, tot trebuiau să-şi petreacă ziua împreună şi nu puteau să rămână în dezacord.

Traficul uşor îl ajută să ajungă la destinaţia sa în doar câteva minute. Îşi parcă maşina în faţa clădirii în care locuia Claire şi, apoi, privi prin geamul portierei spre fereastra apartamentului ei.

— Şi acum ce fac? se întrebă el.

James ar fi vrut să mărşăluiască la uşa femeii şi să o trezească dacă încă dormea, dar nu găsi puterea să-şi pună gândul în aplicare. Claire lucrase mult cu o zi înainte şi era posibil să trebuiască să muncească la fel de mult şi în ziua aceea, iar el, unul, nu putea să o priveze de odihnă. De altfel, îşi aminti că aceasta se trezea întotdeauna mai târziu decât el.

După câteva momente de gândire, bărbatul coborî din maşină şi se sprijini cu spatele de capotă, încrucişându-şi braţele pe piept.

Îşi muşcă buza inferioară, încercând să-şi dea seama care ar fi trebuit să fie următorul pas. Se grăbise să ajungă acolo, iar acum nu ştia ce să facă. Singura lui speranţă era ca tânăra femeie să se trezească în curând, să arunce o privire pe fereastră şi să-l zărească. Dar dacă era încă supărată pe el, ar fi putut pretinde că nu-l vede şi să nu coboare până când nu trebuiau să plece la staţia de poliţie.

Incertitudinea situaţiei îi întunecă privirea şi, tensionat, scrâşni din dinţi. După ce meditase jumătate de noapte, trebuia să recunoască faptul că nu se comportase aşa cum trebuia cu ea.

James nu-şi luă nici o clipă ochii de pe intrarea în clădire, aşa că nu o observă pe Claire apărând la fereastra dormitorului. Tânăra se trezise doar cu vreo câteva minute înainte, iar primul lucru pe care l-a făcut a fost să tragă draperiile. Când şi-a aruncat ochii pe fereastră, privirea i s-a oprit asupra lui.

Bărbatul părea posomorât şi lăsa impresia că toată greutatea lumii se odihnea pe umerii lui. Claire ezită doar o clipă, gândindu-se că poate ar trebui să-l strige şi să-l invite înăuntru, dar, mai apoi scutură din cap cu hotărâre. Nu credea că James înţelegea că o rănise cu atitudinea sa din ziua precedentă. Era posibil ca lui să-i pară rău doar pentru că nu-şi petrecuse noaptea cu ea.

Femeia părăsi fereastra şi se duse să facă un duş, hotărând ca după aceea să bea şi o ceaşcă de cafea înainte de a vorbi cu el. James putea foarte bine să aştepte până când termina ea cu toate. La urma urmei, ea era la cheremul şi ordinele lui în timpul orelor de serviciu, dar acesta era timpul ei liber, aşa că nu era defel necesar să-i facă pe plac.

CAPITOLUL OPTSPREZECE

În timp ce se afla sub duş, Claire se răzgândi, părându-i-se meschin să nu-i ofere lui James o ceaşcă de cafea, aşa că, hotărâtă, se şterse cu prosopul şi se îmbrăcă. După aceea, se duse în bucătărie să pregătească cafeaua şi aranjă o tavă cu ceşti, farfurii şi un bol de zahăr, intenţionând să scoată laptele din frigider doar după ce turna cafeaua în ceşti.

Terminând cu toate, Claire privi în jur şi, mulţumită că totul era pus la punct, se îndreptă spre fereastra dormitorului şi o deschise.

— James, îl strigă ea, fără să ridice prea mult tonul pentru a nu-şi trezi vecinii atât de devreme.

Cu toate acestea, capul lui sări imediat în sus, bărbatul privind-o intens, iar Claire simţi sângele năvălindu-i în obraji. Bătăile inimii i se accelerară şi îi trebuiră câteva clipe bune pentru a reuşi să-i facă semn că poate urca la apartamentul ei, închizând mai apoi fereastra, fără să aştepte să vadă dacă el a înţeles ce voia ea să-i spună.

Mai repede decât ar fi crezut, zumzetul interfonului o anunţă că James ajunsese la intrarea în clădire. Femeia apăsă butonul pentru a-i permite intrarea în bloc, iar apoi descuie uşa de la propriul apartament, lăsând-o întredeschisă ca el să poată intra chiar dacă ea nu îl aştepta acolo.

Întorcându-se în bucătărie, Claire turnă cafeaua în ceşti şi se gândi să pună şi câteva felii de pâine la prăjit. Oricum, îşi încălcase deja hotărârea de a-i da o lecţie lui James şi, la urma urmei, trebuia să mănânce şi ea.

Câteva clipe mai târziu, bărbatul pătrunse în bucătăria ei cu paşi ezitanţi, ochii lui cercetându-i chipul pentru a-i judeca starea de spirit. Claire mai că izbucni în râs, dar se mulţumi să-şi clatine capul imperceptibil, fără a da vreun semn că l-a observat.

— Bună dimineaţa, Claire, spuse James pe un ton coborât şi, abia atunci, se întoarse ea complet spre el.

Bărbatul se oprise în mijlocul bucătăriei, nesigur de ceea ce ar fi trebuit să facă în continuare şi tânăra femeie simţi ceva similar compasiunii, dar înlătură senzaţia imediat, considerând că era mult prea devreme să arate sentimente blânde faţă de el.

— Bună dimineaţa, James, îi răspunse ea pe un ton oficial, invitându-l cu un gest să ia loc la masă. Voi termina imediat şi cu pâinea prăjită. O putem mânca cu unt şi gem. Nu am chef să pregătesc altceva pentru micul dejun, îl avertiză ea.

— Ştii că nu trebuie să faci nimic special pentru mine. Dar dacă vrei, pot să pregătesc eu nişte şuncă şi ouă pentru amândoi, se oferi James, trepidând de nerăbdare, gata să profite de șansa de a-și spăla o parte din păcatele din ziua precedentă.

— Nu va fi necesar, își flutură Claire degetele. Nici măcar nu cred că am așa ceva în frigider, observă ea.

În ultima vreme, își cam petrecuse timpul acasă la James, așa că în frigiderul ei nu prea se mai găsea mare lucru de mâncat.

Cu o mișcare a capului, bărbatul îi dădu de înțeles că a priceput, iar mai apoi se așeză la masă, ținându-și ochii atenți pe silueta micuță, care se mișca încoace și încolo, ocupată cu pregătirea micului dejun.

În cele din urmă, Claire așeză pe masă platoul cu pâine prăjită, aducând după aceea untul și gemul, pentru ca mai apoi să așeze lângă zaharniță sticla de lapte scoasă din frigider.

— Din fericire, mi-am amintit că nu aveam lapte în casă și am cumpărat, îi explică, luând și ea loc la masă. Ar fi fost grozav dacă mi-aș fi amintit să cumpăr și niște ouă și șuncă, dar... sunt convinsă că vom supraviețui, ridică ea din umeri.

James îi zâmbi și se întinse să-i prindă mâna, dar ea se retrase.

— Sunt încă supărată pe tine, îl informă ea pe un ton mai puțin rece decât și-ar fi dorit.

— Știu, murmură James. Probabil că și ceilalți sunt supărați, îndrăzni el să ghicească.

— Oh, poți fii sigur de asta, îl asigură Claire. Ce îți veni să te comporți ca McNamara? La el merge să se poarte așa, dar nu și la tine, îl avertiză ea.

— Nu știu, îi răspunse el, ridicând din umeri, iar ochii ei se măriră de uluială, neștiind ce să mai spună. Voi încerca să mă comport altfel astăzi, o asigură el.

— Nu altfel, își clătină Claire capul, neplăcându-i cuvintele lui. Trebuie să fii tu însuți, sublinie femeia, trăgându-i mâna spre ea. McNamara rezolvă lucrurile în felul lui. Tu trebuie să o faci în felul tău.

— Presupun, murmură James, fără să o privească.

— Trebuie să fii un pic mai sigur decât atât, îi răspunse ea pe un ton sec și, dezamăgită de reacția lui, îi dădu drumul la mână, ridicându-și ceașca și sorbind din cafeaua fierbinte.

Amândoi sorbiră din cafea și, timp de câteva minute, își ronțăiră pâinea prăjită, unsă cu unt, evitând să vorbească sau să se privească unul pe celălalt.

— Și dacă nu reușesc să rezolv cazul? o întrebă el brusc.

Lui Claire i se strânse inima când îi citi rușinea și chinul din ochii, iar întrebarea lui o sperie. Cu toate acestea, îi răspunse fluturându-și mâna nonșalant:

— Nu mi-aș face griji pentru așa ceva dacă aș fi în locul tău. Ești bun la ceea ce faci, James. Bineînțeles, va trebui să crezi și tu în tine însuți , ridică ea din umeri. Nimeni nu-ți poate insufla încrederea în tine.

James nu o contrazise, chiar dacă vorbele ei erau departe de a-l convinge, și se mulțumi să mai soarbă o dată din cafeaua fierbinte, privind în zare, pe fereastra bucătăriei.

Soneria telefonului său destrămă tăcerea, iar Claire îşi arcui sprâncenele.

— Nu cunosc acest număr, spuse James după ce verifică afişajul, dar cu toate acestea, răspunse la apel.

— Probabil că o să mă crezi îngerul morţii, tinere, îi ajunse la urechi vocea aspră a unui bărbat.

— Poftim? Cine este? întrebă James cu fermitate, bărbatul neapreciind glumele macabre.

Totuşi, ceva în timbrul interlocutorul său îi trezea nişte vagi amintiri, chiar dacă James tot nu-şi dădea seama cine îl sunase.

— Angus Murray, veni răspunsul, care, deşi laconic, trăda enervarea şi lehamitea bărbatului.

Tonul lui nu îl surprinse defel pe sergent. Găsirea unui cadavru ca cel din ziua precedentă nu era pentru cei cu inima slabă, iar James nu regreta deloc că nu reuşise să-l vadă.

— Bună dimineaţa, domnule Murray. Ce s-a întâmplat de data aceasta? îl întrebă James, o cută adâncă apărându-i între sprâncene.

Îl încerca un sentiment îngrozitor în legătură cu direcţia acelei conversaţii. Departe de a fi o persoană sociabilă, Murray nu l-ar fi sunat doar pentru a pierde timpul trăncănind despre vreme.

— Ei bine, ieri am găsit cadavrul lui Ian Walsh, după cum vă amintiţi. Mă tem că astăzi am dat peste cadavrul unui alt tovarăş de-al nostru, Joshua Grant, îi explică

Murray lui James, ai cărui ochi se rotunjiră de uluială la aflarea veştii.

— Cum adică aţi dat peste Joshua Grant? întrebă el, nu foarte sigur că urechile nu-i jucau o festă.

— Păi, chiar aşa s-a şi întâmplat, îşi începu bărbatul relatarea cu un oftat. Am ieşit în grădină azi după ora şase pentru o plimbare. Am găsit cadavrul acum câteva minute, vedeţi. Mă gândeam să mă ocup de nişte buruieni, ştiţi. De obicei, nu prea am chef de aşa ceva, dar azi aveam nevoie de exerciţiu, explică el, tonul vocii lui trădând faptul că acum îşi blestema dorinţa de a face mişcare.

James nu se îndoia că omul ar fi preferat să-şi piardă dimineaţa urmărind cu atenţie cum se desprindea vopseaua de pe pereţi.

— Deci mă îndreptam spre straturile de flori, vezi tu, continuă bătrânul cu ironie voalată. Şi chiar acolo, era Joshua, în spatele casei, sub unul dintre copacii mei, spuse Angus cu nemulţumire, dar detectivul nu putea să-l învinovăţească deloc că se simţea astfel.

— Aţi atins cadavrul? îl întrebă James cu o oarecare teamă.

Considerând norocul omului de până atunci, sergentul se gândea că probabil că asta şi făcuse.

Râsul sardonic de la celălalt capăt al firului îl încurcă pe James, care nu ştia ce putea să-l amuze atât de mult pe Murray. La urma urmei, o crimă nu reprezenta un subiect de râs, cel puţin în opinia lui.

— Întrebi dacă l-am atins? Ha! Trebuie să îți spun că am căzut chiar peste el, mârâi Angus. Chiar deasupra lui, cred. Cel puțin, parțial, adăugă el pe un ton melancolic acum. Presupun că o să-mi spui acum că nici măcar nu pot să-mi schimb hainele, adăugă el, după aceea, cu oțel în voce.

— Cam așa este, domnule Murray. Nu puteți să vă schimbați hainele, se arătă James de acord cu evaluarea lui. Oricum, vom fi acolo curând și atunci vă vom ajuta să scăpați de ele. Stați pe loc și nu atingeți nimic altceva, îl sfătui el și, clătinând din cap consternat, întrerupse apelul cu un suspin profund.

— Trebuie să plecăm, o privi el pe Claire, cu ochii indescifrabili.

— Da, am auzit, spuse ea, golindu-și ceașca de cafea dintr-o dată.

Se anunța a fi o zi lungă și, chiar dacă se îndoia că o simplă ceașcă de cafea i-ar fi fost de prea mare folos, tânăra femeie tot nu avea de gând să renunțe la ea.

O clipă mai târziu, James îl sună pe medicul legist. Voia să se ocupe tot Stewart de examinarea victime, și nu numai pentru că cele două crime păreau să aibă legătură, ci și pentru că acesta era cel mai bun în domeniu.

Relatarea lui Murray îi dădea bătăi de cap sergentului. Ar fi fost greu de dovedit dacă omul era criminalul sau pur și simplu o victimă a jocului ticălos al altcuiva.

Mulțumit că a dat de Stewart, James decise să sune și restul echipei. Îl contactă, mai întâi, pe McNamara, care nu se vădi prea încântat că l-a deranjat atât de devreme în acea dimineață, iar, abia atunci, sergentul își aminti că luna lui de miere nu se terminase încă, dar ridică din umeri. McNamara ceruse să fie implicat în anchetă, așa că trebuia să se aștepte să primească un telefon dacă se întâmpla ceva.

Ostoindu-și vina, James sună mai apoi echipa criminalistică. Stevens se mulțumi să mârâie și să-l informeze că el și echipa sa vor ajunge la adresa respectivă în maximum patruzeci și cinci de minute. Din fericire, era încă destul de devreme și mai era ceva timp până ce traficul s-ar fi întețit.

După ce i-a chemat și pe ceilalți inspectori să i se alăture acasă la Murray, James își părăsi scaunul cu un oftat și o ajută pe Claire să strângă masa, punând vasele în chiuvetă.

— O să le spăl imediat, îi promise el.

— Dacă dorești, ridică ea din umeri. Doar știi că urăsc să spăl vasele.

— Da, așa e, îi surâse el, începând să spele ceștile, iar o parte din tensiunea pe care o simțise mai devreme se risipi, atmosfera domestică potolindu-i anxietatea.

CAPITOLUL NOUĂSPREZECE

La sosire, polițiștii îl găsiră pe Angus așteptându-i la umbra unui copac gros din curte, la câțiva pași de ușa din spate, iar trăsăturile sale sumbre îi ului pe mulți. Omul nu arăta prea fericit în dimineața aceea, dar, mai apoi, James se întrebă dacă pe bărbat îl încercase vreodată fericirea.

Acesta își alesese cu grijă locul în care îi aștepta. Acolo, vecinii nu l-ar fi văzut, chiar dacă s-ar fi trezit mai devreme în dimineața aceea, lucru de care el se cam îndoia. Nu-i văzuse niciodată înainte de ora opt.

David Stewart, împreună cu cei doi asistenți ai săi, ajunse primul la el. Ochii săi ageri trecură peste pieptul lat al bărbatului, observând că piepții cămășii acestuia erau îmbibați de sânge, și își imagină că trebuie să fi fost teribil de neplăcut pentru Angus să-i aștepte îmbrăcat astfel mai bine de treizeci de minute. Nu puțini ar fi fost cei care și-ar fi pierdut conținutul stomacului dacă s-ar fi aflat în acea situație, iar Stewart se întrebă dacă nu cumva aşa se şi întâmplase, chiar dacă în aer nu plutea niciun miros şi nici pe pământ în jur nu se vedea nimic.

Medicul legist observă că pata de sânge de pe cămaşa lui Angus nu-i depăşea brâul, ceea ce părea destul de ciudat. În afară de două ştersături pe partea exterioară a coapselor bărbatului, nu se zăreau alte urme ruginii, aşa că doctorul presupuse că bărbatul îşi ştersese inconştient mâinile de pantaloni înainte de a-şi da seama de ce făcea.

Medicului legist i se făcu milă de el, mai ales pentru că acesta trecuse printr-un astfel de şoc două zile la rând, lucru ce ar fi putut să-i afecteze inima, considerând că omul avea deja o vârstă destul de înaintată. După câteva clipe, însă, se gândi că poate ar trebui mai întâi să examineze cadavrul şi să vadă ce s-a întâmplat, nedorind să îşi irosească mila pentru un criminal.

Stewart îl salută pe Angus cu o scurtă mişcare a capului când realiză că bărbatul îl privea cu îngrijorare.

— Unde este cadavrul? îl întrebă el, felicitându-se pentru tonul său egal.

— Chiar acolo, după colţ, îşi întinse omul degetul spre colţul din spate al casei. Nu ai cum să nu-l vezi, mai mormăi el, ştergându-şi gura cu dosul palmei, numai pentru că apoi să observe pata de sânge de pe degete şi să înceapă să scuipe cu furie.

Medicul legist îl privi piezis, sprânceana sa stângă ridicându-i-se pe frunte la avalanşa de înjurături ce-i ieşi omului din gură mai apoi.

Cei doi asistenţi ce-l însoţeau se holbau şi ei la Angus cu ochiii măriţi. Stewart doar îşi scutură capul şi, făcându-le semn celor doi tineri să îl urmeze, se îndreptă spre locul unde zăcea victima.

Dinspre stradă, răsună zgomotul maşinilor parcate, însă doctorul nu se opri să vadă cine mai sosise la faţa locului. Ajuns în apropierea victimei, el analiză de sus până jos trupul întins pe stratul de flori. Lichidul de culoarea cuprului pătase albastrul pumnului de flori plantate lângă zidul casei.

Partea aceea de grădină nu părea să i se potrivească deloc lui Angus şi Stewart era convins că altcineva plantase şi îngrijise acele flori.

Clătinându-şi capul, medicul legist uită de plante şi se ghemui lângă cadavru. Deschizându-şi geanta medicală, scoase o pereche de mănuşi de latex, iar, mai apoi, îşi începu examinarea obişnuită, uitând de toţi ceilalţi. După câteva minute, îşi ridică privirea pentru a vedea cine se găsea prin preajmă, dispus să împărtăşească ceea ce aflase.

— Bun, aţi ajuns, spuse, observându-i pe McNamara şi James la câţiva paşi de el.

— Da, am venit chiar în urma dumneavoastră, îl aprobă James cu un semn al capului, deşi nu-şi putea lua ochii de la trupul care zăcea la picioarele doctorului.

Decedatul îi părea oarecum familiar, şi cu toate acestea nu ştia cine e.

— Aveţi să ne spuneţi ceva? îşi întoarse el privirea spre medicul legist.

Stewart înțelese imediat că tot James conducea în continuare ancheta, în ciuda prezenței inspectorului șef la fața locului, așa că se ridică în picioare și i se adresă.

— Ăsta nu fost bătut la fel de rău ca cel de ieri, își flutură el degetele spre victimă, iar James se strâmbă imperceptibil.

 Cuvintele acelea spuneau multe, având în vedere că înfățișarea decedatului demonstra că acesta dezvoltase o relație intimă cu un obiect contondent, ce îi provocase cel puțin trei răni grave. Sergentul chiar se minună că ucigașul insistase să-l lovească în continuare. Oricare dintre ele ar fi condus la deces. Cum el, unul, nu îl văzuse pe Walsh, se întrebă cât de rău arătase cadavrul lui.

James cercetă cu privirea trupul de pe pământ, de la degetele de la picioare până la vârful capului și ochii i se lărgiră când poposiră pe chipul victimei. Sentimentul straniu că victima îi era cunoscută deveni realitate.

— Interesant, murmură el, dar șoapta lui ajunse la urechile lui McNamara.

— Ce este interesant? îl întrebă acesta, privindu-l cu curiozitate.

— Fața lui, domnule, arătă James spre capul victimei lor. Arată exact cum l-a descris doamna Taylor. Acesta trebuie să fie bărbatul care l-a vizitat pe Walsh ieri dimineață, conchise el.

— Cred că s-ar putea să ai dreptate, își îngustă McNamara ochii, mirându-se că nu observase asemănarea. Într-adevăr, lucrurile au devenit mai incitante acum, spuse el, clătinând din cap. Ai ochi buni, băiete, îl laudă el pe James, plesnindu-l peste umăr, iar un zâmbet satisfăcut îi curbă buzele, surprinzându-i pe toți ceilalți.

Obrazul sergentului se coloră ușor, iar McNamara încercă să-și reprime zâmbetul, înțelegând, însă, că omul mai avea încă un drum lung în fața lui, din moment ce nu știa cum să-și ascundă reacțiile.

— Există ceva diferit față de crima de ieri? își întoarse, mai apoi, James privirea spre medicul legist, străduindu-se să scape de jenă.

— Foarte multe, de fapt, își scutură Stewart capul entuziasmat.

— Asta da, e fascinant, spuse McNamara ca pentru sine.

Totuși, ceilalți doi s-au întors spre el, privindu-l cu interes. Inspectorul șef ridică din umeri, dar apoi se hotărî să vorbească:

— Deci, ce este diferit la acesta, David?

— Ei bine, băiete, Walsh a fost ucis acolo unde l-am găsit, le explică medicul legist. Acesta, însă, a fost ucis în altă parte și a fost mutat imediat după aceea, indică el cu degetul mare peste umăr spre cadavrul întins pe jos. Crima este proaspătă, dar scena nu este ceea ce pare, îi avertiză el.

— Înțeleg, murmură McNamara, sprâncenele coborându-i-se deasupra nasului.

— Crezi că bătrânul, Angus, ar fi putut fi atât de însetat de sânge încât să-l care pe om până aici? întrebă James, înclinându-şi capul gânditor.

— Mă îndoiesc, răspunse sec medicul legist. Urmele de pe hainele sale nu sunt consistente cu o astfel de activitate. Cu toate acestea, ar trebui să-l verificaţi. Nu se ştie niciodată, ridică el din umeri cu indiferenţă, amintindu-şi că văzuse lucruri şi mai ciudate decât acela. Totuşi, dacă Murray l-a ucis pe om, cu siguranţă că şi-a schimbat hainele după aceea. Stropii de sânge rezultaţi din aceste răni ar fi lăsat urme, le arătă el detectivilor cele două răni despre care vorbea.

— Deci, crima a avut loc în altă parte, iar cadavrul a fost mutat aici după aceea. Ar mai trebui să ştim ceva pentru moment? se mai interesă James, arzând de nerăbdare să-l chestioneze pe Angus.

— Doar că tipul a fost ucis în urmă cu mai puţin de cinci sau şase ore. Mai mult decât atât.., gesticulă făcut Stewart indiferent. Cadavrul ar fi arătat cu totul altfel, preciză el.

— După ce vei termina autopsia, voi şti, mormăi James, deşi umbra unui zâmbet îi apăru în colţul gurii.

Cel puţin, se părea că tânărul detectiv învăţase ceva din ziua precedentă, iar doctorul trebui să-şi reţină un zâmbet de satisfacţie.

— Exact, băiete, îl străpunse, în schimb, Stewart pe sergent cu o privire tăioasă, ştiind că trebuia să păstreze unele aparenţe, altfel inspectorii ar fi încetat să-l mai respecte.

James se înroşii şi îşi aruncă privirea rapid spre McNamara, temându-se că acesta l-ar putea mustra pentru cuvintele sale îndrăzneţe. După ce s-a asigurat că nu va fi muştruluit, îşi scutură capul şi se îndreptă spre şeful echipei de criminalişti, care îl luase pe Angus cu el pentru a-l descotorosi de hainele însângerate.

Privind în urma lui James, McNamara încercă să-şi ascundă surâsul amuzat, dar ochii atenţi ai lui Stewart se opriră asupra chipului lui. Mulţumit de ce observase, îşi înclină capul şi spuse:

— E un băiat bun.

McNamara îşi întoarse ochii spre el şi, după ce îi analiză trăsăturile preţ de o clipă, spuse:

— Aşa este, într-adevăr.

— Cred că ai ales bine persoana care să conducă această anchetă, băiete, simţi doctorul nevoia să menţioneze, neluându-şi privirea de pe chipul detectivului.

— Asta ştiu, îi răspunse McNamara cu o scurtă mişcare din cap, fără să simtă impulsul de a-şi justifica hotărârea, deşi Stewart era prietenul lui, poate chiar singurul pe care îl avea.

— Şi cum a fost luna de miere? se interesă legistul cu o sclipire în ochi.

— Prea scurtă, pufni McNamara, umorul fluturându-i pe buze.

— Martha tânjeşte să vă vadă pe amândoi, să ştii, menţionă doctorul, aruncându-i o privire piezişă.

De fapt, şi doctorului îi era dor să-l vadă din nou pe tânăr în casa lui, dar avea şi o reputaţie de apărat, aşa că nu putea să-şi arate adevăratele sentimente.

— Atunci vom veni, consimţi McNamara. Ştiu că lui Bryony i-ar plăcea, adăugă el. Vă place pe amândoi, de fapt.

— Asta e bine de ştiut. Poate treceţi sâmbătă, îi sugeră medicul.

Inspectorul şef acceptă şi îi mulţumi lui Stewart cu o uşoară aplecare a capului. Ştia el că soţia lui nu va refuza o vizită la soţii Stewart pentru că îi plăcea pe cei doi cu adevărat.

Mai apoi, McNamara se îndreptă şi el în direcţia pe care o luase James. Nu mai putea face nimic acolo cu Stewart.

CAPITOLUL DOUĂZECI

Angus nu fusese niciodată un om prea calm, ba chiar îi plăcea şi ştia să-şi exprime nemulţumirea atunci când era necesar. Chiar şi acum, conştient că se afla într-o situaţie dificilă, bărbatul tot bombănea, furia copleşindu-l în valuri rebele, iar strălucirea din ochii lui spunea multe.

Nu-i păsa că poliţiştii îi puteau auzi înjurăturile. Un om avea dreptul să se descarce în astfel de circumstanţe, indiferent de consecinţe. Dar, în ciuda mâniei sale, îşi dădu seama că unii dintre experţii criminalişti se străduiau să îşi reţină zâmbetul, astfel punând şi mai mult gaz pe foc. Alţii, însă, tresăreau şi făceau tot posibilul să stea departe de el, iar asta îi mai ostoi amărăciunea.

Şeful echipei de criminalişti încercă din răsputeri să evite pumnalele din ochii lui. Într-un fel, Steven înţelegea ce simţea omul, dar nu putea să-i arate nicio milă, chiar dacă era aproape convins că acesta nu ar fi putut ucide victima. Cu toate acestea, mai întâi trebuia să verifice probele pentru a rămâne cu conştiinţa împăcată.

Angus nu visase niciodată că va veni şi ziua când va trebui să se dezbrace în faţa poliţiştilor, iar stânjeneala îi schimonosise chipul. Palid la sosirea poliţiei, acum devenise cenuşiu de-a binelea şi numai buzele livide se mai distingeau pe faţa unghiulară.

Bărbatul se dezbrăcase deja până la lenjeria intimă, iar privirea lui sfidătoare îi provoca pe poliţişti să facă vreun comentariu sau să afişeze vreun rânjet. Unul dintre agenţi îi evită privirea cu grijă în timp ce îi înmâna un schimb de haine pe care îl găsise mai devreme în casă.

Angus coborî de pe prelata uriaşă pe care se afla şi, nerăbdător, smulse hainele din mâna omului. Cu gesturi bruşte, îşi trase mai întâi pantalonii pe el, evitând privirile tuturor şi încercând să-şi păstreze ultima fărâmă de demnitate pe care o mai avea.

Murray nu fusese niciodată atât de umilit în toată viaţa lui. Să-şi arate trupul marcat de vârstă în faţa tuturor nu se găsea pe lista cu lucruri ce îi mai rămăseseră de făcut. Se părea că soarta, care se tot jucase cu el toată viaţa, luase hotărârea să-i înnegureze existenţa şi la bătrâneţe.

Găsirea trupului neînsufleţit al lui Ian Walsh cu o zi înainte, precum şi interogatoriul voalat prin care trecuse după aceea, nu păruseră chiar atât de îngrozitoare. De data asta, isprava de a da peste un alt cadavru îl aruncase direct în ochiul anchetei. O putea socoti încununarea vieții sale prost gestionate, se gândi el, iar trăsăturile i se înnegurară și mai mult.

Unul dintre criminaliști păși înapoi când remarcă privirea sălbatică ce apăruse în ochii lui, temându-se pentru integritatea sa corporală. Lui Angus nu-i scăpă reacția acestuia, iar disprețul îi arcui buzele într-un rânjet sardonic.

Cu simțurile exacerbate, Angus înregistra absolut tot ce se petrecea în jurul său. Cu coada ochiului, îl zări imediat pe James, sergentul cu care vorbise în dimineața precedentă, îndreptându-se spre el.

Omul îl tratase cu mănuși cu o zi înainte, socoti Angus, dar acum se aștepta la o abordare mult mai energică, mai ales că Lachlan îi dezvăluise trecutul său cu Ian. Ultima crimă l-ar fi putut convinge pe detectiv că Angus era într-adevăr vinovat, așa că se temea de interviul care avea să vină.

Mai mult decât atât, nu avea niciun alibi pentru crima din ziua precedentă. Walsh trebuie să fi murit dimineața devreme, iar el fusese singur, așa cum fusese, de fapt, mereu, în ultimii patruzeci de ani. Se îndoia, de altfel, că ar fi putut găsi vreunul și pentru crima din dimineața aceea, chiar dacă ar fi știut când Joshua Grant își întâlnise creatorul. Nu se văzuse cu nimeni de cu o zi înainte, în jurul orei cinci seara, nefiind dornic să-și piardă timpul prețios trăncănind despre chestiuni lipsite de importanță.

Mai mult, își aminti el că în ajun, în jurul orei nouă, se plimbase prin grădină, simțindu-se neliniștit și negăsind nimic interesant de făcut, mai ales că filmul de la televizor nu-i acaparase atenția. Nici măcar nu avusese chef să citească ziarul, pe care îl lăsase pe masa din bucătărie dis de dimineață. Așa că era convins că Joshua nu se găsise în grădina lui cu o seară înainte. Ar fi fost imposibil să nu-i observe prezența.

Omul își trase cămașa peste cap, fără să se mai obosească să-i descheie nasturii. Consideră că arăta suficient de decent acum, așa că se întoarse spre James, care aștepta puțin mai la o parte, supraveghind cu ochi curioși acțiunile criminaliștilor.

— Presupun că ai vrea să vorbești din nou cu mine, i se adresă Angus aspru, ațintindu-și ochii pe chipul lui, deși știa el că întrebarea era gratuită, dar nu putea lăsa ofensiva în mâinile celuilalt.

— Presupuneți corect, domnule Murray, îl aprobă James cu o mișcare a capului și, după aceea, cu o fluturare a degetelor, îl invită să îl urmeze.

Sergentul se întoarse pe călcâie și, fără a se uita în spate să se asigure că bărbatul îl urma, se îndreptă spre masa pe care Angus o așezase la câțiva pași distanță, la umbra unui stejar mare.

Cu pași greoi, vârstnicul se apropie și el de masă. Chiar dacă trăsăturile sale nu dezvăluiau nimic din lupta sa interioară, omul își tot încleșta mâinile în pumni, sufocat de anxietate.

Cu un semn, James îl invită să ia loc. După ce amândoi și-au ales câte un scaun din jurul mesei, unul vizavi de celălalt, un bărbat, puțin mai în vârstă decât

James, veni și ocupă locul liber dintre ei, fără a scoate un cuvânt.

Angus îi aruncă priviri furișe, neplăcându-i apariția unei variabile necunoscute în ecuație, mai ales că ochii verzi și înțelepți ai bărbatului erau departe de a-l liniști.

— Acesta este inspectorul șef, McNamara, îl informă James, îndreptându-și degetul spre șeful său.

Angus își înclină scurt capul în direcția noului venit, deși nu-i surâdea prezența lui, gândindu-se că ar fi reușit să-l convingă pe tânărul sergent de nevinovăția sa dacă acesta nu ar fi apărut. Detectivul șef era un om cu totul diferit, mai experimentat decât James. Fără argumente solide, nu ar fi avut nici o șansă cu McNamara.

— Deci văd că ai adus artileria grea, nu se putu abține să observe omul cu dispreț, împingându-și bărbia în față, provocându-i astfel pe detectivi, deși era suficient de inteligent ca să știe că sfidarea nu-i va salva gâtul.

McNamara își ridică o sprânceană înregistrându-i tonul.

— Asta înseamnă că lucrurile stau destul de rău, mai adăugă Angus, pretinzând indiferența, deși chipul lui îi trăda îngrijorarea.

— Nu trebuie să vă faceți griji, domnule Murray, interveni McNamara, cu un surâs rece în colțul gurii, deși înțelegea el ce-l împingea pe om să reacționeze astfel.

Circumstanţele îi erau împotrivă, iar Angus avea dreptul să fie îngrijorat, dar asta nu însemna ca McNamara să-i ierte atitudinea, mai ales că James nu-i arătase nimic altceva decât politeţe şi merita să i se răspundă la fel. De altfel, considera că venise vremea ca bătrânul morocănos să înveţe că amărăciunea şi grosolănia nu aduceau rezultate pozitive.

— Nu am fost la secţie ieri dimineaţă, îi explică McNamara. De aceea nu m-aţi văzut. Prezenţa mea aici nu înseamnă că s-a schimbat ceva faţă de ieri, mai spuse el, deşi îşi rezerva dreptul să se răzgândească dacă circumstanţele o cereau.

Pe moment, totuşi, el nu-l vedea pe Murray în poziţia criminalului, chiar dacă toate indiciile arătau spre el. Nu-i venea să creadă că bietul om ar fi fost atât de prost, dar desigur era posibil să se înşele. I se mai întâmplase în trecut şi înţelesese că nu era infailibil, în ciuda experienţei lui de a citi oamenii.

Cei trei bărbaţi schimbară priviri lungi, prudente, preţ de câteva clipe, iar apoi James îşi deschise carneţelul, scoţând în acelaşi timp un stilou din buzunarul de la piept. Se jucă cu el între degete câteva momente, analizând chipul bărbatului mai în vârstă.

— Vreţi să ne spuneţi ce s-a întâmplat, domnule Murray? îl invită James să vorbească, fluturându-şi degetele în direcţia lui.

Angus îl privi lung cu ochi indescifrabili, iar mai apoi îşi înclină capul, increţindu-şi nemulţumit buzele. Nu era ca şi cum ar fi avut de ales. Îşi formulase sergentul cererea politicos, dar, cu siguranţă, i s-ar fi schimbat tonul dacă ar fi refuzat să-i răspundă.

— Mă tem că nu am prea multe de spus, începu bărbatul morocănos, plimbându-şi vârful degetelor absent pe tăblia mesei. N-am prea reuşit să dorm noaptea trecută, ridică el din umeri, fără a-şi dezlipi ochii de pe chipurile detectivilor, ştiind că va exploda dacă aceştia îl vor întreba motivul.

Cum poliţiştii nu interveniră, îşi drese glasul şi continuă:

— Ei bine, pe la şase, mă săturasem să mă întorc de pe o parte pe alta, le explică el, aşa că am ieşit să mă plimb prin grădină, arătă el spre grădina din spatele lor.

Atât McNamara, cât şi James îşi întoarseră ochii şi zăriră o grădină mare, cu pomi fructiferi ce ocupau o mare parte a terenului. Murray le urmări privirile şi înţelese că arborii îi intrigau.

— Am destul de mult teren aici, ridică el din umeri. Mie nu-mi prea pasă de flori, gesticulă el a lehamite, dar am o nepoată, ştiţi - una dintre fetele surorii mele, înţelegeţi. Fiona pare să fi dezvoltat un fel de ataşament pentru mine. Ea vine şi are grijă de acele... plante, scuipă bătrânul cuvântul. Pe mine, unul, mă interesează doar arborii, încheie el, înghiţind cu greu şi strângându-şi buzele, semn că nu-i făcea nici o plăcere să vorbească, mai ales despre sine însuşi.

— Deci aţi făcut turul grădinii dis-de-dimineaţă, încercă James să îl readucă pe drumul cel bun, observând că se pierduse în gânduri.

— Nu turul grădinii, îl contrazise Angus arțăgos. De ce m-aș plimba printre acele... flori? întrebă el răutăcios. Am fost acolo, arătă el spre zona acoperită de copaci. Acolo îmi place să mă duc ori de câte ori mă simt... neliniștit, să zicem, își flutură el mâna în cerc, lăsând să se înțeleagă că nu intenționa să le dezvăluie gândurile sale intime.

— Cât timp ați petrecut acolo? își înclină James capul spre copaci.

Angus ridică din umeri, strângându-și buzele, fără să răspundă imediat, dar mai apoi observă privirea plină de subînțeles a lui McNamara și își întoarse capul spre acesta cu îndrăzneală. Abia după aceea, îi răspunse lui James:

— Nu știu, probabil o oră, poate puțin mai mult sau mai puțin, deși putem calcula dacă e nevoie. Am ieșit pe la șase. Te-am sunat pe la șapte și jumătate, cred, numără el pe degete. Oricum, poți să verifici când ai primit apelul meu, presupun, propuse el, iar James îl aprobă cu o mișcare a capului, încercând să-și stăpânească zâmbetul.

Sergentul nu s-ar fi gândit că Angus va începe să-i dea ordine.

— Și ce ați făcut între timp? nu își mai ținu gura închisă McNamara, chiar dacă interviul îi plăcea mai mult decât și-ar fi dorit să admită.

— M-am plimbat, am verificat pomii, gesticulă Angus cu mâna spre celălalt capăt al grădinii. După aceea m-am întors. Am trecut pe lângă acel copac de acolo, arătă el spre locul unde găsise cadavrul.

Nu știa cu siguranță, dar avea senzația că acela nu mai era acolo. Probabil că îl duseseră la morgă, pentru că și medicul legist plecase.

— Am dat literalmente peste bietul om, clătină bătrânul din cap, închizând ochii pentru câteva secunde, pentru ca mai apoi să înghită în sec când un val de greață îl izbi.

Imaginea victimei maltratate îi apăruse din nou în fața ochilor și el, unul, ar fi preferat să o uite.

Lui Angus nu-i plăcuse niciodată acel Joshua Grant. Îi stătuse ca un ghimpe în coastă de când lumea, dar asta nu însemna că se rugase vreodată ca omul să aibă parte de un asemenea sfârșit.

— Mi-am pierdut echilibrul și am căzut peste el, spuse el cu o voce brusc răgușită. Nu cred că am rămas acolo, pe jos, mai mult de câteva secunde. M-am ridicat în picioare și m-am grăbit să pun ceva distanță între mine și... Grant, își încheie el relatarea cu o tresărire aproape imperceptibilă.

— M-ați sunat imediat după aceea? îl întrebă James, încercând să-l facă să uite ce simțise când intrase în contact cu cadavrul.

Angus se holbă la sergent, iar, mai apoi, își scutură capul pentru a și-l limpezi și își mai șterse odată gura cu degete nesigure.

— Nu prea cred, mărturisi el cu reticenţă. Ştiu că am fost în stare de şoc. L-am recunoscut pe Grant şi mintea mea a încetat să mai funcţioneze.

— Aţi avut o relaţie apropiată cu domnul Grant? îl întrebă James pe un ton amabil.

Angus izbucni într-un râs amar şi clătină din nou din cap. Ştia el că îi va fi pusă acea întrebare, dar, cu toate acestea, tot îl şocă.

— Nu, nu pot spune că am avut, îşi flutură el degetele în faţa ochilor, iar McNamara îşi ridică o sprânceană, privindu-l cu o curiozitate vizibilă, ştiind că puţini ar fi avut curajul să recunoască aşa ceva.

Angus îi observă ochii aţintiţi asupra lui şi înţelese ce-i trecea acestuia prin minte, însă se mulţumi să ridice din umeri.

— Oricum aţi fi aflat, mormăi el. Ieri cu Walsh, acum cu Grant... Chiar nu înţeleg, îşi strânse el buzele, dezamăgit de sine însuşi.

— Ce vreţi să spuneţi, domnule Murray? insistă James.

Angus îşi întoarsă ochii spre sergent, ridicând încă o dată din umeri.

— Ştii că eu şi Walsh nu eram prieteni. De altfel, ştii şi că ne-am certat recent la bar, zise el, iar James îl aprobă cu o înclinare a capului. Ei bine, trebuie să ştii că nici Grant nu mi-era prieten, recunoscu el încruntat. Nu mi-a plăcut niciodată omul acela, continuă el, gesticulând mânios. Nici când eram copii nu l-am suferit, ca să fiu sincer. Întotdeauna încerca să profite de cineva.

Nimic altceva nu conta pentru el, explică el dispreţuitor. Avea o grămadă de trucuri sub mânecă pentru a obţine mai întâi bomboane, iar mai târziu bani. Oameni, sentimente, relaţii, îşi flutură el mâna, nu contau, îşi strânse Angus buzele cu dezamăgire.

Ştia el că se spunea că de morţi trebuie să vorbeşti doar de bine, dar el, unul, nu putea să o facă. Grant trădase că avea o inimă mult prea neagră, iar Angus nu putea să-i ierte asta. Oricum, era o zicală stupidă. Întotdeauna existau oameni despre care nimeni nu putea vorbi de bine, fie morţi, fie vii.

— Dar ce s-a întâmplat mai exact? insistă James, luând notă de agitaţia bărbatului, ceea ce indica ceva mai mult decât o simplă antipatie.

— Întotdeauna mi-a dat peste nas cu ce-mi făcuse Mary, îi răspunse Angus aspru. Nu era capabil să lase lucrurile în voia lor. Îl uram pe om, să ştii. Îl detestam şi pe el şi pământul pe care călca, izbucni el. Dar asta nu înseamnă că l-am omorât, încheie el pe un ton mai liniştit, privindu-i pe detectivi. M-am gândit la asta, nu o să mint, dar asta nu mă face criminal, conchise el, despicând brusc aerul cu palma.

— Înţeleg, domnule Murray, îşi înclină James capul, dar sper că vă daţi seama că noi tot trebuie să continuăm investigaţia înainte de a ajunge la o concluzie.

Angus aprobă, chiar dacă gestul lui denota o oarecare reticenţă.

— Ştiţi cine era prieten cu Joshua Grant? se interesă James.

— În mare parte, nimeni, îşi clătină bărbatul capul. Tuturor le-a făcut câte ceva de-a lungul timpului, le explică el. Noi doi ne cunoşteam din copilărie, cred că deja ţi-am spus asta, privi el întrebător spre James, care îl aprobă din nou cu o înclinare a capului. Oricum, în ultima vreme, l-am văzut mai ales cu Lachlan, îşi aminti Angus. Nu ştiu ce era între ei, dar păreau destul de cordiali şi secretoşi, ridică el din umeri, fără să arate prea mult interes vizavi de relaţia dintre cei doi.

— Şi totuşi, nu s-a întâmplat nimic în ultima vreme care să vă fi stârnit curiozitatea? interveni McNamara.

— Nu prea cred, răspunse Angus cu o oarecare ezitare, clătinând încet din cap. Poate doar că Joshua părea să cheltuiască mai mult decât înainte. De obicei se tot ţinea de unul dintre noi să-i plătească băutura, vezi tu. Bineînţeles, şi acum încerca asta, dar dacă nu găsea doritori, avea el bani să-şi plătească singur berea sau tăria.

— Înţeleg, murmură James, schimbând o privire semnificativă cu McNamara.

— S-a terminat interogatoriul? întrebă Angus cu o grimasă în colţul gurii, întorcându-şi ochii de la James la McNamara şi înapoi, pentru ca mai apoi să se ridice repede în picioare, când aceştia îi dădură de înţeles că da. Nu că aş avea unde merge, mormăi el, scrutând agitaţia din grădină. Îmi imaginez că acelaşi lucru mă aşteaptă şi în casă, se întoarse el spre cei doi detectivi.

— Mă tem că da, domnule, îl informă James, preocupat să-i observe reacţiile.

Angus își sprijini mâinile în șolduri și oftă.

— Crezi că aș putea lua niște bani din casă să mă duc mai jos pe stradă la cârciumă? întrebă el. Nu mă gândesc să iau micul dejun că nu cred că aș fi în stare să suport mâncarea acum, recunoscu omul. Totuși, sunt destul de sigur că aș putea bea o halbă sau două, adăugă el, dând din cap cu convingere, gândindu-se, că, de fapt, nu i-ar fi stricat nici trei sau patru, chiar dacă era devreme și nu era înțelept să bei pe stomacul gol.

James consimți, iar Angus îi părăsi pe detectivi cu un aer supărat. Viața îi fusese dată peste cap încă o dată. Se străduise din răsputeri să facă puțină ordine în ea atunci când Mary îl părăsise, dar așa ceva se dovedea prea dificil acum. Evenimentele neașteptate din ultimele două zile păreau un pic prea mult pentru liniștea sau libertatea lui, după cum stăteau lucrurile în acel moment.

McNamara așteptă ca bărbatul să dispară în casă, iar apoi se întoarse spre James și îl întrebă:

— Ce părere ai?

— Murray pare a fi suspectul evident, răspunse James încruntat. Și asta nu-mi place, domnule. Este prea evident, cred eu.

McNamara îi cercetă chipul și îl aprobă cu o mișcare a capului.

— Cred că ai dreptate, James. Trebuie să săpăm puțin mai mult, își sprijini el mâinile de masă, ridicându-se. Ce crezi că ar trebui să facem în continuare? întrebă el, ridicându-și o sprânceană.

James medită câteva clipe la întrebarea lui, ezitând să-şi exprime ideile direct.

— În primul rând, voi trimite câţiva jandarmi să pună întrebări vecinilor. S-ar putea ca cineva să fi văzut ceva, chiar dacă s-a întâmplat dimineaţa devreme, ridică el din umeri. După-amiază, voi convoca toate echipele la o şedinţă. Este posibil ca cineva să fi aflat ceva legat de crima de ieri sau poate că cineva găseşte ceva pe aici, gesticulă el. Poate că echipa de criminalişti va avea ceva să ne dea până atunci, mai adăugă, temându-se că ceea ce propunea nu era suficient şi sperând că inspectorul şef va fi de acord cu sugestiile lui, deoarece nu avea nimic altceva de oferit.

McNamara îl privi pe sergent cu o intensitate pe care James o detestă, iar apoi spuse:

— Cred că ai acoperit toate bazele. Asta e bine, James. Să vedem totuşi ce are de spus Claire. Pare destul de nerăbdătoare, îşi înclină McNamara spre detectiva micuţă care aştepta mai la o parte cu mâinile sprijinite pe şolduri.

CAPITOLUL DOUĂZECI ȘI UNU

— N-o să vă vină să credeți, domnule, se grăbi Claire spre masa la care stăteau cei doi detectivi când McNamara îi făcu semn cu mâna.

— Ce nu vom crede, Claire? o întrebă McNamara cu un surâs palid pe buze.

— Nu am văzut eu însămi cadavrul, explică femeia, fluturându-și mâna. Dar, am văzut fotografii. Mi le-a arătat Steven, se gândi ea să menționeze, iar, mai apoi, se opri și trase aer adânc în piept.

— Și? o îmboldi James, ridicându-și sprâncenele.

— Victima este persoana care a vizitat casa lui Ian Walsh ieri dimineață, se încruntă Claire la sergent, neapreciind nerăbdarea acestuia, mai ales că ea așteptase până ce cei doi își terminaseră tête-à-tête-ul.

— E destul de... interesant, murmură James, cu ochii ațintiți pe chipul lui McNamara.

Sergentul simți o satisfacție lăuntrică aflând că presupunerea lui de la început se vădea corectă.

— Într-adevăr, este, spuse acesta. A plecat Angus de acasă deja? o întrebă el pe Claire.

— Nu ştiu, ridică ea din umeri. L-am văzut intrând în casă, dar nu ştiu ce a făcut după aceea, explică ea cu o grimasă, gândindu-se că nimeni nu o anunţase că era sarcina ei să aibă grijă de Angus şi să stea cu ochii pe el.

— Să vedem dacă este înăuntru, propuse McNamara, pornind spre intrarea în casă.

James se ridică şi el de la masă şi îşi potrivi pasul cu al inspectorului şef, iar Claire pufni exasperată, scuturându-şi capul şi urmându-i cu un pas mai domol.

La uşa din spate, McNamara se ciocni de Steven care ieşea şi îl întrebă:

— Ştii unde este domnul Murray?

— Abia ce a plecat la bar, îi răspunse omul. Tocmai veneam să vă spun că l-am întrebat dacă putem să-i percheziţionăm casa.

— Hm, îl privi McNamara pe Steven cu interes în ochi. Şi el ce a spus?

— A zis că probabil nu ar trebui să ne dea aprobarea şi că ştie că, până la urmă, va plăti el pentru asta, dar că oricum se gândeşte că tot o încurcă, aşa că nu vede de ce ar fi o problemă. Am deja trei persoane acolo, arătă Steven spre casă.

— Îmi place omul ăsta, Murray, îi zâmbi McNamara lui Steven, clătinând din cap. Este cu totul altceva, trebuie să recunosc, râse el scurt, iar ceilalţi se arătară de acord cu părerea lui.

— Cred că n-ar fi rău să mergem la bar, James. Şi dacă tot suntem acolo, am putea foarte bine să luăm şi micul dejun, ridică McNamara din umeri.

— Mă îndoiesc că Bryony v-a trimis la muncă fără un mic dejun consistent, comentă Claire dezinvoltă, determinându-l pe James să îşi îndrepte ochii uluiţi spre ea, acestuia nevenindu-i să creadă că femeia îndrăznea să îl înţepe pe McNamara.

Inspectorul şef detesta ca cineva să se amestece în viaţa lui personală, iar când venea vorba de Bryony, lucrurile erau şi mai rele.

În ciuda aprehensiunii sergentului, McNamara surâse.

— Oh, da, aşa a şi făcut. Bryony a pregătit un mic dejun bun, domnişoară, dar asta nu înseamnă că nu aş putea să mai mănânc ceva, îi făcu el cu ochiul, gestul său lăsându-l pe James fără cuvinte, deoarece acesta se îndoise că McNamara ar fi fost capabil de aşa ceva.

Pe Claire, însă, nu o nedumeri defel reacţia inspectorului şef, ci izbucni în hohote de râs. James refuză să reacţioneze şi se mulţumi să-şi urmeze şeful afară din casă.

— Nu ştiu încotro ar trebui s-o luăm, se opri McNamara brusc. Nu am observat cârciuma când am venit.

— Nu am trecut pe lângă cârciumă, îşi scutură Claire capul.

— Atunci pe aici ar trebui să fie, conchise McNamara şi o porni în josul străzii cu paşi lungi, iar

Claire şi James îl urmară, încercând să-şi potrivească paşii la ai lui.

După numai câţiva metri, Claire murmură ceva, iar McNamara, care, deşi se strădui, nu reuşi să-i înţeleagă cuvintele, se întoarse spre ea.

— Ai spus ceva, Claire? o întrebă el.

— Nu chiar, roşi ea.

— Eşti sigură? insistă el, observându-i culoarea accentuată a feţei şi respiraţia greoaie.

— Dacă vreţi să ştiţi cu adevărat, mergeţi prea repede, se hotărî Claire să fie sinceră. Picioarele mele nu sunt la fel de lungi şi trebuie să alerg ca să ţin pasul.

— Oh, nu mi-am dat seama, răspunse McNamara uluit. Bine, atunci o să merg mai încet, se oferi el, făcându-i semn lui Claire să dea tonul.

James urmări schimbul de replici cu nedumerire, convins că tânăra detectivă nu avea idee de ce făcea. Nu putea continua să împungă ursul şi să nu se aştepte să fie sfâşiată. El crezuse că McNamara o va muştrului pe Claire, dar reacţia lui îl nedumeri de-a binelea. Cu toate acestea, sergentul nu spuse nimic, convins că va trebui să se obişnuiască cu noile ciudăţenii ale şefului său. Era cert că McNamara se schimbase. Nici cu şase luni în urmă, acesta ar fi lătrat ordine în stânga şi în dreapta, fără a ţine seama de viaţa sau de sentimentele nimănui, considerând că munca venea mereu pe primul loc.

Pierdut în gândurile sale, James nu realiză că ceilalţi doi se opriseră în faţa cârciumii, aşa că se împiedică de şeful său care îl răsplăti cu o privire tăioasă.

— Nu m-ai văzut, băiete? îl întrebă McNamara sarcastic.

— Îmi pare rău, domnule, reuşi James să răspundă pe un ton egal. Eram cufundat în gânduri şi.., mai adăugă el, ridicând neputincios din umeri.

— Hm, mârâi McNamara, dar decise să lase lucrurile aşa. Hai să-l găsim pe Murray. Pun pariu cu voi doi că bătrânul nu va mai putea de bucurie să dea cu ochii de noi atât de curând, surâse el.

— Nu e un pariu pe care l-aş accepta, îşi clătină Claire capul, batjocoritoare. Nu am chef să pierd.

— În regulă, atunci, zise McNamara. Hai să intrăm şi să ne vedem omul, adăugă el, împingând uşa, pătrunzând într-o încăpere mare şi întunecată, deşi era dimineaţa devreme.

Detectivii clipiră de câteva ori pentru a-şi obişnui ochii cu semiîntunericul, şi abia apoi avansară în încăpere. McNamara localiză barul destul de repede, dar nu şi pe Murray.

— Îl vezi? îl întrebă pe James peste umăr.

— Cred că e în colţul acela, domnule, îi arătă acesta.

Într-adevăr, Angus stătea într-un colţ, cu spatele la ei, îngrijind o halbă de bere. Se aplecase deasupra halbei, copleşit de toate necazurile lumii, iar James se văzu nevoit să admită că, în fond, omul avea dreptul să se simtă astfel după ultimele două zile şi mai că îi păru rău pentru bietul bătrân. Cu siguranţă că nu se aştepta să-i vadă acolo.

McNamara îl plesni pe James peste umăr şi, când sergentul se întoarse spre el, îi făcu semn să înainteze spre masa unde bea Angus. Cu inima strânsă, James se îndreptă într-acolo, urmat îndeaproape de ceilalţi doi.

Deşi îşi dăduse seama că cineva se oprise în dreptul lui, Angus nu îşi ridică privirea din halba sa, ci, pur şi simplu, o duse din nou la gură şi mai luă o înghiţitură, pentru ca mai apoi, amorţit, să îşi şteargă gura cu mâneca.

Detectivii înţeleseră că omului nu-i păsa dacă îl vedea cineva. Un oftat adânc îi zbură bărbatului de pe buze, în acelaşi timp, acesta clătinându-şi capul, ca şi cum nu-i venea să creadă ce gânduri îi treceau prin minte.

— Domnule Murray, începu să spună James, iar acesta, tresărind, îşi întoarse ochii uluiţi spre el.

— La naiba, strigă Angus. Am crezut că ai terminat cu mine pe ziua de azi, lătră el, fiind într-o dispoziţie teribilă.

— Aşa am crezut şi noi, îi răspunse James liniştit. Cu toate acestea, trebuie să vă mai punem o întrebare sau două, recunoscu el, fără a vădi nicio remuşcare.

— Cred că mai bine ar fi să luăm cu toţii loc, propuse McNamara, invitând-o pe Claire să se aşeze prima pe bancă.

James se strecură după ea, aşezându-se foarte aproape, coapsa lui atingând-o pe a ei, iar Claire îi aruncă o privire curioasă pe sub gene. Totuşi, tânăra femeie nu se retrase, ceea ce îl determină să nutrească speranța că îl iertase pentru ziua precedentă.

McNamara îl privi pe Angus cu înțeles, așteptând ca omul să se dea mai la o parte și să-i facă loc. Cu toate acestea, bărbatul își aplecă capul deasupra halbei, pretinzând că nu-l vede. Cu un oftat lăuntric, McNamara trase un scaun de la o masă din apropiere și îl așeză în capul mesei.

— Există serviciu la masă aici? îl întrebă el pe Angus după aceea, fără să se așeze.

— Nu, trebuie să te duci la bar, îi răspunse acesta morocănos. Doar dacă comandați mâncare, vi se aduce la masă, îi oferi el informația cu părere de rău.

— Bine, mă duc eu, îi făcu McNamara semn lui James să nu se ridice. Deci, ce vreți voi doi? Eu oricum voi lua un mic dejun scoțian, îi avertiză el. Dacă vreți și voi, acum este momentul să-mi spuneți.

— Cred că da, răspunse Claire în numele amândurora. Niciunul dintre noi nu a luat micul dejun în această dimineață, îl informă ea cu îndrăzneală, deși o ușoară roșeață îi colorase chipul.

McNamara își întoarse privirea spre James, interogativ, iar bărbatul confirmă cu oarecare reticență. Cuvintele lui Claire îl tulburaseră. Sperase că McNamara nu va auzi despre relația lui cu tânăra detectivă.

Inspectorul șef se îndreptă spre tejghea, clătinând imperceptibil din cap. James era prea transparent uneori și lui McNamara nu-i venea să creadă că acesta își imagina că nimeni nu știa despre ce se petrecea între el și Claire.

Cinci minute mai târziu, McNamara, trădând experiența unui chelner cu vechime, puse pe masă trei cești de cafea și un coș cu zahăr și lapte, sub privirea nedumerită a lui Claire.

— Ar fi trebuit să ne cereți ajutorul, domnule, îi spuse ea, trăgând una dintre căni spre ea.

McNamara îi îndepărtă cuvintele cu un gest.

— Vine cineva cu micul dejun într-o clipă, îi informă el pe detectivi.

— Ai venit aici ca să stai, nu-i așa? murmură Angus cu mânie reținută.

— Doar pentru micul dejun, ridică McNamara din umeri. Avem doar câteva întrebări pentru dumneavoastră, așa că, dacă nu aveți nevoie de companie, putem să ne mutăm la altă masă după aceea, se oferi el cu amabilitate.

Angus nu-i răspunse, dar încruntarea de pe fața lui îi trădă gândurile.

McNamara trase spre el coșulețul cu zahăr și lapte și își pregăti cafeaua. Sorbi din ceașcă mai apoi și își clătină capul satisfăcut. Cafeaua era tare, exact așa cum îi plăcea lui.

— De ce l-ar vizita Joshua Grant pe Ian Walsh? întrebă brusc McNamara, iar Angus își întoarse ochii nedumeriți în direcția lui.

Bărbatul tocmai își ridica halba la gură, iar mâna i se oprise la jumătatea drumului.

— Nu ar face-o, își clătină Angus capul. Poate că ar fi vrut el, se gândi el să adauge, dar Walsh nu avea o părere prea bună despre el. Sau, cel puțin, asta e ceea ce știu eu, se corectă el. Nu am idee de ce s-a mai întâmplat în ultima vreme, bineînțeles, gesticulă el cu mâna liberă. Dar mă îndoiesc ca Walsh să fi uitat de disprețul lui față de Grant.

— Așadar, nu credeți că fost ceva între ei. O afacere sau ceva de genul ăsta, insistă James.

— Nu am de unde să știu, bineînțeles, ridică Angus din umeri. Dar nu cred că Walsh s-ar fi încurcat cu Grant. Îl considera o lipitoare. Chiar și când eram copii, Ian nu ar fi jucat niciodată în aceeași echipă cu Grant, își aminti el. Walsh avea multe păcate, spuse bărbatul gânditor. Aș fi primul care să vă spună asta. Dar Grant era puțin mai mult decât un vierme, iar Walsh nu-i suporta prezența. Lachlan și David au insistat să îl acceptăm pe Joshua în grup. Nu mă întrebați de ce, că nu știu.

— Este David pe lista pe care ați scris-o ieri? îl întrebă James după ce sorbi din cafea, reflectând că nici măcar nu-și dăduse seama câtă nevoie avea de ea.

— Nu, nu este, îl contrazise Angus.

— Și de ce nu? întrebă McNamara, iritat.

— Pentru că a murit. Cu câteva săptămâni înainte, dacă îmi amintesc bine, își flutură Angus mâna într-un cerc vag.

McNamara consideră vestea fascinantă și îl măsură din priviri.

— Cum a murit? se interesă el, neliniștit.

— Nu a avut un sfârşit prea fericit, îl informă Angus. Era beat şi, aparent, s-a împiedicat când a vrut să traverseze calea ferată. Mecanicul de locomotivă nu l-a văzut la timp, ştii. După cum am spus, un mod neplăcut de a muri.

— Există vreun mod bun de a muri? îl întrebă Claire cu nedumerire.

— Da, liniştit, în somn, în patul tău, îi răspunse Angus, îndreptându-şi ochii spre ea.

— Înţeleg, murmură femeia, cercetându-l cu privirea.

Chiar în acel moment, bărbatul de la bar le aduse mâncarea, iar McNamara, făcându-i semn să aşeze farfuriile pe o masă din cealaltă parte a încăperii, se ridică în picioare.

— Vă lăsăm acum în pace, domnule Murray, se adresă el bărbatului. Presupun că preferaţi singurătatea în locul companiei noastre.

Angus îl privi câteva clipe, iar apoi îl aprobă cu o mişcare a capului.

— Am nevoie să fiu singur acum. Altă dată... cine ştie? şopti el, coborându-şi din nou ochii spre halba din faţa lui.

James clătină din cap şi apoi o ajută pe Claire să iasă din spaţiul îngust. Poliţiştii murmurară câteva cuvinte de la revedere, dar Angus nu-i mai auzi, prea prins de propriile gânduri.

CAPITOLUL DOUĂZECI ŞI DOI

James păşi în sala de conferinţe cu inima cât un purice şi sudoarea curgându-i pe şira spinării. Era pentru prima oară când el era cel ce urma să conducă discuţiile şi se simţea sugrumat de emoţii necunoscute, mai ales că ştia că şi McNamara va fi prezent, urmărindu-i fiecare mişcare şi ascultându-i fiecare comentariu. Hotărât să reuşească, sergentul îşi încleştă maxilarul. Să eşueze în rezolvarea acelui caz şi în gestionarea oamenilor care îl asistau nu reprezenta o opţiune viabilă.

Bărbatul îi salută pe ocupanţii încăperii cu o mişcare superficială din cap, iar, apoi, după o scurtă ezitare imperceptibilă, luă loc la capul mesei de conferinţă.

Ochii curioşi îl priveau cu atenţie, urmărindu-i fiecare mişcare. Simţindu-se sub microscop, James îşi strânse pumnii sub masă, sperând că nimeni nu-i va observa gestul. Preţ de câteva clipe, privirea lui o întâlni pe a lui Claire, iar bărbatul îi simţiţi suportul evident şi se scutură mental, știind că trebuia să scape de temerile sale dacă voia să-și finalizeze ancheta și să își câștige locul printre anchetatorii de bază care formau echipa lui McNamara. Era inspectorul șef extrem de exigent, dar îi și aprecia pe cei care își făceau treaba.

Sergentul îi aruncă acestuia o privire fugară, ajungând la concluzia că, până la urmă, bărbatul nu era bau-bau. Cerea el multe de la oamenii săi, dar nu mai mult decât cerea de la el însuși. Mai mult decât atât, McNamara era departe de a fi absurd. Nu cerea niciodată imposibilul.

Claire avea, în fond, dreptate. Nu trebuia decât să își folosească raționamentul sănătos și să își urmeze instinctele pentru a câștiga aprobarea inspectorului șef. Văzând lucrurile din acea perspectivă, sergentul își dădu seama că până atunci se refugiase într-un comportament de copil irascibil, hotărât să câștige aprobarea adultului din încăpere, în ciuda faptului că vădea un raționament solid, bazat pe fapte și dovezi. Poate că din când în când greșea, dar nu era sfârșitul lumii pentru că majoritatea greșelilor puteau fi corectate cu ușurință.

James suspină în sinea lui, înțelegând, în sfârșit, că a-l copia pe McNamara nu însemna automat că va reuși. El trebuia să facă lucrurile în felul său. Întotdeauna era loc pentru două metode de acțiune, în funcție de persoană. Ajungând la acea concluzie, își îndreptă umerii cu hotărâre, iar în ochi îi luci încrederea în sine.

McNamara îşi întoarse capul astfel încât sergentul să nu-i observe surâsul satisfăcut. James fusese întotdeauna destul de transparent şi inspectorul şef îi putea citi gândurile cu uşurinţă, aşa că acesta înţelese, fără prea mult efort, că tânărul reuşise, în sfârşit, să-şi găsească propria nişă.

McNamara era convins că James avea stofă de bun detectiv şi trebuia doar să se scuture de propria nesiguranţă. Când bărbatul îşi drese glasul şi îşi sprijini palmele de marginea mesei de conferinţe pentru a le atrage atenţia celorlalţi, surâsul inspectorului şef se lărgi.

Toate privirile din sală se îndreptară spre ochii albaştri ai sergentului, care se aplecase uşor în faţă. Şoaptele încetară brusc, toţi urmărindu-l pe James cu aşteptări în priviri, semn că bărbatul le câştigase respectul.

— Să trecem la cazul nostru, oameni buni, spuse el, iar mai apoi îşi îndreptă privirea spre McNamara. Avem deja rezultatul celor două autopsii, domnule. Nimic nou acolo, bineînţeles, ridică el din umeri, gesticulând, închipuindu-şi că inspectorul şef ştia deja asta.

Acesta ar fi înţeles cu uşurinţă cum au fost ucişi cei doi bărbaţi dacă s-ar fi uitat la cadavrele lor sau şi-ar fi aruncat ochii peste fotografiile făcute de criminalişti. Pe lângă asta, mai era şi faptul irefutabil că Stewart, medicul legist, îi era prieten, ceea ce era destul de ciudat pentru cei din jur, pentru că McNamara nu avea niciun altul.

— Cauza morții ambelor victime este traumatismul cu un obiect contondent. După cum s-a discutat anterior, rănile au fost redundante. Oricare dintre ele ar fi cauzat moartea victimelor, spuse James, strângându-şi buzele, semn că-i displăcea ferocitatea atacurilor, ducându-l cu gândul fie la un psihopat, fie la un criminal dezechilibrat.

— Deci, avem de a face cu cineva extrem de furios, care nu s-a putut opri la o singură lovitură, interveni Jo, oarecum nesigură.

— Aşa se pare, îşi clătină James capul cu ezitare. Şi totuşi, precizia loviturilor nu rimează cu o persoană care şi-a pierdut minţile din cauza furiei, se gândi el să sublinieze. Şi medicul legist a menţionat acest lucru. Eu, unul, sunt convins că ucigaşul ştia cu precizie ce făcea, continuă el, aruncând o privire rapidă către McNamara, amintindu-şi că acesta menţionase anterior că şi o femeie ar fi fost în stare să aplice acele lovituri.

Cu toate acestea, James nu era de acord cu el. Nu putea să scape de impresia că ucigaşul era un bărbat, dar nu îndrăzni să-şi exprime opinia, şi ezită, neştiind ce să facă. Privirea lui Claire, însă, îl determină să-şi reconsidere abordarea, realizând nu numai că avea dreptul să-şi exprime părerea, dar era şi timpul să o facă.

— Totuşi, nu cred că ar trebui să căutăm o femeie, spuse James cu hotărâre, îndreptându-şi privirea spre şeful său, care îşi înclină capul, cu un zâmbet ascuns în colţul gurii.

De fapt, McNamara îi împărtăşea opinia, dar trebuia să-l lase pe acesta să-şi găsească singur calea. Voia să se poată baza pe tânărul detectiv şi nu putea face asta dacă James nu-şi menţinea convingerile, ci lăsa pe oricine să îi influenţeze părerea la prima ocazie.

— Probabil că nu, îşi exprimă acordul Mike. Femeile pot fi creaturi viclene şi nestatornice. Nu ascund că aşa gândesc, continuă el, trecându-şi ochii peste femeile din jurul mesei, care se încruntară imediat.

Omul îşi ridică mâinile, cu palmele în sus, considerând că ar fi fost inutil să fie tras la răspundere pentru acele cuvinte, iar majoritatea celorlalţi bărbaţi din sală înghiţiră în sec, imaginându-şi reacţiile ce urmau să vină din partea colegelor lor.

— Totuşi, eu, unul, nu văd o femeie capabilă să facă aşa ceva. Din câte îmi amintesc, sexul frumos preferă alte mijloace de a comite o crimă, continuă inspectorul să-şi expună părerea, ridicând o sprânceană. Metoda favorită pare să fie otrava.

Privirile femeilor aşezate la masă îl străpungeau cu dispreţ şi nemulţumire palpabilă, dar niciuna dintre ele nu se gândi să-i răspundă, considerând că Mike nu merita prea multă atenţie. Acesta întotdeauna exprima idei aberante, iar asta, probabil, pentru că încerca să le scoată din sărite.

McNamara se încruntă la Mike, dar, mai apoi, trecându-şi ochii de la o femeie la alta, le observă reacţia şi, surâzând, îşi clătină capul, gândindu-se că, mai mult ca sigur, venise timpul să-i lase pe inspectori să-şi rezolve singuri divergenţele. Aceştia trecuseră demult de vremea grădiniţei, iar el, unul, nu se găsea acolo pe post de gardian. Mulţumit de raţionamentul său, omul îşi întoarse privirea spre James şi, cu un semn, îl invită să-şi continue relatarea.

— Poate că ar fi bine să vedem, mai întâi, ce noutăţi are departamentul de criminalistică, îşi flutură James mâna spre Steven Gilchrist. Poate pot ei arunca ceva lumină asupra cazului, ridică el din umeri.

Gilchrist îşi umflă pieptul, cuprins de importanţa poziţiei sale, şi începu să răvăşească hârtiile din faţa lui, limpezindu-şi gâtlejul pentru a câştiga timp să-şi adune gândurile.

James îl aţinti cu privirea preţ de câteva clipe, iar apoi îşi clătină capul consternat, înţelegând că acesta nu va spune nimic prea curând. Omul avea propriile sale ritualuri şi nu se abătea niciodată de la ele.

Sergentul ştia că acesta trebuia să-şi ordoneze mai întâi documentele, dar nu înţelegea de ce nu se ocupase de asta înainte de începerea şedinţei.

Pentru a umple tăcerea, James se hotărî să-şi exprime câteva dintre ideile sale.

— Sunt destul de curios în legătură cu Angus, trebuie să recunosc, îşi arcui el sprâncenele pe frunte. El este cel care a găsit ambele victime, iar acest lucru mi se pare un pic prea convenabil, îşi explică el părerea, fluturându-şi mâna şi privindu-i pe cei din jurul mesei pentru ca să îşi dea seama ce gândeau aceştia.

Observând că mare parte dintre ei îşi arătau acordul cu opinia lui, James le zâmbi, încălzit de sprijinul lor.

— Nu îmi vine să cred că el i-a ucis pe cei doi bărbaţi, dar prezenţa lui la locul primei crime este condamnabilă, nu credeţi? întrebă el, trecându-şi din nou ochii de la unul la altul, pentru a se opri asupra şefului echipei de criminalişti, care îl privea acum cu nerăbdare.

Băgând de seamă că acesta era pregătit să vorbească, James îl invită cu un gest să o facă.

Masivul roşcat tuşi din nou, aparent pentru a-l pedepsi pe James care îi luase locul în lumina reflectoarelor, apoi îşi mătură audienţa cu ochi ageri.

— Angus a fost prezent la ambele scene, James, dar nu cred că a avut vreo legătură cu crimele. Totuşi, s-ar putea să mă înşel în această presupunere, declară el prudent, încrucişându-şi cu grijă mâinile în faţa lui, gest care, combinat cu postura gravă, amintea de un şcolar tocilar.

Bărbatul trase adânc aer în plămâni, gata să se lanseze într-un discurs, iar câteva dintre persoanele prezente în sală se văzură nevoite să-şi ascundă amuzamentul, în timp ce ceilalţi gemură în surdină. Îi mai auziseră prelegerile înainte şi toţi se arătaseră de acord că Steven avea abilitatea de a plictisi o piatră până la lacrimi.

Detectivul inspector şef îşi stăpâni un hohot de râs observând capetele aplecate deasupra mesei, detectivii încercând să-şi controleze fie ilaritatea, fie consternarea.

Ignorând complet reacţiile audienţei, Steven începu să le explice ce descoperise el şi echipa sa şi concluziile sale în urma acelor descoperiri.

— Nu pot spune cu certitudine că Angus Murray nu l-a ucis pe Ian Walsh, declară el ferm. Mă tem că această descoperire vă revine vouă, continuă el privindu-i pe cei din jur, dar, spre dezamăgirea lui, cuvintele lui nu obţinură nicio reacţie. Murray a avut, cu siguranţă, timp să îşi schimbe hainele după ce a comis crima. De asemenea, a avut suficient timp să se întoarcă la locul faptei după aceea, astfel încât să fie el cel care a găsit cadavrul, lovi Steven cu vârful unui deget în vârful mesei. Cu toate acestea, nu am găsit urme ale încălţărilor lui dincolo de locul în care s-a oprit când a dat peste victimă, mai preciză el, subliniind fiecare cuvânt, astfel amuzându-i pe unii detectivi şi enervându-i pe ceilalţi.

Omul îşi umezi buzele iute, oftând în sinea lui şi mustrându-se că a uitat să-şi aducă sticla cu apă. Trebuia să se fi gândit că va vorbi mult, pentru că nu se întâmpla aşa ceva pentru prima dată.

— L-aţi rugat pe Murray să vă permită să-i percheziţionaţi casa? întrebă James, înclinându-se uşor în faţă şi privindu-l fix pe Steven, imaginându-şi că o percheziţie ar fi putut dezgropa unele indicii, evident, dacă ar fi existat vreuna în interiorul casei.

Steven îşi umezi din nou buzele uscate şi spuse:

— Da, l-am întrebat Murray înainte să plece la cârciumă.

Cum omul nu mai continuă, James oftă şi îşi scutură capul cu disperare, ştiind că va fi obligat să îl tragă de limbă, dar interveni Claire.

— Şi vrei să ne spui şi nouă ce ţi-a răspuns? îl întrebă ea pe un ton dulceag, ce determină ridicarea câtorva sprâncene.

Steven o privi piezis, necăjit de felul în care aceasta îşi formulase întrebarea, dar femeia se mulţumi să-şi încline capul spre dreapta, privindu-l drept în ochi cu îndrăzneală. Iritat, bărbatul îşi strânse buzele, cu gândul de a riposta dur, dar simţind privirea aspră a lui McNamara, înghiţi în sec şi se hotărî să continue, deşi îşi imaginase că detectivii îl vor implora s-o facă. Din nefericire, Claire îi destrămase visul.

— Ei bine, Murray a spus că oricum tot rău va fi pentru el şi dacă acceptă şi dacă refuză percheziţia şi, după ce s-a holbat la tavan cam aşa vreo cinci minute, a decis că nu prea mai contează şi că ar putea foarte bine să rişte totul. Dacă e să mă iau după cuvintele lui, omul se şi vede cu un picior în închisoare, aşa că nu mai conta nimic pentru el din acel moment.

— Interesant, într-adevăr, îşi înclină McNamara capul gânditor. Deci, ce aţi găsit în casă? îl întrebă el pe Steven.

— Nimic, îşi deschise Steven braţele exasperat Nu există nimic în casa aceea care să-l lege de vreuna dintre crime sau de cele două victime, îşi încreţi el nasul.

— Sunt curios ce a spus Murray când aţi terminat, îşi sprijini McNamara coatele pe marginea mesei, înclinându-se uşor în faţă.

— Ei bine, începu Steven cu o oarecare ezitare, Murray s-a întors de la cârciumă cu vreun sfert de oră înainte de plecarea noastră. Bineînţeles, omul era beat criţă, ridică el din umeri. Din câte am înţeles de la el, a băut toată dimineaţa şi a mâncat doar un sandviş. De fapt, încă mesteca la acel sandviş când s-a întors acasă, preciză el, iar James zâmbi. Un lucru este sigur, zise Steven. Murray este un beţiv vesel.

— Nu, chiar aşa? se auziră trei voci nedumerite.

Steven privi de la McNamara la James şi apoi la Claire şi îşi scutură capul.

— Da, morocănosul este o persoană tare de treabă după câteva halbe. S-a întors acasă ronţăind un sandviş mare şi fredonând între două înghiţituri. I-a dat un sărut umed pe frunte lui Shorty, se referi Steven la unul dintre subordonaţii săi. Mi-e teamă că Shorty nu-şi revenise încă din şoc când am părăsit casa Murray, ridică el din umeri. Apropo, a trebuit să-i dau omului câteva ore libere, se întoarse el spre McNamara.

— Asta nu e o problemă, îi îndepărtă el îngrijorarea cu un gest. Dar nu ştiam că Shorty este atât de sensibil.

— Nu ştiu dacă este vorba de sensibilitate, îi răspunse Steven. Cred că mai curând a fost vorba de şoc. De dimineaţă, Murray s-a comportat ca un urs cu un ghimpe înfipt în labă. Încă îmi amintesc că bătrânul efectiv a mârâit când Shorty i-a cerut hainele. Iar până la prânz, bătrânul irascibil a devenit prietenul tuturor, plin de zâmbete, sărutări şi bătăi pe spate. A fost... ciudat. Chiar şi pentru mine, trebuie să recunosc, îşi clatină omul capul, încă nedumerit de întreaga poveste.

— O schimbare serioasă pentru un om ca Murray, observă McNamara. N-aş fi crezut că omul ar fi în stare să zâmbească. Să aud acum că poate fredona şi săruta oamenii la întâmplare este un pic şocant, trebuie să recunosc.

— Oricum, nu am găsit nimic în casa aceea, interveni Steven cu asprime, gândindu-se să-şi încheie relatarea. Nimic de acolo nu-l leagă pe Murray de cele două crime, vreau să spun. Nu am găsit nicio altă piesă de îmbrăcăminte cu stropi de sânge sau măcar o picătură de sânge, recunoscu bărbatul. Urmele de sânge de pe hainele pe care Murray le purta în această dimineaţă erau în concordanţă cu povestea lui. Bătrânul mai mult ca sigur s-a împiedicat şi a căzut peste Joshua Grant, mai explică el, agitându-şi mâinile ca o barză deranjată, iar James îşi imagină că Steven era necăjit că, după atât de mult efort, nu descoperise nimic. Totuşi, am găsit nişte fibre pe Walsh, continuă expertul criminalist. Conform analizei spectrometrice, acestea provin dintr-o ţesătură asemănătoare tweedului, de tipul celei pe care o poartă bărbaţii când joacă golf.

— Angus purta astfel de pantaloni ieri dimineaţă, interveni Claire, dar Steven îşi scutură capul.

— I-am verificat pantalonii şi ai lui au, în principal, fibră roşie, iar ceea ce am colectat noi este o nuanţă de albastru-verzui.

— Dacă nu mă înşel, Lachlan MacDonald avea pantaloni în această culoare, îi şopti Claire lui James, care o aprobă, amintindu-şi ce purta omul în ziua precedentă.

— Probabil că sunt şi alţii cu astfel de pantaloni, interveni Mike, auzind-o. Nu vreau să spun că te înşeli, se grăbi el să explice, simţind privirea întunecată a lui McNamara asupra lui. Totuşi, nu putem extrapola chiar atât de mult.

— Nu, nu putem, îi răspunse McNamara pe un ton liniştit. Aici ai dreptate, Mike. Dar putem încerca să coroborăm informaţiile cu probele criminaliste, sublinie el.

Mike îşi înclină capul, înţelegând că ar fi bine să-şi ţină gura, mai ales că nu voia decât să-l şicaneze pe James. Totuşi, nu intenţiona să-i stârnească şi şefului său mânia.

— Altceva de raportat, Steven? mai întrebă James, neluându-şi ochii de la expertul criminalist, evitând să-l privească pe Mike.

Steven îşi verifică hârtiile preţ de câteva clipe, dar mai apoi îşi scutură capul.

— Nu, nu chiar. Cel puţin, nu în legătură cu Murray, se corectă el însuşi.

— Înţeleg, oftă James dezamăgit, gândindu-se că Steven avea nevoie de o vacanţă.

Era cunoscut faptul că bărbatul lucrase mult în ultima vreme şi probabil că era epuizat. De regulă, Steven nu făcea greşeli şi îşi lua munca foarte în serios, dar, cu toate acestea, nimeni nu era imun la suprasolicitare.

— Să înţeleg că aveţi ceva de raportat despre casa Walsh? insistă James, agăţându-se de ultimele cuvinte pe care le rostise Steven.

— Oh, da, îşi clătină vehement capul Steven, fără însă a se mai obosi să prezinte faptele.

— Asta e bine, Steven, îl aprobă James. Deci, ce ai găsit la casa Walsh? mai întrebă el pe un ton neutru, sperăm că astfel bărbatul va începe să vorbească.

— Cineva a cercetat casa atât de amănunţit că nicio nişă, niciun colţişor sau crăpătură nu a rămas necontrolată, menţionă Steven. Amprentele îi aparţin lui Joshua Grant. Nu există niciun dubiu în această privinţă, tăie el aerul cu palma. Totuşi, cea mai notabilă descoperire a fost o ascunzătoare ingenioasă în şemineu, pe care Grant a ratat-o, declară Steven cu plăcere evidentă, un zâmbet larg fluturându-i pe buze, astfel arătându-le tuturor celor din sală noile plombe de pe premolarii şi molarii din partea dreaptă a maxilarului, moment în care Jo îşi întoarse ochii, atacată de un val subit de greaţă.

Tânăra inspectoare socoti că, în ultima vreme, se tot simţea rău şi se întrebă dacă nu cumva venise momentul să poarte o discuţie deschisă cu Mike, temându-se că şi el era implicat în acea stare de fapt şi, în fond, avea tot dreptul să ştie ce se întâmpla.

— Ai spus ceva despre o ascunzătoare în şemineu, încercă McNamara să-l determine pe Steven să-şi continue relatarea, deoarece acesta se oprise cu totul, acum plimbându-şi ochii de la unul la altul, de parcă ar fi aşteptat ca detectivii să-i aplaude isteţimea.

— Da, aşa am spus, răspunse roşcatul, pe jumătate distrat, cu mâna dreaptă plesnindu-şi buzunarul hainei în care-şi ţinea ţigările, cochetând cu ideea de a încheia totul cât mai repede pentru a putea ieşi să fumeze o ţigară.

— Şi? gesticulă McNamara, înghiontindu-l să continue.

— Ah, acolo, am găsit un registru. Sau ceva foarte asemănător cu un registru, ridică el din umeri. Am fost de-a dreptul mulţumit că Lisa a avut ideea de a căuta acolo. Cu siguranţă ne va lipsi când îşi va lua concediul de maternitate, oftă el.

— Bineînţeles că da, îşi înclină McNamara capul, chiar dacă nu-i păsa de tribulaţiile lui. Şi ce este în registru, Steven? mai întrebă el calm, deşi simţea impulsul să urle.

Inspectorul şef înţelegea că omul era epuizat şi avea nevoie de o perioadă mai lungă de relaxare, dar asta nu însemna să bată câmpii ca o curcă beată.

— Se pare că sunt nişte intrări sau tranzacţii comerciale, îi explică Steven, fluturându-şi degetele cu indiferenţă.

— Deci nu sunteți siguri de însemnătatea înregistrărilor, îl întrebă James, nevenindu-i să creadă că un om cu experiența lui Steven nu era capabil să discearnă ce citea atunci când răsfoia un registru, dar criminalistul își clătină capul.

— Nu, nu sunt sigur de nimic. L-am trimis la departamentul de decodare, își aminti el să menționeze.

— De ce? se interesă McNamara, privindu-l cu ochi uluiți.

— Pentru că este scris în cod, mormăi Steven, sătul să fie interogat.

— Da, *este* fascinant, șopti McNamara.

— Când credeți că vor avea un răspuns pentru noi? îl întrebă James pe Steven.

Bărbatul ridică din umeri indiferent, privindu-l pe James cu ochii îngustați.

— De unde să știu eu? Nu ar trebui să-i întrebi pe ei? i-o întoarse el sergentului cu mânie.

James încuviință scurt din cap, iar Steven profită de ocazie pentru a-și strânge lucrurile.

— Apropo, acel registru nu a petrecut prea mult timp în ascunzătoarea aceea, James, mai adăugă el, aranjând hârtiile pe care le adunase de pe masă. Avea praf dedesubt, dar nu avea atât de mult deasupra, mai explică el, fără să-l privească, ochii lui părând lipsiți de focus.

Atât inspectorul șef, cât și sergentul îl analizară cu îngrijorare prost ascunsă. Omul nu părea chiar el însuși, iar McNamara își îngustă ochii, întrebându-se ce îl deranja. Ei bine, epuizarea sa era evidentă, dar asta nu explica totul.

— Apropo, îşi întoarse Steven brusc privirea spre James. Am colectat trei seturi de amprente de pe suprafaţa acelui jurnal. Unul aparţinea lui Walsh, al doilea lui Grant, dar nu ştim cine a lăsat al treilea set. Ei bine, nu ştim încă, sublinie el. Nu-i aparţin lui Murray. Le avem deja pe ale lui. Nu l-a deranjat să ni le dea când s-a întors de la cârciumă. Nici măcar nu ştiu dacă procedura nu ar putea fi contestată, având în vedere că omul era beat pulbere, adăugă el, ridicând un umăr cu indiferenţă.

Bărbatul îşi mai înclină o dată capul şi, închizând ochii, încercă să-şi dea seama dacă mai trebuia să le spună ceva înainte de a pleca. Cum căutarea sa mentală nu îl conduse la niciun rezultat, Steven mai ridică o dată din umeri şi, apoi, pornind spre uşă îi spuse sergentului peste umăr:

— Oricum, dacă mai ai nevoie de ceva, băiete, trimite-mi vorbă.

Ochii plini de întrebări ai lui McNamara se fixară pe spatele lui Steven care se retrăgea. Îngrijorat, inspectorul şef îşi făcu o notă mentală să afle ce îl determinase pe expert să se comporte atât de neobişnuit.

— Ţi-ar şi face un mare bine să-i trimiţi vorbă lui Steven, James, observă Claire pe un ton dispreţuitor, iar un zâmbet fugar umbri buzele inspectorului şef, chiar dacă, după aceea, acesta îşi clătină capul mustrător.

Steven se dovedise întotdeauna un om pragmatic, iar McNamara îi aprecia munca şi sârguinţa cu care şi-o făcea. Dispoziţia sa din după-amiaza aceea, precum şi discursul său grăbit, ascundea ceva, iar McNamara se temea că ar fi putut fi ceva grav.

— Poate ar trebui să discutăm despre interviurile pe care le-aţi avut ieri şi azi? propuse James, ochii lui trecând de la un detectiv la altul.

— Cred că ar trebui, într-adevăr, interveni Jo, cu hotărâre, semn că abia aştepta să dezvăluie ce aflase.

CAPITOLUL DOUĂZECI ȘI TREI

— Presupun că ai ceva de împărtășit, se întoarse sergentul spre Jo, ridicând o sprânceană. Te rog, dă-i drumul, o invită el cu un gest.

Jo își îngustă ochii, pregătită să-i sară la jugulară, dar apoi se răzgândi. Nu era cazul să facă bâlci chiar în acel moment. Avea să găsească ea o altă ocazie să-i plătească polița.

— Ei bine, am aflat câteva lucruri care cred că merită atenția noastră, îi răspunse femeia cu aroganță.

— În regulă, atunci, își înclină sergentul capul, și cu un gest o invită din nou să vorbească.

— În primul rând, în afară de vizita lui Grant din dimineața aceea, nimeni nu îl vizita pe Walsh. Am întrebat mai mulți vecini, iar cei mai mulți dintre ei sunt oameni în vârstă, cărora le place să-și petreacă timpul bârfind. Se pare că se cunosc de cel puțin câteva decenii, își flutură ea degetele. Oricum, absolut toți sunt siguri că nimeni nu l-a vizitat pe Ian Walsh. Niciodată, despică Jo aerul cu mâna decisiv.

— Asta ar trebui să ajute, cred, interveni Claire cu o oarecare ezitare în glas. Și asta ar explica și lipsa amprentelor din casă.

— Într-adevăr, îi zâmbi Jo. În plus, pentru că Walsh nu aducea pe nimeni acasă și nu avea niciodată vizitatori, vecinii, evident, au fost deci foarte interesați de pătrunderea lui Grant în casă după ce proprietarul plecase.

— La ora aceea? o întrebă James, uimit.

— Sunt oameni de peste șaizeci de ani, James, îi răspunse Jo pe un ton sec. Ei nu zăbovesc în pat până la prânz. Cel puțin, doi dintre ei nu au făcut-o. Așa că l-au văzut pe Grant deschizând ușa și intrând înăuntru. Au crezut că omul avea o cheie, ceea ce i-a surprins foarte mult. Presupun că Grant a folosit un șperaclu sau ceva de genul ăsta, avansă ea ideea.

— Da, probabil, se arătă McNamara de acord cu evaluarea ei. Au spus când a părăsit individul casa?

— Da, aprobă Jo cu o mișcare a capului. Cei doi vecini au așteptat aproximativ două ore ca Grant să iasă. Apoi, s-au hotărât să își pregătească ceva de mâncare și se temeau că vizitatorul plecase în timp ce ei erau în bucătărie, dar se înșelaseră. Grant a plecat abia la o jumătate de oră după ce s-au întors la postul lor de supraveghere.

— A căutat în casă acel registru, presupuse Mike.

— Da, probabil, admise McNamara. Să sperăm că vom afla în curând ce conţine. Sunt destul de sigur că, după aceea, ne vom găsi mult mai aproape de criminal, adăugă el, iar detectivii îl aprobară dând din cap cu entuziasm.

Mike încercă să adauge ceva, dar un ping străpunse liniştea şi toţi privirea neliniştiţi în jurul mesei, încercând să afle cine încălcase directiva lui McNamara, care cerea ca toate telefoanele să fie pe modul silenţios în timpul şedinţelor.

Cu o figură senină, McNamara îşi scoase telefonul mobil din buzunar şi verifică ecranul sub ochii uluiţi ai detectivilor.

— Bine, trebuie să răspund la acest mesaj, îi informă el, fără să-şi ia ochii de pe ecran, iar mai apoi se ridică de pe scaun şi se îndreptă spre uşă. Dacă mai este ceva, anunţaţi-mă, aruncă el peste umăr. Nu uitaţi, James este la conducere, mai adaugă el în timp ce ieşea pe uşă.

Preţ de câteva clipe, detectivii priviră uşa închisă, iar apoi Claire comentă:

— Căsătoria l-a schimbat.

James păru că ar vrea să o contrazică, dar apoi spuse:

— Aşa se pare, într-adevăr.

Jo şi Mike aprobară acel verdict, în timp ce Mackie se mulţumi doar să clatine din cap, neîncrezător. Cu chipul senin, Donna îşi încrucişase mâinile pe masă, fără a arăta ce gândea.

James îşi limpezi vocea şi întrebă:

— A primit vreunul dintre voi autopsiile de la medicul legist?

— Doar unul dintre rapoarte, ridică Mike un dosar de pe masă. Îl vom primi pe al doilea mâine.

— Înțeleg, spuse James gânditor. Aș vrea să cercetez și casa lui Grant.

Jo își aruncă ochii la ceas.

— Am putea s-o facem în seara asta. Mai avem cel puțin câteva ore la dispoziție.

— Știu, îi răspunse James. Dar nu cred că Steven se simte bine.

— Am observat, replică femeia. Dar mai sunt și alții. Am putea să-l rugăm pe Shorty să conducă echipa. Tu ești cel mai diplomat, așa că poți găsi o scuză pentru a-i vinde ideea lui Steven, ridică ea din umeri cu indiferență.

— S-ar putea să meargă, îi zâmbi Claire lui James, iar bărbatul își înclină capul.

În ultima vreme, sergentul aflase că era dificil să-i refuze ceva femeii când aceasta îi arunca acel surâs.

CAPITOLUL DOUĂZECI ȘI PATRU

Când pătrunseră în casa lui Grant, detectivii găsiră parterul în dezordine. Aparent, cineva deja cercetase casa de sus până jos, iar James detesta faptul că ajunseseră din nou cu întârziere la petrecere.

Căutările începură cu parterul și curtea din spatele casei, Shorty împărțind oamenii în două echipe, luând hotărârea ca una dintre ele să colecteze probele din interiorul reședinței. Oamenii începură cu camera de zi, care se deschidea chiar din micul vestibul de la intrare. O ușă laterală părea să ducă spre cealaltă parte a casei, însă criminaliștii hotărâră să termine mai întâi cu partea din față.

Noul șef temporar al echipei trimise cealaltă parte a oamenilor săi să se ocupe de exteriorul clădirii și să cerceteze terenul meschin, dar oarecum umbrit, mărginit de copaci pe o parte și de un gard înalt și cenușiu pe celelalte trei.

În scurt timp, tehnicienii care lucrau în curte reuşiră să descopere o bucată de tweed albăstrui prinsă între lamelele gardului din jurul curţii din spate, ceea ce îl mulţumi pe sergent.

Lisa descoperi un petic de pământ răvăşit, cu iarba călcată în picioare, dovadă că cineva târâse ceva pe acolo, şi îl analiză cu atenţie, în ciuda faptului ca ajunsese în ultimul trimestru de sarcină şi îi era foarte greu să se aplece.

— Shorty, strigă femeia, întorcându-şi capul spre uşa din spate a casei. Cred că avem nişte urme de sânge aici, îl informă ea pe expertul criminalist, care se şi grăbi la faţa locului, auzind cuvintele magice.

Pasionat de stropii, picăturile şi petele de sânge, Shorty nu pierdea nicio ocazie să le analizeze, căutând mereu modalităţi de a avansa o teorie la care lucra şi care privea interpretarea diverselor urme de acel gen.

Bărbatul se aplecă peste peticul de iarbă, cercetând cu atenţie, mişcându-şi ochii încoace şi încolo, pentru a memoriza fiecare detaliu.

— Cred că ai dreptate, iubito, îi mângâie el mâna Lisei, mulţumit. Hei, cineva trebuie să vină să facă nişte poze aici, urlă el, iar un tinerel se şi grăbi să-i urmeze indicaţiile.

Alertat că s-a întâmplat ceva, James se zorii şi el la faţa locului.

— Ce aţi găsit? întrebă el, abia stăpânindu-şi nerăbdarea.

— Nu am găsit nimic concret încă, îi răspunse Shorty, fără a-i acorda prea multă atenție. Dar Lisa a dat peste asta, îi arătă el urmele ruginii.

— Considerând modelul petelor, cineva a cărat ceva sângera prin iarbă, îi arătă Lisa cu mâna, indicând traseul de la casă până la capătul îndepărtat al gardului.

James îi urmări gesturile cu privirea, judecând în același timp distanța dintre cele două puncte și calculând timpul necesar pentru a transporta cadavrul între ușa din spate și capătul îndepărtat al curții. Nici măcar nu se gândi la ce se afla dincolo de gard.

— Aceste urme sunt compatibile cu picăturile provenite de la un cadavru sau un corp sângerând, acoperit cu ceva, ridică Lisa din umeri, estimând că, probabil, prima ei presupunere era cea corectă.

— Crezi că Grant ar fi putut fi ucis aici, în această casă? o întrebă sergentul pe Lisa.

Tânăra tehniciană ridică un umăr și spuse:

— Este posibil. Cu toate acestea, trebuie să găsim mai întâi locul crimei înainte de a face mai multe presupuneri, adăugă ea, fiind o persoană care prefera să-și păstreze imaginația sub control.

Sprijinindu-și mâinile pe șolduri, James o aprobă cu o înclinare a capului, iar apoi se întoarse spre casă, încercând să deducă unde ar fi putut avea loc crima. Sprâncenele i se adunaseră deasupra nasului, în timp ce privea cu atenție ferestrele casei.

— Sergent, vino încoace, o voce îl strigă din casă, iar James își dădu seama că îi aparținea lui Mike și o porni cu pași grăbiți spre clădire, urmat îndeaproape de Shorty.

Cei doi bărbați pătrunseră în casă pe ușa din spate, aproape împingându-se unul pe celălalt, încruntați, niciunul nedorind să îl lase pe celălalt să treacă primul.

După câțiva pași, James se opri brusc, iar Shorty, care venea cu pași iuți în spatele lui, se izbi de el și încercă să-și recapete echilibrul sprijinindu-se cu o mână de umărul sergentului și cu alta de peretele de lângă el.

— Oh, James, ce faci, amice? îl chestionă Shorty mânios, zdruncinat din creștetul capului și până la tălpile picioarelor.

— Vreau să ajung la Mike, dar nu sunt sigur unde anume se află, îi răspunse James laconic, supărat pe el însuși și pe lipsa lui de direcție, dar și pe Shorty, care se folosise de spatele lui pentru a se opri, astfel făcându-l să-și piardă răsuflarea.

De altfel, sergentul era convins că îi va apărea curând o vânătaie serioasă pe umărul drept.

— Și nu puteai, pur și simplu, să-l strigi sau măcar să mă avertizezi că te vei opri? se răsti Shorty cu un ton mai potrivit unei mahalagioaice în piață.

James nu se mai obosi să-i răspundă, ci se uită în jur, încercând să-și dea seama de unde venise vocea lui Mike.

— Crezi că a strigat de la subsol? își întoarse James ochii spre Shorty.

— De unde să știu eu? mârâi acesta, înclinându-și capul pe o parte și punându-și mâinile în șolduri mânios, lăsând impresia unui curcan umflat, iar James îl privi cu ochii mari, neînțelegându-i atitudinea.

— Unde naiba ești, Mike? strigă el exasperat după aceea.

— Ți-ai pierdut busola? strigă Mike râzând. La subsol, James. Ia-o pe scările din dreapta. Presupun că ești destul de aproape de ele, adăugă el, încercând să ghicească cam în ce parte a casei se afla sergentul.

Oricum, un lucru era clar. Pereții de consistența cartonului ajutau sunetele să călătorească peste tot. Cu un colocatar în casă, secretele ar fi fost excluse.

James păși prudent de-a lungul holului și în curând găsi scara ce cobora în spirală spre subsol, dar înainte să pășească pe trepte, un gând îi trecu prin minte și strigă din nou:

— Mike, nu crezi că ar fi mai indicat să-i aducem mai întâi pe tehnicienii criminaliști? N-aș vrea să alterăm vreo urmă rămasă pe trepte, îl informă el pe detectiv.

Tăcerea se întinse câteva momente, iar mai apoi o tuse ușoară ajunse la urechile celor de la parter.

— Cred că s-ar putea să ai dreptate, admise Mike cu remușcare în voce. Nici măcar nu m-am gândit la asta, adăugă el, iar James și Shorty se priviră unul pe celălalt consternați.

— Înțeleg, murmură James după câteva clipe, clătinând din cap. Rămâi unde ești, Mike, pentru moment. Voi cere echipei de criminaliști să se ocupe mai întâi de scări, iar după aceea voi veni şi eu acolo, mai spuse el aruncând o privire semnificativă către tovarăşul său.

Expertului criminalist nu avu nevoie să i se spună de două ori. Cu o înclinare a capului către James, pentru a-i da de înţeles că ştia ce are de făcut, plecă să-şi aducă oamenii pentru a procesa scările, socotind că doi ar fi fost suficient, spaţiul fiind prea restrâns pentru mai mulţi.

CAPITOLUL DOUĂZECI ŞI CINCI

Tehnicienilor criminalişti le luă aproape treizeci de minute pentru a procesa scările, timp în care James se plimbă pe holul îngust, numărând minutele cu iritare, incapabil să se concentreze la altceva. Ajunsese deja la capătul răbdării şi nu-şi putea potoli nici curiozitatea.

Când Shorty îi strigă numele, adăugând că poate coborî, James mai că îl seceră în graba lui de a ajunge la Mike, iar tehnicianul îşi scutură capul în spatele lui, strâmbându-se dezgustat, pregătit să-i spună câteva cuvinte usturătoare. Până la urmă renunţă cu un gest a lehamite şi se mulţumi să-l urmeze la subsol.

Mike şi Jo îl aşteptau pe James la uşa unei camere mici pe care proprietarul casei o transformase într-un birou, iar sergentul aprecie că, deşi Mike uitase de scări, nu uitase să nu perturbe scena. Cei doi nu pătrunseseră în încăpere, ci se mulţumiseră să o analizeze din uşă, ceea ce îi câştigă recunoştinţa lui James.

McNamara i-ar fi luat capul atât lui Mike, cât şi lui James, dacă detectivii ar fi deranjat ceva din interiorul biroului înainte de încheierea anchetei criminalistice.

Cu un gest, James îl invită pe Shorty să proceseze scena din faţa ochilor lor, iar acesta împreună cu cei doi care se ocupaseră de scări începură colectarea evidenţei din prag, îndreptându-se încet spre interiorul camerei.

Jo şi Mike se retraseră puţin mai departe pe coridor, şoptind Dumnezeu ştie ce, în timp ce James îi urmărea pe criminalişti cu ochi severi. Sergentul identificase deja încăperea ca fiind locul crimei, chiar dacă ştia că trebuia să aştepte până când experţii îşi terminau examinarea.

Stropii de sânge de pe peretele opus nu puteau fi decât rezultatul unei lovituri cu un corp contondent şi aceştia indicau că, probabil, victima stătuse aşezată la birou, fără nici o grijă, când a căzut prima lovitură.

O crăpătură din perete arăta că forţa loviturii o aruncase pe victimă în direcţia aceea, iar scaunul aterizase pe podea unde şi rămăsese. Dar atacatorul nu se oprise acolo. Victima suferise cel puţin încă două lovituri, judecând după stropii de sânge din partea de jos a peretelui şi biroului.

— Sunt convins că aceasta este locaţia principală a crimei pe care o căutam, James, se apropie Shorty de el după o vreme. Noi aproape că am terminat aici. Am colectat tot ce s-a putut şi am făcut şi poze. Eu personal am verificat amprentele de pe birou. Acum, poate vrei să vezi ce e în sertarele acelea, arată el spre birou. Pot să rămân aici şi să vă ajut cu orice dovadă care ar putea apărea, se oferi el.

James observă că stropii de sânge pătaseră partea cu sertarele şi se cutremură. Detesta intens acea parte a slujbei lui.

— Mulţumesc, Shorty, îşi înclină James capul. Poate vrei să verifici tu şi biblioteca de acolo, arătă el cu bărbia spre rafturile de cărţi din cealaltă parte a camerei. Am impresia că şi acolo sunt câteva sertare şi dulapuri în care ar fi cazul să te uiţi.

— Nici o problemă, îşi flutură Shorty mâna. Mă ocup eu de asta, se întoarse el şi, luându-şi geanta de pe birou unde o lăsase, se îndreptă spre bibliotecă.

În ciuda calmului vocii sale, chipul îi trăda nemulţumirea. Detesta faptul că detectivii îi spuneau cum să îşi facă treaba, ca şi cum nu ar fi efectuat niciodată o percheziţie sau nu ar fi procesat scena unei crime până atunci.

James îi aruncă o privire scurtă şi apoi ridică din umeri, ajungând la concluzia că nu putea irosi timp cu toanele criminalistului. După aceea, se îndreaptă hotărât spre birou, trăgându-şi o pereche de mănuşi peste mâini. Trase de primul sertar de sus şi, satisfăcut, observă că nu era încuiat.

Abia ce începuse să caute prin sertar, când îi ajunse la urechi vocea lui McNamara. Ascultând atent, îşi dădu seama că acesta se găsea la etajul de deasupra şi se opri să tragă cu urechea la conversaţia pe care acesta o purta, dar nu reuşi să desluşească toate cuvintele.

Mai devreme, inspectorul şef îl informase că va face un ocol pentru a-şi vizita soţia la librăria ei, deoarece dorea să aibă o mică discuţie cu ea, iar acel lucru îl şocase pe sergent. Nu-şi imaginase că bărbatul era atât de îndrăgostit, încât să simtă nevoia să o vadă şi să vorbească cu Bryony în mijlocul zilei.

Sergentul îşi amintea foarte bine că, doar cu mai puţin de jumătate de an înainte, acesta nu ştia cum să scape mai repede de femeile din viaţa lui şi, de aceea, nu reuşea să împace imaginea acelui McNamara cu cea de acum.

James îşi scutură capul ca să şi-l limpezească deoarece avea prea multe lucruri de făcut, iar disecarea vieţii amoroase a inspectorului şef nu era unul dintre ele. După aceea continuă să cerceteze sertarul, dar curând, dezamăgit, îl închise, negăsind nimic care să-i folosească în investigaţie.

Deschizând al doilea sertar, observă că Joshua Grant îşi păstrase acolo facturile. Sergentul le răsfoi minuţios, fără a descoperi nimic, iar apoi, oftând în sinea lui, închise şi acel sertar. Deja descurajat, trecu la al treilea, aşteptându-se să piardă timpul cu alte aiureli. Brusc, sprâncenele i se ridicară pe frunte, iar James inspiră prelung. Privirea i se oprise asupra mai multor teancuri de bani, legaţi cu un elastic.

— Ai dat peste ceva interesant acolo, James? se interesă McNamara, iar James tresări.

Clătinând imperceptibil din cap, sergentul îşi întoarse ochii uluiţi spre inspectorul şef, nevenindu-i să creadă că nu-i auzise paşii, deşi acesta parcursese mai mult de jumătate din încăpere.

— Cred că ar fi mai bine dacă aţi vedea cu ochii dumneavoastră, domnule, oftă James, invitându-l cu un gest să se apropie de birou, iar acesta parcurse rapid distanţa până la el şi, aruncând o privire în sertarul deschis, fluieră, clătinându-şi capul uimit.

— Câţi bani crezi că sunt aici, James? îl întrebă McNamara, fără să îşi ridice ochii spre el.

— Nu ştiu, dar îi putem număra, răspunse acesta ridicând un calup de bani. Acesta conţine doar sute, domnule, îl informă el.

— Da, le-a aranjat în bancnote de o sută, cincizeci şi zece, îi arătă McNamara lui James. Avem sute pe această linie, cincizeci în mijloc şi zece în partea cealaltă a sertarului.

— Sunt cincizeci de bancnote de o sută într-un teanc, domnule, anunţă sergentul după ce numără bancnotele.

— Presupun că toate teancurile au câte cincizeci de bancnote, ridică McNamara din umeri, dar, pentru a se asigura, luă şi unul care conţinea bancnote de cincizeci pentru a le număra. Da, cincizeci şi aici, murmură el, satisfăcut că a avut dreptate, însă, cum era un om meticulos, numără şi unul din teancurile de zece pentru a vedea dacă şi acelea conţineau acelaşi număr de hârtii. Deci, avem şase teancuri cu cincizeci de bancnote de o sută de lire sterline, ceea ce face treizeci de mii de lire, calculă el, îngustându-şi ochii. Stivele cu bancnote de cincizeci de lire se adună la cincisprezece mii, iar cele cu bancnote de zece se adună la trei mii, îşi încheie el calculele, dând din cap cu satisfacţie. Aşadar, avem un total de patruzeci şi opt de mii de lire, conchise McNamara, uluit. Asta este o sumă destul de serioasă, nu-i aşa? îşi întoarse el ochii maliţioşi către James, care aşteptase în linişte ca omul să-şi termine calculele.

— Da, domnule, este o sumă destul de considerabilă, îl aprobă el cu o mişcare a capului, însă chipul lui îi trăda neîncrederea că Joshua Grant ar fi putut avea atâţia bani în casă, mai ales că locuinţa era dintre cele mai ieftine de pe piaţă.

— Acum, cum crezi tu că un om de vârsta lui Grant, care locuieşte în această casă modestă şi în acest cartier specific, a putut aduna o sumă atât de frumoasă de bani până acum? îl întrebă McNamara nedumerit, nedezlipindu-şi ochii îngustaţi de pe comoara din sertar şi plesnindu-şi absent palma deschisă cu unul din teancurile de bani.

— N-aş putea spune, domnule, îşi clătină James capul, deşi prin minte îi treceau diverse posibilităţi. Dar, oricum, dacă, de exemplu, Joshua Grant ar fi făcut acei bani muncind cinstit sau investind, i-ar fi păstrat în bancă, nu-i aşa? Nu într-un sertar descuiat din biroul său, se aventură el să spună, întorcându-şi ochii întrebători spre şeful său.

— Da, asta e ideea, James, îi aprobă McNamara raţionamentul. Mă tem că trebuie să aflăm ceva mai multe lucruri despre a doua noastră victimă, declară el pe un ton oțelit. Contez pe tine să afli proveniența acestor bani, îi ordonă el pe un ton care nu invita la alte discuții.

Pentru o clipă, McNamara uitase că îi dăduse mână liberă lui James în gestionarea acelui caz, iar, când își dădu seama de gafa făcută, îngheță. Știa că trebuia să învețe să își lase oamenii să ia decizii singuri. Cu toate acestea, în acest caz, era deja prea târziu pentru a-și retrage cuvintele.

— Am înțeles, domnule, aprobă sergentul, fără comentarii suplimentare.

De fapt, James nu își simțise poziția de lider amenințată și chiar considera că omul avea dreptate. Era necesar să afle mai multe despre victima lor, având în vedere averea pe care o ascundea în biroul său.

— O voi ruga pe Jo să facă o cercetare amănunțită a finanțelor și a trecutului lui, adăugă el, cu o privire gânditoare.

Știa el că Jo era cea mai potrivită pentru a-i încredința acea sarcină. Inspectoarea avea nasul unui câine de vânătoare când venea vorba de a descoperi astfel de lucruri.

— Voi verifica și cu băieții de la departamentul de descifrare pentru a vedea dacă au terminat cu registrul găsit acasă la Walsh. Ca să fiu sincer, mă tot gândesc că jurnalul acela are o legătură cu mormanul ăsta de bani, recunoscu James, făcând semn cu mâna spre sertar. Și asta din momentul în care am văzut ce e aici, explică el cu o oarecare jenă.

— Cred că ai dreptate, James, își înclină McNamara capul în semn de aprobare. Ei bine, atunci vă las să vă ocupați de investigație, adaugă el după ce își aruncă privirea nerăbdătoare spre ceas. Am aranjat deja să iau cina în oraș cu Bryony și trebuie să plec acum, altfel voi întârzia. Oricum, asta înseamnă că ne vom vedea abia mâine, se gândi el să mai menționeze, întorcându-se pe călcâie și îndreptându-se cu pași hotărâți spre ieșire.

Cu o fluturare neglijentă a mâinii aruncate în aer, își luă la revedere de la cei din încăpere, care îl priveau stupefiați, iar, în curând, pașii îi răsunară pe scara în spirală ce ducea către parter. Știa el că anunțul său ridicase câteva sprâncene, dar nu-i păsa. Era, de asemenea, conștient că i se schimbase comportamentul în ultima vreme, astfel șocându-i pe subalternii săi, dar aceasta nu însemna că le era dator cu vreo explicație.

— Șeful chiar nu mai e el însuși, își clătină Shorty capul cu uluire, neluându-și ochii de pe ușa biroului.

— Da, așa se pare, îl aprobă Mike, chiar dacă încă nu-i venea să creadă ce auzise.

McNamara nu părăsise niciodată locul unei crime, indiferent de motiv. Întâlnirea cu o femeie, chiar dacă aceasta ar fi fost soția lui, nu părea un motiv suficient de bun pentru ca să renunțe la bunele sale obiceiuri.

CAPITOLUL DOUĂZECI ŞI ŞASE

Soarele îi gâdilă genele, iar James îşi deschise ochii leneş, pentru ca mai apoi să arunce o privire încruntată spre fereastră. Lumina îi rănea pupilele, dar el era singurul vinovat de situaţia aceea, deoarece se grăbise să ajungă în pat în seara precedentă şi uitase să acopere ferestrele.

O respiraţie uşoară îi ajunse la urechi, iar inima îi tresări. Claire nu îl refuzase când o invitase la el acasă în ajun. Se părea că tânăra femeie îi iertase comportamentul din ultimele zile, iar James îşi promisese să fie mai puţin rigid din acel moment.

La început îi fusese teamă că detectivii nu i-ar fi ascultat ordinele, aşa că încercase să-l imite pe McNamara, ceea ce se dovedise a fi o greşeală imensă.

Inspectorul şef îşi conducea oamenii fără să spună prea multe, dar, aparent, aceasta nu se întâmpla din cauza atitudinii sale arţăgoase, ci în ciuda ei. Inspectorii detestau oarecum stilul de conducere dur al lui McNamara, aşa că strâmbaseră din nas când James încercase acelaşi lucru.

Până la urmă, în decurs de două zile, îşi dăduse seama că era suficient să fie el însuşi pentru a-şi face treaba şi că nu avea sens să-şi dea aere de superioritate în faţa detectivilor pe care îi avea în grijă.

Cu un picior aruncat peste coapsele lui, Claire dormea ghemuită lângă el, mâna ei mică atingându-i pieptul. Privirea bărbatului zăbovi pe fața ei întoarsă, cercetând-o cu atenție, iar un zâmbet îi răsări pe buze când ochii îi trecură peste genele ei lungi ce îi umbreau vârful pomeților. Silueta micuță a femeii îl atrăgea întotdeauna, dar, când dormea, aceasta părea un elf rătăcit în lumea reală, menit sa-l vrăjească, răpindu-i astfel respirația.

Bărbatul își trecu privirea atentă peste pielea ei mătăsoasă, pe care degetele lui o cutreieraseră de mai multe ori în noaptea precedentă și, cu un nod în gât, decise să nu mai zăbovească. În seara aceea sau, cel mai târziu, în cea de a doua zi, avea să-i pună întrebarea, chiar dacă îi era teamă de răspunsul ei. Locul lui Claire era în casa lui, cu el, unde putea să o privească, să-i vorbească și să o atingă atunci când simțea nevoia.

Genele lui Claire fluturară preț de câteva clipe, apoi femeia își îndreptă ochii de ciocolată spre chipul lui.

— Neața, Ainsley, șopti ea, ridicând o mână pentru a-i atinge fața, dar el nu se obosi să îi răspundă, ci, aplecându-se deasupra ei, își atinse ușor buzele de ale ei.

Femeia îi surâse, iar James zăbovi cu privirea pe curbura buzelor ei pline câteva clipe pentru ca mai apoi să-și scuture capul să și-l limpezească.

— Mă tem că trebuie să ne mișcăm, spuse el aspru, fără să vrea. Intenționez să închei cazul înainte de sfârșitul zilei.

Femeia îşi ridică o sprânceană, impresionată de hotărârea lui, deşi îi era teamă că optimismul lui era oarecum deplasat. De cele mai multe ori, rezolvarea unei omucideri se prelungea mult mai mult decât atât.

— Nu te uita aşa la mine, îi reproşă James. Trebuie să-l termin pentru că am altceva de făcut, adăugă el criptic, iar femeia îl privi consternată.

Îl cunoştea pe Ainsley de câţiva ani deja. Amândoi începuseră ca jandarmi, deşi el venise în poliţie cu mult timp înaintea ei. Bărbatul era cea mai răbdătoare persoană pe care o cunoscuse vreodată şi era capabil să facă tot ceea ce trebuia, fără să se grăbească sau să se plângă. Nerăbdarea lui de acum o uluia, iar Clare nu reuşi să-şi ţină gura închisă.

— De ce te grăbeşti atât de mult, Ainsley? Nici măcar McNamara nu-şi imaginează că un caz poate fi rezolvat înainte de vreme, îl mustră ea cu blândeţe, temându-se că bărbatul încerca din nou să copieze comportamentul inspectorului şef.

— Asta n-are nimic de-a face cu McNamara, îi răspunse el cu răceală, ofensat că ea tot mai credea că intenţiona, în continuare, să-l imite pe inspectorul şef în toate. Vreau să fac ceva, dar trebuie să mă concentrez asupra acelui lucru fără să am tot timpul aceste două crime în minte. Nu ar fi bine pentru... Ei bine, nu ar fi corect, încheie el cu stângăcie, evitând privirea lui Claire.

Tânăra îl aţinti cu ochii ei curioşi şi mătăsoşi, pianotând absentă cu degetele pe pieptul lui, iar James se îngrijoră că aceasta ar putea descoperi adevărul. Nu voia ca nimic să strice momentul pe care îl plănuise deja.

Planificare era mult spus, de fapt. Gândurile îi erau oarecum neclare în legătură cu modul în care să îi pună întrebarea, din moment ce încă lucra la asta. Cu toate acestea, pentru așa ceva avea nevoie de o minte limpede și, din păcate, în acel moment, gândurile îi fugeau mai tot timpul la cazul său.

— În regulă, atunci, spuse Claire fără convingere. Presupun că trebuie să ne grăbim atunci și să ajungem la muncă, adăugă ea dezamăgită.

— Da, îi șopti bărbatul. Mă voi revanșa față de tine, îți promit.

— Hm, pufni Claire, sărind peste el pentru a se da jos din pat. O să fac eu duș mai întâi, atunci. Voi pregăti micul dejun în timp ce te speli tu după aceea, aruncă ea peste umăr, îndreptându-se spre baie.

— Nu, își clătină James capul vehement. Nu te grăbi deloc, ci relaxează-te. Mă voi ocupa eu de micul dejun, adăugă el, ridicându-se grăbit din pat, pescuindu-și de pe jos cămașa din ziua precedentă.

— Cum dorești, îi răspunse Claire tăios, încă necăjită de cuvintele lui, dar în timp ce se îndrepta spre baie, un zâmbet îi înflori pe buze, știind foarte bine că James nu-și putea lua ochii de pe silueta ei.

Lasă-l să transpire un pic. O merită, gândi ea, nu fără răutate. Nu-i plăcea senzația ce o încerca atunci când știa că Ainsley îi ascundea anumite lucruri.

Claire ajunse în bucătărie un sfert de oră mai târziu şi îl găsi pe James ocupat cu prăjirea pâinii şi cu pregătirea unei omlete.

— Sunt într-adevăr flămândă, recunoscu femeia, lingându-şi buzele cu poftă, iar un surâs satisfăcut i se întinse pe buze când îşi aminti ce îi provocase acea foame.

— Totul va fi gata într-un minut, spuse el, iar, mai apoi, o invită cu un gest să ia loc pe bancheta de la masa din bucătărie, pentru ca mai apoi să înceapă să îngrămădească platouri şi pahare pe masă.

— Mă duc sus să fac şi eu duş acum, spuse el după ce o rugă să înceapă să mănânce. Nu va dura mult, îi promise el.

— Bineînţeles că nu, se răsti femeia. Vrei să ajungi la secţie înaintea tuturor şi să rezolvi cazul de unul singur, mai adăugă ea cu dispreţ.

— Nu chiar, îi răspuns James, fără să întoarcă capul spre ea sau să-şi întrerupă pasul.

Cu toate acestea, îşi clătină capul dezamăgit, deşi înţelegea că femeia nu putea reacţiona altfel. Claire nu cunoştea adevăratul lui scop, aşa că nu putea face o evaluare corectă a situaţiei, iar el nu o putea judeca pe baza ultimelor ei cuvinte. Şi, totuşi, atitudinea ei îl rănea.

Claire îl urmări cu privirea, muşcându-şi buza inferioară. Avea sentimentul că greşise cumva şi nu înţelegea de ce. Mai muşcă o dată din felia de pâine prăjită unsă cu unt, dar pofta de mâncare îi dispăruse. Se uită încruntată la bucata de pâine câteva clipe şi apoi ridică din umeri. Avea nevoie de hrană şi numai Dumnezeu ştia când James o va lăsa să-şi ia pauza de prânz, aşa că se forţă să mestece pâinea prăjită care acum avea gust de praf, iar mai apoi îşi clăti gâtul cu nişte cafea.

CAPITOLUL DOUĂZECI ȘI ȘAPTE

James răsfoia rapoartele îngrămădite pe biroul său din sala comună a detectivilor când McNamara sosi la secție.

— Ia dosarele cu tine, James, și urmează-mă, îi ordonă el fără să-și întrerupă pasul spre celălalt capăt al încăperii.

James privi cu nedumerire în urma lui preț de câteva secunde, dar apoi își adună repede toate hârtiile și se grăbi spre biroul lui. Inspectorul șef lăsase ușa deschisă, așa că nu se mai obosi să ciocănească. Oricum, știa el că McNamara ar fi explodat dacă i-ar fi trecut prin minte să facă asta.

— Să închid ușa în urma mea, domnule? îl întrebă James înainte de a se duce să-și pună hârtiile pe biroul așezat lângă fereastră.

— De ce nu? ridică McNamara din umeri cu indiferență.

Bărbatul își agățase deja haina în cuier și acum se ocupa cu pregătirea cafelei. La început, James strâmbă din nas când îi observă acțiunile, amintindu-și că, de fapt, cafeaua lui McNamara avea o aromă specială, dar apoi se răzgândi. Aveau multă treabă de făcut în ziua aceea, iar un supliment de energie l-ar fi putut ajuta.

Sergentul ordonă hârtiile pe care le așezase în fața lui pe birou, iar apoi rămase lângă masă, așteptând ca șeful său să termine prepararea cafelei.

— Știi că poți să te așezi, îi aminti McNamara cu o ușoară urmă de ironie, dar și de nerăbdare, în voce.

— Da, domnule, îl aprobă James cu o mișcare scurtă din cap, dar nu se grăbi să ia loc.

Ar fi însemnat să stea cu spatele la el și, deși nu credea nici o clipă că l-ar paște vreo primejdie și că ar fi trebuit să-și protejeze spatele de șeful său, se gândea însă că ar fi fost prea nepoliticos să facă acest lucru.

Cu un gest dezgustat din mână, McNamara renunță să mai insiste, așa că se întoarse înapoi la cafetiera care alesese chiar acel moment să înceapă să scuipe cafea peste tot. Bărbatul suspină în sinea lui. Se părea că nu mai putea amâna achiziționarea unei noi cafetiere, chiar dacă era mai devreme decât și-ar fi dorit, iar lui, unuia, nu-i plăcea să-și cheltuiască banii pe anumite lucruri aiurea.

Cu pași grăbiți, James diminuă distanța dintre el și McNamara, iar apoi se repezi să rupă câteva foi din prosopul de hârtie pe care îl păstrase pe raftul de deasupra aparatului de cafea cât timp şeful său fusese în vacanţă.

— Ai dobândit deja ceva practică în acest sens, observă McNamara, arcuindu-şi o sprânceană.

— Ei bine, îmi place cafeaua la fel de mult ca şi dumneavoastră, ridică James din umeri. Aparatul ăsta de cafea face mizerie tot timpul, aşa că am avut ocazia să-mi exersez destul de des abilităţile de ştergere a petelor , îi răspunse sec sergentul.

McNamara izbucni în râs, clătinând din cap cu necaz după aceea.

— Trebuie să cumpăr un aparat nou, observă el cu voce tare de data aceasta.

— Nu ar trebui ca departamentul să-l înlocuiască? întrebă James, nedumerit.

— Mi-e teamă că nu este prevăzut în bugetul pentru acest an, îi explică McNamara cu o grimasă, pentru ca mai apoi să toarne cafea în două ceşti şi să-l invite pe James să-l urmeze la birou, deoarece acesta terminase deja de curăţat suportul pe care se afla cafetiera.

— Deci, ai ceva noutăţi în această dimineaţă? îl întrebă McNamara în timp ce se aşeza.

— Ei bine, ceva, dar nu prea multe, îi răspunse James cu o privire sumbră. Nu că m-aş fi aşteptat la ceva mai mult, ca să fiu sincer, recunoscu el, luându-şi ceaşca şi sorbind din cafea.

McNamara aşteptă câteva clipe ca James să îşi dezvolte ideea, dar în curând îşi dădu seama că acesta nu intenţiona să continue. În acel moment, sprâncenele i se ridicară pe frunte şi bărbatul începu să bată darabana cu degetele în masă, lângă ceaşca de cafea.

— Şi cam ce ar trebui să fac pentru ca să începi să vorbeşti? îl întrebă McNamara cu ironie făţişă.

James îşi ridică brusc capul, fixându-l cu privirea.

— Îmi cer scuze, domnule, se repezi să spună el, deşi nu se obosi să dea explicaţiile aşteptate de McNamara.

— Şi? insistă acesta.

— Ei bine, probele criminaliste nu l-au putut plasa pe Murray în apropierea victimelor sau în casele lor, îi explică James. Ca să fiu sincer, nu am crezut nici măcar pentru o clipă că bărbatul ar fi fost implicat în crime, dar, pentru moment, nu am niciun alt suspect pe lista mea.

— Şi ce dacă? ridică McNamara din umeri cu indiferenţă. Aveţi timp să găsiţi unul, sunt sigur, remarcă el, privindu-l pe James cu interes în ochi.

— Ei bine, sunt sigur că o vom face, dar am sperat să rezolvăm acest caz mai repede, mărturisi James cu o grimasă.

— Nu este important să rezolvăm cazul rapid, îşi clătină McNamara capul, luându-şi ceaşca de pe masă şi ducând-o la gură.

Sorbi puţin din lichidul aromat, iar apoi dădu din cap satisfăcut: amestecul cofeinizat îi reuşise la fel de puternic ca întotdeauna

— Ceea ce contează este să-l găsim pe adevăratul criminal, mai adaugă el apoi.

— Ştiu asta, i-o întoarse James, cu o sclipire în ochi.

— Atunci totul ar trebui să fie în regulă, conchise McNamara. Ați primit vreo veste de la băieții care lucrează la acel registru din casa lui Walsh? întrebă el.

— Nu încă, își clătină James capul consternat. Mă gândeam să-i las să mai lucreze încă o oră sau două și apoi să mă duc să-i întreb de rezultate. Și așa or să spună că sunt pisălog, făcu bărbatul un semn cu mâna a lehamite, iar McNamara râse.

— Nu cred că ai în firea ta calitățile necesare ca să devii o pacoste pe capul cuiva, își clătină el capul a îndoială. Și mi-e teamă că nici nu vei învăța vreodată, îl avertiză el. James, fiecare are propriul stil și obține rezultate doar dacă se simte confortabil cu ceea ce face. Nu trebuie să încerci niciodată să imiți maniera altcuiva. Te-am văzut lucrând. Ai făcut întotdeauna ceea ce trebuia să faci, chiar dacă ai făcut-o în felul tău, își continuă McNamara explicația.

— Sunt conștient de asta, dădu James încet din cap. Totuși, metoda dumneavoastră aduce rezultate mai rapide, sublinie el.

— Doar la prima vedere, McNamara clătină din cap în semn de dezaprobare. În plus, temperamentul tău este departe de al meu. Tu ești o persoană complet diferită, adaugă el.

— Poate că este adevărat, admise James, deși nu părea convins.

— Este, James, crede-mă, îi răspunse sec McNamara. Poate că e timpul să-i deranjezi pe băieții ăia, îl sfătui el. După ce-ţi bei cafeaua, bineînţeles, nu uită el să menţioneze.

James păru a se lupta cu dorinţa de a părăsi biroul şi de a se întoarce la muncă, dar în cele din urmă, înţelepciunea învinse şi se forţă să îşi toarne lichidul pe gât.

Amuzat, McNamara îşi clătină capul, apoi îşi întoarse privirea spre fereastră. Sergentul era încă foarte tânăr. Totuşi, în ciuda tinereţii sale, era un detectiv înnăscut, iar inspectorul şef se aştepta la multe de la el.

James îşi termină cafeaua din câteva înghiţituri şi se ridică în picioare. După aceea se aplecă să adune hârtiile pe care le adusese cu el, dar McNamara îl opri.

— Lasă-le aici. Oricum trebuie să vorbeşti cu cei de la cifru şi nu cred că ar fi rău dacă o altă pereche de ochi s-ar uita peste rapoartele acelea.

— Bineînţeles că nu, se arătă James de acord, împingându-le spre şeful său pentru că mai apoi să se îndrepte spre uşă.

În urma lui, un zâmbet înflori pe buzele lui McNamara.

CAPITOLUL DOUĂZECI ŞI OPT

James întinse mâna spre clanţă, dar nu mai apucă să o întoarcă pentru că un ciocănit nerăbdător îi ajunse la urechi. Sergentul se întoarse spre McNamara cu ochi întrebători, iar acesta îl invită cu un semn al capului să deschidă uşa.

De cealaltă parte a pragului se găsea Claire, trepidând de nerăbdare.

— Este vreo problemă? o întrebă James, luând notă de entuziasmul care dansa în ochii ei.

— Băieţii care au lucrat la registru ne-au trimis raportul, îi răspunse femeia cu un zâmbet larg pe faţă, arătându-i dosarul pe care îl ţinea în mână.

— Invit-o înăuntru, James, ordonă McNamara din spatele sergentului.

Inspectorul-şef îşi părăsise deja scaunul când vocea lui Claire îi ajunsese la urechi.

— Vreau să aud şi eu ce au descoperit, mai spuse el.

— Probabil că ar trebui să ne mutăm în sala de conferințe, propuse James cu o oarecare ezitare. Cred că și ceilalți detectivi ar trebui să afle rezultatul.

— O idee destul de bună, îl aprobă McNamara cu entuziasm. Atunci aranjează întâlnirea, iar eu voi fi acolo în cinci minute, mai spuse el, făcându-le semn celor doi să plece.

Câteva minute mai târziu, inspectorul șef pătrunse în sala de conferințe, iar priveliștea îl impresionă. Toți detectivii care lucrau la caz stăteau în jurul mesei, discutând în șoaptă unul cu altul. Cineva deja adusese un platou cu felii de prăjituri și o carafă cu cafea, însoțită de un coșuleț cu plicuri cu zahăr și cutiuțe de lapte.

— Când ați avut timp să pregătiți toate astea? întrebă McNamara, arătând spre masă.

Vocea lui îi surprinse pe detectivii care abandonară conversațiile întorcându-se spre el, dar nimeni nu-i răspunse la întrebare. McNamara își arcui o sprânceană și imediat Jo spuse:

— Știam că vom avea o întâlnire astăzi. Era inevitabil, preciză femeia. Așa că am cumpărat prăjitura pentru cafea în drum spre serviciu.

— Frumos din partea ta, observă McNamara.

Tânăra ridică un umăr și preciză:

— Eram convinsă că ne va fi foame până acum, așa că... Nu e mare lucru.

McNamara păru să vrea să mai spună ceva, dar renunță și, așezându-se lângă James, își flutură mâna, invitându-l pe acesta să înceapă discuțiile.

În tot acest timp, Claire se ocupase cu pregătirea unei cești de cafea pe care i-o întinse, mai apoi, inspectorului șef.

James deschise dosarul, scană prima pagină cu privirea, iar apoi spuse:

— O să vă placă ce au găsit băieții de la cifru. Au reușit să determine că registrul conține câteva tranzacții și sumele provenite din acestea. Beneficiarii acelor tranzacții par să fi fost un L.M., un J.G. și un L.K. Sumele variază de la o lună la alta, dar niciuna nu a fost sub cinci mii de lire de persoană. Cifrele au crescut în timp, după cum se pare, mai menționă sergentul. Aparent, avem aici doar sumele pentru ultimii doi ani, își ridică el ochii pentru a întâlni privirea de cremene a lui McNamara.

— Cred că știm pe cineva ale cărui inițiale sunt L.M., declară sec inspectorul șef.

— Da, așa este, îl aprobă James cu o mișcare a capului. Cred că o voi ruga pe Jo să facă niște cercetări amănunțite în ceea ce-l privește pe Lachlan MacDonald, adăugă el, aruncându-i o privire rapidă detectivei.

Aceasta acceptă sarcina cu o mișcare ușoară a capului, dar nu spuse nimic pe moment. Avea să vorbească atunci când avea ceva notabil de spus.

— Dacă el este L.M. al nostru, sunt sigur că îl vom găsi pe L.K. în anturajul său sau în apropiere, continuă sergentul cu aerul că gândește cu voce tare. Nu mă îndoiesc că J.G. este Joshua Grant, își întoarse el ochii înapoi la McNamara. Având în vedere că am găsit acele teancuri de bani în sertarul lui, trebuie să fi fost implicat în aceste afaceri, lovi el cu vârful degetului în registrul din fața lui.

— Există vreo mențiune despre aceste tranzacții? În ce constau acestea? întrebă McNamara.

James își aruncă din nou ochii peste raport, țuguindu-și buzele de concentrare.

— Nu vă pot spune cu certitudine, își clătină el capul. Băieții au scris aici că unele dintre tranzacții par să fie legate de obiecte vândute prin diverși intermediari unor colecționari. Alte lucruri par să fi fost plasate prin case de amanet. Nu se menționează defel cum le-a achiziționat proprietarul registrului, dar nu cred că ei le-au cumpărat primii. Ar fi trebuit să fie un inventar sau ceva de genul ăsta, având în vedere cât de minuțios este notat totul.

— Ai cumva acolo niște date legate de fiecare tranzacție? se aplecă Claire în față, privindu-l cu atenție.

— Să știi că da, așa este, aprobă James după ce verifică registrul.

— Cred că ar trebui să-i întrebăm pe colegii noștri de la jafuri dacă au existat spargeri pentru o perioadă de două-trei săptămâni înainte ca aceste tranzacții să aibă loc, propuse Claire. Am sentimentul că acele obiecte au fost achiziționate prin efracție. Altfel, secretul provenienței lor nu ar fi fost necesar, cred eu, ridică ea din umeri.

— Este, într-adevăr, un punct de vedere valabil, se învioră McNamara.

— Da, este adevărat. Poate că Mackie poate verifica cu ei, îi aruncă James o privire inspectorului, care îl aprobă cu o clătinare a capului.

— Voi avea nevoie de datele trecute pe hârtiile acelea, îi spuse el lui James. Dacă este ceva, voi afla eu, îl asigură el.

— Bine atunci, îi răspunse James. Îți voi trimite o copie, promise el. Cu siguranță puteți scoate voi datele. Nu e necesar să le compilez eu.

— Evident că da, murmură Mackie, chiar dacă nu îi prea surâdea să caute el însuși datele prin raport.

Cu toate acestea, inspectorul era convins că James nu i-ar fi acceptat refuzul cu grație. Mackie înțelegea că sergentul trebuia să rezolve acea anchetă cu cât mai puțină agitație și cât mai rapid, iar el, unul, ar fi făcut același lucru dacă ar fi fost în locul lui.

— Perfect, își înclină James capul, iar un zâmbet mic îi încolți în colțul gurii, înțelegând că inspectorului nu-i prea surâdea sarcina aceea.

— Mai sunt și alte tipuri de tranzacții acolo, James? interveni McNamara.

— Da. Văd și alte inițiale cu sume de bani lângă ele. Cu toate acestea, persoanele reprezentate de acele inițiale nu par să fie beneficiarii sumelor, ci sursa lor, le explică James, cu o mină gravă. Nu-mi place deloc chestia asta, murmură el.

— În comparație cu ce? îl întrebă McNamara, ridicându-și una dintre sprâncene sarcastic. Nu-mi prea vine a crede că ți-a plăcut prea mult teoria spargerilor, băiete.

— Bineînțeles că nu, se repezi James să-i răspundă. Ce avem aici, însă, sună fie a șantaj, fie a proxenetism... Nu știu cu siguranță, își flutură el mâna.

— S-ar putea să fie una sau alta sau poate chiar amândouă, interveni Jo. Oamenii ăștia nu par să aibă un standard prea ridicat privind sursa veniturilor lor și bănuiesc că ar încerca orice chestie care le-ar aduce bani.

— Asta cred și eu, i se alătură Claire, sprijinindu-și coatele pe marginea mesei de conferință.

— Presupun că aveți dreptate, își clătină James capul cu o oarecare ezitare. Oricum, cred că vom afla despre ce este vorba în momentul în care ne dăm seama cine sunt personajele principale ale afacerii, bătu el cu degetul pe marginea superioară a copiei registrului.

— Într-adevăr, îi dădu dreptate McNamara.

— Îmi amintesc un Liam din relatarea pe care ne-a făcut-o domnul MacDonald, interveni Donna pe un ton liniștit.

— Da, așa este, se încruntă James, căzând pe gânduri preț de câteva clipe. Era individul acela care l-a provocat pe Ian Walsh să o vrăjească pe doamna Murray, dacă îmi amintesc bine, mai adăugă el.

— Bine spus, bătrâne, chicoti Mike. Dar, da, ăsta e omul.

— Cred că ar trebui să-l luăm şi pe el la întrebări, interveni Donna din nou, prezentându-şi punctul de vedere cu blândeţe, aşa cum făcea întotdeauna.

— Nu e o idee rea, o aprobă James. Vrei să te ocupi tu de asta? o întrebă el.

— Evident, îi răspunse ea.

— Deci, cred că am acoperit toate bazele pentru moment, spuse sergentul, privindu-l întrebător pe McNamara, pentru a vedea ce gândea acesta.

Inspectorul şef îl aprobă cu o clătinare a capului şi un zâmbet maliţios în colţul gurii.

— Bine, atunci, se ridică McNamara în picioare. Ne vedem când vei avea mai multe informaţii, James, adăugă el, întorcându-se pe călcâie şi îndreptându-se spre uşă.

Inspectorii aşteptară ca acesta să părăsească sala de conferinţe şi apoi îşi îndreptară privirile spre James.

— Deci, Jo, tu te ocupi de MacDonald. Mackie, tu verifici posibilele spargeri, iar Donna, vezi ce poţi afla despre acel Liam. Acum, cred că Mike ar trebui să treacă în revistă toate mărturiile pe care le-am adunat. Claire şi cu mine vom face o vizită echipei de criminalişti, mai hotărî James, plesnind masa cu palmele şi, ridicându-se apoi în picioare, se îndreptă hotărât spre uşă fără să mai aştepte ca inspectorii să-i aprobe cuvintele, suficient de încrezător că ceilalţi îi vor executa ordinele şi Claire îl va urma.

Observând expresiile uluite ale colegilor săi, Claire îşi ascunse zâmbetul. Niciodată până atunci James nu păruse atât de autoritar ca în acel moment, iar ea se simți mândră de el și, cu o clătinare imperceptibilă a capului, îl urmă afară din încăpere. Știa că detectivi și-ar fi dorit să discute evoluția evenimentelor, dar nu ar fi făcut-o în auzul ei și consideră că aceștia aveau dreptul să se exprime liber.

CAPITOLUL DOUĂZECI ȘI NOUĂ

În ziua următoare, James se trezi din nou în zori. Își alungă somnul, frecându-se la ochi, iar mai apoi, cu un zâmbet blând, își fixă privirea asupra lui Claire, care părea și mai tânără decât vârsta ei în timp ce dormea.

Bărbatul se gândi să o mai lase să doarmă puțin și părăsi patul în liniște pentru a nu o deranja. Știa el că aveau multe de făcut în acea zi, iar Claire avea nevoie de toate resursele ei.

Omul vizită mai întâi baia, unde își perie dinții temeinic, privindu-se în oglindă. Nu constată nicio schimbare pe chipul său, dar tot nu reuși să se dezbare de impresia că se maturizase mult peste noapte. Având pe umeri întreaga anchetă, dar și coordonarea detectivilor, îl făcuse să fie mai atent la oamenii din jurul său. Se scuturase de o parte din naivitatea sa și își dăduse seama că mai are multe de învățat.

Acum, James înțelegea mai bine dificultățile cu care se lupta inspectorul șef și regreta că îl judecase atât de aspru în trecut. De fapt, omul nu încercase să facă decât tot posibilul şi asta în cele mai rele circumstanţe.

James încercase din răsputeri să imite comportamentul lui McNamara la începutul investigaţiei, pentru ca abia apoi să îşi dea seama că fiecare om trebuia să-şi urmeze propria cale. Ceea ce funcţiona pentru şeful său părea forţat în propria lui atitudine şi îl copleşi jena când îşi aminti de felul în care se comportase cu câteva zile în urmă.

Cel puţin, odată ce îşi găsise calea, oamenii răspunseseră mai bine la cererile lui şi îi aduceau rezultate, iar pentru aceasta, James le era recunoscător. Ştia el că, fără ajutorul lor, nu ar fi reuşit să facă niciun progres în investigaţia sa.

Terminându-şi rutina de dimineaţă, James se duse în bucătărie, gândindu-se să pregătească un mic dejun sănătos pentru Claire şi pentru el.

Mişcându-se cu fluiditate prin încăpere, bărbatul pregăti mâncarea, fluierând absent, şi, în scurt timp, aşeză totul pe masă. Câteva clipe mai târziu, paşi uşori traversară coridorul, iar James surâse: terminase cu totul exact la timp.

Claire pătrunse în încăpere şi ochii i se lărgiră când observă toate pregătirile.

— Văd că ai fost o albinuţă foarte ocupată, observă ea, gesticulând spre masă.

— Doar trebuie să mâncăm azi, ridică James din umeri, mustrându-se în sinea lui pentru că nu găsea cuvintele să exprime ceea ce gândea de fapt.

Ştia el că era necesar să o farmece pe femeie şi să o facă să înţeleagă că nu exista o alegere mai bună ca soţ decât el, dar răspunsurile lui seci îi sabotau intenţiile.

Cu toate acestea, Claire îi zâmbi.

— Îmi place cât de succint ştii tu să exprimi lucrurile, dragă James, îl tachină ea cu o sclipire maliţioasă în ochi, iar bărbatul roşi uşor.

— Dacă ar fi aşa, îi răspunse el, oarecum glumeţ, neştiind ce altceva să spună sau să facă, având senzaţia că i se înnodase limba şi nu putea articula nimic cât de cât inteligent sau spiritual.

Claire îşi arcui sprânceana stângă, iar James, oftând, se mulţumi să o invite la masă cu un gest.

Îşi serviră micul dejun într-o tăcere relativă, deşi Claire tot mai reuşea să remarce una sau alta despre lucruri lipsite de importanţă. Trăsăturile bărbatului îngheţaseră într-o grimasă, dar acel lucru nu părea să o deranjeze. După ce au terminat, strânseră totul de pe masă împreună şi puseră bucătăria la punct în numai douăzeci de minute.

— Ar trebui să plecăm acum? se întoarse Claire spre James după ce ultima farfurie uscată a ajuns în dulap.

— Da, cam aşa ar trebui, îi aprobă el cuvintele cu o mişcare a capului, însă, în secunda următoare, se năpusti asupra ei cu paşi repezi şi, luându-i capul în căuşul palmelor, privii adânc în ochii ei de ciocolată, timp de două bătăi de inimă, pentru că mai apoi să-şi treacă buzele peste ale ei.

— Îmi place să mă trezesc lângă tine dimineaţa şi să împart masa cu tine, îi murmură el la ureche.

Claire se trase un pas înapoi şi îşi fixă privirea în ochii lui. Ceea ce văzu acolo o ameţi, iar buzele începură să-i tremure.

— Ai un scop anume de îmi spui toate lucrurile acestea? îl întrebă ea cu blândeţe.

— Da, recunoscu James. Mă gândisem să aştept până la sfârşitul anchetei, dar nu am nicio idee când va veni ziua aceea. Ar putea fi astăzi sau mâine, sau poate luna viitoare. Sunt eu un om răbdător, Claire, dar sunt convins că nu pot aştepta atât de mult, îşi clătină el capul vehement.

— Să aştepţi ce anume, Ainsley? întrebă femeia, înclinându-şi capul în mâinile lui pentru a-l vedea mai bine.

James încă îi ţinea capul în palme şi stătea prea aproape de ea, aşa că respiraţia lui îi atingea chipul, dar asta nu o deranja defel. Totuşi, Claire nu era prea sigură că îi plăcea anxietatea pe care o resimţea în faţa necunoscutului şi nu mai putea de nerăbdare să audă ce avea el de spus.

— Vreau să îţi pun o întrebare, îi răspunse el domol, fără să-şi desprindă privirea de la ochii ei, hotărât să înregistreze şi cea mai mică reacţie a femeii, pentru a se asigura că erau pe aceeaşi lungime de undă.

— Aşadar, pune-mi întrebarea, îl invită ea cu îndrăzneală în glas.

— Vreau să-mi petrec restul zilelor alături de tine. S-ar putea să nu fiu prea elocvent, se strâmbă el, iar ridul dintre sprâncene i se adânci. Nu mă pricep să-mi exprim sentimentele prin cuvinte, din câte ai observat, mai preciză el, știind că nu-i spusese niciodată lui Claire ce simțea pentru ea. Prefer să le arăt oamenilor ce gândesc și ce simt. Știi că așa sunt eu, Claire, spuse el, tonul lui aproape implorând-o să fie de acord cu el.

Claire reuși să-și miște capul aprobator, deși un pumn puternic îi strângea inima între degete, femeia fiind aproape convinsă că știa unde voia să ajungă el cu acel discurs neobișnuit. La urma urmei, bărbatul nu era obișnuit cu alocuțiunile. Cu toate acestea, femeia se temea că nu va ști cum să-i răspundă dacă întrebarea lui se dovedea a fi cea pe care o aștepta ea, iar acel lucru o înspăimânta.

James păru să-i simtă ezitarea și uimirea, așa că decise să nu mai bată câmpii.

— Ei bine, ceea ce vreau să întreb... Ceea ce am nevoie, de fapt..., începu el să spună, pentru că mai apoi să-și închidă ochii, clătinându-și capul. La naiba, e greu, spuse el printre dinții strânși, iar ochii lui Claire se lărgiră și mai mult.

Femeia nu-l mai auzise niciodată înjurând, așa că era clar că nivelul lui de stres atinsese cote extrem de ridicate în acel moment.

— Îmi cer scuze, Claire, spuse el repede. Nu ar trebui să folosesc un asemenea limbaj cu tine, recunoscu el consternat.

— De ce nu? ridică ea din umăr. Arăt cumva ca o violetă plăpândă? îl întrebă ea cu un surâs în colţul gurii.

— Nu chiar, recunoscu bărbatul, oarecum surprins. Totuşi, ar trebui să-ţi arăt mai mult respect, începu el să spună, dar Claire izbucni într-un hohot de râs.

— Nu fii bleg, Ainsley. Respectul nu înseamnă că nu trebuie să înjuri în faţa mea. Înseamnă să îmi asculţi opiniile şi să le iei în considerare. Aş şti că mă respecţi dacă nu m-ai considera bleagă, îi spuse femeia cu îndârjire în glas.

— Dar trebuie să ştii că îţi respect opiniile şi că nu am crezut niciodată că eşti bleagă, îi replică James cu nedumerire.

— Da, îmi respecţi opiniile, într-adevăr. Şi de aceea ştiu că mă respecţi, spuse Claire, atingându-i pieptul cu degetele şi făcându-l să se înfioare.

— Mi-am pierdut şirul gândurilor, recunoscu el, scuturându-şi capul. Îmi amintesc doar un singur lucru.

— Ce anume? îşi arcui Claire sprâncenele, nedezlipindu-şi ochii de ai lui.

— Vrei să fii soţia mea, Claire? Nu pot să-ţi promit că-ţi voi oferi doar fericire până la adânci bătrâneţi, dar pot să îţi promit că voi încerca, adăugă el cu asprime în voce.

Claire îi privi ochii cu intensitate preţ de câteva clipe, neştiind ce ar trebui să răspundă. Dar, mai apoi, îşi dădu seama că avea răspunsul corect, ba chiar că îl ştiuse din totdeauna.

— Cred că da, Ainsley. Tu alege data, iar eu voi fi acolo, mai adăugă ea, pe un ton puternic şi încrezător, scuturând din cap, entuziasmată, în ciuda roşeţii care i se răspândise pe chip şi pe gât.

— Aşa, pur şi simplu? o întreabă James cu uluire, nevenindu-i să creadă că femeia îi acceptase propunerea imediat.

— La ce mi-ar folosi să trag de timp înainte de a-ţi da răspunsul? Nu am motiv să te stresez şi sunt convinsă că amândoi ne dorim acelaşi lucru, aşa că nu văd de ce am amâna nunta, nu-i aşa? îl întrebă ea, înclinându-şi capul şi privindu-l cu curiozitate.

— Nu, nu există nici un motiv, o aprobă el cu o mişcare a capului. În plus, planul tău m-ar face cel mai fericit om din lume, zâmbi el, simţind că, în sfârşit, i se luase o greutate de pe piept.

— Să nu uiţi că ai spus asta atunci când te voi înnebuni, îl avertiză Claire cu îndrăzneală. Pentru că o voi face, mai devreme sau mai târziu, îl atenţionă ea. Dacă mă cunoşti bine, atunci ştii şi asta.

— Nu-ţi face griji, Claire. Te cunosc, bineînţeles. În plus, cred că şi eu te pot scoate din minţi uneori, îndrăzni James să sublinieze cu umor.

— Da, poţi, într-adevăr, i-o întoarse Claire, muşcându-şi buza de jos pentru câteva clipe. Ei bine, asta nu are niciun fel de importanţă acum. Cred că ne vom descurca foarte bine până la urmă, conchise ea, mângâindu-i pieptul.

James zâmbi, simţindu-şi inima plină, apoi îşi coborî capul peste al ei, dându-i un sărut arzător.

— Ce zici dacă ne căsătorim de sâmbătă într-o lună? se interesă el după aceea.

— O alegere bună, se arătă Claire de acord cu propunerea lui. Am suficient timp să găsesc o rochie şi să planific o recepţie. Presupun că invităm câteva persoane să fie martori la căsătoria noastră, îl privi ea pătrunzător.

— Câte vrei tu, acceptă James mărinimos, cu un gest larg, bărbatul fiind suficient de inteligent să nu caute motive de ceartă în planurile lui Claire privind ziua nunţii lor.

Ştia el că femeile erau cam sensibile când era vorba de aşa ceva, ba chiar îşi amintea că sora lui mai mare aproape că-l alungase definitiv din viaţa ei pe cel ce urma să-i devină soţ, doar pentru că bărbatul se aventurase să propună limitarea numărului de invitaţi la nuntă. Se gândise să-l restrângă doar la rudele apropiate. Bietul om habar nu avusese ce furtună putea stârni cu o astfel de propunere. Oricum, James nu avea nici cea mai mică intenţie să testeze el însuşi acele ape.

— Ştii, am un inel pentru tine, îi şopti James la ureche, după ce îi sărută creştetul capului.

— Şi ce mai aştepţi? îi zâmbi Claire jucăuş.

— Poate ar fi mai bine să urcăm în dormitor, propuse James.

— Într-adevăr, ar fi poate mai bine, îl aprobă ea femeie, ridicându-se pe vârfuri şi sărutându-i colţul gurii, dar James avea cu totul alte idei.

Bărbatul îşi strecură braţul stâng în jurul ei şi o trase la pieptul lui pentru un sărut adânc. Degetele i se înfipseră în talia ei, în timp ce buzele lui îi atacau fără milă gura. Între timp, el îşi înfipsese cealaltă mână în părul ei, ţinând-o nemişcată, pentru a dobândi un acces mai bun.

Claire suspină adânc în gura lui şi îşi împleti braţele în jurul umerilor lui. Se simţea bine fiind atât de aproape de el. Ainsley ştiuse întotdeauna să o facă să se simtă specială, dar, înainte de toate, să se simtă bine.

CAPITOLUL TREIZECI

La prânz, puțin după ora douăsprezece, James ciocăni ușor la ușa biroului lui McNamara. Acesta își ridică ochii de la ziarul pe care îl citea și îi făcu semn sergentului să intre și să ia loc.

— Până astăzi, niciodată nu ai întârziat la muncă, James, remarcă McNamara cu o curiozitate prost ascunsă, pentru ca mai apoi să se ridice în picioare pentru a-i aduce sergentului o cană de cafea, imaginându-și că, probabil, omul avea nevoie de ea.

James se înroși violent înregistrându-i cuvintele, iar inspectorul-șef își ridică sprâncenele cu surprindere.

— Trebuie să fie ceva extrem de interesant, murmură McNamara amuzat, observând flăcările de pe chipul lui. Hai, spune tot, James, îl îmboldi el, iar un zâmbet larg i se întinse pe buze. Deci, ce te-a ținut departe de secție în această dimineață? insistă el, așezând ceașca în fața sergentului pentru a se întoarce, mai apoi, la locul său.

James îşi muşcă buzele, neştiind cum să-i dea ultimele veşti lui McNamara. Claire spusese deja că trebuiau să informeze pe toată lumea. Părea foarte nerăbdătoare să facă acest lucru, iar bărbatul nu avusese inima să o refuze. Oricum, noua turnură a evenimentelor îi umpluse inima cu atâta fericire, încât şi el dorea să îşi strige satisfacţia de pe acoperişuri, ca să afle toţi.

— Haide, James, insistă inspectorul şef. Nu fi timid. Doar nu poate fi atât de rău, încercă el să-l convingă să dezvăluie tot.

În mod normal, lui McNamara nu i-ar fi păsat de ceea ce se întâmpla în viaţa personală a subordonaţilor săi, dar James ocupa un loc special în mintea lui, aşa că dorea să ştie ce se petrecea cu el.

— Ei bine, nu este ceva de rău, domnule, recunoscu James, cu o grimasă.

Bărbatul nu era sigur că ar fi fost înţelept să îi mărturisească firul evoluţiei relaţiei lui cu Claire şi, mai mult decât atât, nici nu ştia cum ar fi fost mai bine să-i dea vestea lui McNamara dacă s-ar fi hotărât să spună tot.

— Am cerut-o pe Claire în căsătorie în această dimineaţă, mărturisi el în cele din urmă, deşi i se strânse inima, temându-se de reacţia şefului său.

Niciodată nu putea fi sigur de maniera în care McNamara a fi reacţionat în anumite circumstanţe şi, de cele mai multe ori, aşteptările sale nu corespundeau cu realitatea.

— Băiete, asta e fantastic, strigă McNamara, plesnind cu entuziasm tăblia mesei, astfel şocându-l pe tânărul detectiv.

James s-ar fi aşteptat la orice din partea lui, dar nu la acea manifestare făţişă de emoţie, mai ales că el, unul, nu-l văzuse niciodată copleşit de bucurie.

— Sper că ştii că trebuie să dai de băut la toată lumea, continuă McNamara râzând, gesticulând spre sala comună a detectivilor. Şi pe când nunta? Sau încă nu v-aţi hotărât asupra datei? îl mai întrebă el pe James, aplecându-se uşor în faţă, cu ochii strălucind de încântare, iar James simţi arsura lacrimilor în spatele pleoapelor.

Ghemul de tensiune, care îi ţinuse inima ostatecă toată dimineaţa, se destrămă în sfârşit, iar bărbatul suspină uşurat în sinea sa.

— De sâmbătă într-o lună, domnule, îi dezvălui sergentul după ce îi reveni respiraţia la normal. Claire îşi doreşte o nuntă mare, însă. Bineînţeles, toată lumea va fi invitată, spuse James cu resemnare, ridicând mâinile în semn de neputinţă.

McNamara izbucni în râs, deşi îşi clătină capul, şi îi mulţumi Providenţei că Bryony nu insistase să aibă o nuntă elaborată. Îi invitaseră pe toţi detectivii şi pe câţiva jandarmi, dar nu făcuseră o recepţie uriaşă şi, în general, se feriseră de prea mult tam-tam.

— Bravo ei, o felicită McNamara, în ciuda tuturor reticenţelor sale. Voi fi invitat şi eu? se interesă el ridicându-şi sprâncenele cu curiozitate.

— Asta se înţelege de la sine, domnule, îl asigură James, fluturându-şi mâna indiferent. Nici lui Claire şi nici mie nu ne-ar trece prin gând să nu vă avem alături de noi în acea zi. Împreună cu soţia dumneavoastră, bineînţeles, se gândi James să precizeze.

În realitate, James ar fi fost teribil de supărat, ba chiar şi vexat dacă McNamara ar fi refuzat să fie martor la nunta sa. Îşi respecta şeful, nu doar pentru că el era cel care dădea ordinele în departament, ci pentru loialitatea lui vizavi de oamenii săi şi pentru felul lui de a fi.

— Atunci vom fi acolo, îi promise McNamara, ştiind că Bryony nu va refuza invitaţia.

Soţiei sale îi plăcea de amândoi, atât de Claire, cât şi de James, şi mereu vorbea cu căldură despre ei. Cei doi o ajutaseră în timpul unor ore negre din viaţa ei şi femeia nu le uitase niciodată bunătatea şi sprijinul arătat.

McNamara era convins că Bryony îşi va pierde răsuflarea de bucurie când îi va da vestea că cei doi au decis să se căsătorească. Ea observase de la început că James era îndrăgostit până peste cap de Claire. Doar inspectorul şef îşi dăduse seama, mult mai târziu, că femeia nu se înşelase deloc.

James îşi privi şeful, copleşit, şi negăsindu-şi cuvintele pentru a-şi exprima recunoştinţa se mulţumi doar să-şi aplece capul.

Cum nici unul dintre ei nu mai ştia ce să spună pe marginea acelui subiect, liniştea domni în încăpere, preţ de câteva clipe, până ce, oarecum stingherit, McNamara își drese glasul.

— Ei bine, avem oare ceva noutăți în cazul nostru?

— Înțeleg că s-au adunat mai multe informații acum, domnule, își scutură James capul de sus în jos, destul de mândru de ceea ce realizase echipa sa într-un timp scurt. Acesta este, de fapt, și motivul pentru care am venit aici. M-am gândit să convoc o nouă ședință în sala de conferințe, anunță el, fluturându-și mâna. Cred că așa ne-ar fi mai ușor să trecem totul în revistă, își argumentă el propunerea.

— Bun atunci, voi fi acolo într-o clipă, se arătă de acord McNamara cu planul lui. Dă-mi doar câteva minute, îl rugă el, făcându-i semn că putea părăsi încăperea, iar James, grăbit, mai că sări de pe scaun imediat, fericit că putea uita, astfel, cana plină de cafea pe biroul inspectorului șef.

Inima îi bătea deja nebunește și nu mai avea nevoie de alte stimulente. Cafeaua lui McNamara nu era licoarea cea mai potrivită pentru astfel de momente.

Privirea lui McNamara îl urmări până ce părăsi biroul, pentru ca mai apoi să se întoarcă spre ceașca pe care sergentul o lăsase pe masă când plecase, iar ochii bărbatului se îngustară. Omul își scutură capul consternat și abia după câteva momente își aduse aminte că dorea să o sune pe Bryony și să-i dea vestea cea bună.

Cinci minute mai târziu, McNamara pătrunse în sala de conferințe, iar sprâncenele i se arcuiră când observă că toată lumea se îngrămădise în jurul lui Claire, vorbind mult prea zgomotos, aplaudând şi râzând în acelaşi timp.

Doar James rămăsese în capul mesci de conferinţă, cu un zâmbet uitat pe buze, iar inspectorul şef îşi imagină că probabil şi sergentul trecuse deja printr-o rundă de felicitări.

McNamara clătină din cap cu un surâs, apoi i se alătură lui James la masă.

— Ţi-au arătat milă, din câte văd, îi şopti el.

Sergentul, surprins, îşi întoarse capul spre el atât de repede, încât McNamara se întrebă dacă nu cumva era în pericol de a-şi scrânti gâtul.

— Da, îi răspunse tânărul după câteva momente. Pe mine m-au felicitat deja, iar acum admiră inelul de pe degetul lui Claire. Se pare că a luat notă de trecere sau cam aşa ceva, îşi scutură James capul cu nedumerire, nefiind sigur că înţelesese cu exactitate la ce se refereau ceilalţi.

Ştia doar că, neştiind ce fel de inel ar fi vrut să îi cumpere viitoarei sale soţii, el se chinuise foarte mult cu alegerea lui. Dar când se hotărâse, se gândise doar la ceea ce i s-ar fi potrivit lui Claire şi nu luase în considerare ce ar fi crezut ceilalţi despre alegerea lui.

— Va trebui să îl văd cu ochii mei înainte să mă pronunţ, îi făcu McNamara cu ochiul, şocându-l şi mai tare pe bietul sergent.

Cu nici un an în urmă, astfel de lucruri ar fi ieşit din sfera de interes a şefului său, iar James nu ştia ce să mai creadă despre transformările semnificative înregistrate de atitudinea bărbatului, care se ridică de pe scaun și se îndreptă spre grupul de oameni care se strânsese în jurul lui Claire.

— Pot să o felicit pe viitoarea mireasă? întrebă el și toate capetele se întoarseră spre el într-o clipită.

Uluiți, oamenii se împrăștiară, făcându-i imediat loc. Mulțumit, McNamara le urmări retragerea cu o sclipire ironică în ochi, apoi se apleacă asupra lui Claire și o sărută pe obraz.

— Mă bucur că te-ai hotărât să faci un om cinstit din sergentul nostru, îi spuse el tinerei femei cu amuzament în glas.

— Exact la asta m-am gândit și eu când am acceptat propunerea lui, i-o întoarse Claire cu îndrăzneală, zâmbindu-i șugubăț șefului ei. Să fac din el un om cinstit, știți, își flutură ea mâna semnificativ, ochii strălucindu-i de bucurie, dar lui McNamara nu îi displăcu aerul ei poznaș.

— Pot să văd și eu inelul? o întrebă el, înclinându-și capul și întinzându-și mâna pentru a o lua pe a ei.

— Da, evident că da, își ridică ea mâna pentru a expune inelul rafinat care îi înconjura inelarul.

De fapt, Claire vâna cea mai mică ocazie să se laude cu inelul de logodnă. Ochii ei mereu se întorceau la el pentru a-l admira emoționată, considerându-l, fără echivoc, farul vieții ei viitoare, chiar dacă pragmatismul ei o avertiza că viața i se va schimba foarte puțin, din moment ce, practic, trăia deja de ceva vreme cu Ainsley.

McNamara analiză micul safir, încastrat într-un cerc de diamante, toate montate pe o verighetă simplă de platină şi, cu un zâmbet, trase concluzia că James dăduse dovadă de mult bun gust - nu numai în alegerea soţiei sale, ci şi în cumpărarea unui inel care să i se potrivească acesteia.

— Îţi doresc multă fericire, Claire, îi ură el domol, ridicându-şi privirea. James este un om bun. Va fi bun, iubitor şi cinstit cu tine. Fii bună şi tu cu el, mai adăugă el încet, astfel încât nimeni altcineva să nu-l audă.

Lui Claire îi dădură lacrimile şi un nod i se puse în gât aşa că se mulţumi numai să dea din cap, incapabilă să articuleze vreun sunet. O copleşise o emoţie puternică, auzind astfel de cuvinte de la un bărbat care, în general, nu era capabil să îşi exprime sentimentele şi care oricum dădea impresia că nu simţea nimic pentru cei din jur.

Privirea verde şi indescifrabilă a lui McNamara îi mai ţinu ochii captivi câteva secunde, iar după aceea, bărbatul se întoarse şi se aşeză pe scaunul de lângă James.

— Ei bine, hai să vedem ce aţi reuşit să dezgropaţi, îşi invită el detectivii să vorbească, trecându-şi ochii de la unul la altul, astfel observând că Jo îşi stăpânea cu greu entuziasmul şi îşi imagină că tânăra probabil a dat peste ceva care, probabil, îi va ajuta să rezolve cazul.

McNamara îşi întoarse privirea spre James, iar sergentul dădu imperceptibil din cap în direcţia lui. Şi el

Îşi dăduse seama că Jo avea veşti importante, aşa că o invită să vorbească prima.

CAPITOLUL TREIZECI ȘI UNU

— Mike și cu mine ne-am gândit să verificăm barul în care subiecții noștri preferă să-și petreacă timpul și să-și bea berea, începu Jo, privind în jurul mesei pentru a vedea ce părere își făceau oamenii despre demersul lor.

— Și? o întrebă McNamara, lăsându-se pe spate în scaun și bătând cu degetele pe marginea mesei, plictisit ca întotdeauna de divagațiile detectivei.

— Am aranjat cu unul dintre jandarmii care lucrează în acea zonă să ne întâlnească acolo, ca din întâmplare, și să ne dea câteva informații la fața locului despre cine este cine, știți, continuă ea. Am vrut să punem un nume pe fețele acelor oameni, le explică ea.

— Cum ar fi putut un jandarm să vă întâlnească acolo din întâmplare? se încruntă McNamara, explicația ei neavând niciun sens.

— Păi, lucrurile stau cam așa, își relua Jo relatarea după ce a suspinat adânc și și-a dat ochii peste cap imperceptibil.

Trăsăturile lui McNamara se înăspriră, dar acesta decise să nu intervină pe moment pentru că, oricum, nu i-ar fi ajutat nimănui.

— Ne-am bazat pe faptul că niciunul dintre subiecți nu ne cunoștea. Lachlan MacDonald nu a prea avut de a face cu Mike sau cu mine când ne-am dus pe terenul de golf, ci doar cu James și Claire. Așa că ne-am dus la cârciumă să bem o bere, dar nu în calitatea noastră de detectivi, continuă Jo cu gesturi agitate. Când am spus că l-am rugat pe polițist să ne întâlnim ca din întâmplare, mă refeream la faptul că ne-am așezat la o masă lungă din fundul localului. Toate celelalte mese erau ocupate, iar jandarmul ne spusese deja că la masa lungă se așezau o mulțime de oameni, așa că nimeni nu a clipit când am luat loc acolo. Astfel, a putut vorbi cu noi fără să-i facă pe ceilalți, pe MacDonald, de exemplu, să aibă îndoieli în privința noastră.

— Foarte alambicat, dar să zicem că am înțeles cum vine treaba, își flutură McNamara mâna. Acum, hai, treci la subiect, ordonă el.

— Jandarmul ne-a arătat cine era cine. L-am depistat pe acel om, Liam, și, într-adevăr, inițialele lui sunt L.K. Aș spune că este o coincidență cam prea mare, declară ea, privindu-l pe McNamara cu ochi îndrăzneți.

— Aș permite acest lucru, o aprobă McNamara cu o mișcare a capului.

— Oricum, am aflat numele tuturor din grup, iar polițistul ne-a spus cine era prieten cu MacDonald și, de asemenea, ne-a informat și cine sunt oamenii care îi suportă prezența doar din cauza celorlalți.

— Asta este un lucru bun, aprecie James acțiunile lui Jo. Și mai exact ce anume ai descoperit? se hotărî el să-i înfrâneze divagațiile, pentru că, altfel, Jo risca să bată câmpii până în ziua de apoi, iar sergentul nu își imagina că lui McNamara i-ar fi convenit să-și petreacă toată ziua în acea sală.

— MacDonald nu este foarte apreciat de mulți dintre cei din grupul său de prieteni. Cei mai mulți doar îl tolerează. Este foarte apropiat de Liam Kelso și se pare că a împărtășit o oarecare prietenie Grant. Polițistul a spus că mai există un singur bărbat care s-a bucurat de o relație apropiată cu MacDonald. Cu toate acestea, se pare că acea relație s-a cam răcit cu mult timp în urmă. Dintr-o dată, acel bărbat a dispărut din grup și nimeni nu a mai auzit de el.

— Ai vreun nume? o întrebă McNamara gânditor, deși ochii îi sclipiseră la menționarea noului personaj.

De fapt, îl încerca un sentiment de neliniște în privința individului în cauză, pentru că, aparent, oamenii din acel grup aveau tendința de a-și lua rămas bun prin asasinare. Se temea că acum le va pica în poală o altă crimă pe care trebuiau să o rezolve.

— Da, și am verificat și acel nume, își clătină Mike capul. Polițistul ne-a spus că bărbatul a dispărut de pe fața pământului cândva anul trecut, în timpul iernii. De atunci, nimeni nu l-a mai văzut și nici n-a mai auzit nimic de el.

O presimțire neagră îl copleși pe McNamara, dar și pe James. Nici unul nu se îndoia că se aflau în fața unei alte omucideri. Un bărbat de aproximativ șaizeci și cinci de ani nu s-ar fi trezit într-o bună zi și s-ar fi îndreptat spre climate mai calde fără să lase vorbă nimănui.

— Bărbatul, Daniel Black, pare să fi dispărut complet. Nepoata lui, o tânără de aproximativ 27 de ani, l-a declarat dispărut după o săptămână de absență. S-au făcut investigațiile de rigoare, dar nu au dat de el, îl informă Mike pe inspectorul șef, ridicând din umeri.

— Se știe cine a fost persoana care l-a văzut ultima oară înainte de dispariție? îl întrebă James pe Mike, sperând că măcar la acea întrebare va avea un răspuns pentru că, altfel, opțiunile lor erau limitate.

— Au fost unii care au avansat ideea că MacDonald i-ar fi făcut de petrecanie, intervenit Jo, dar, când l-au interogat jandarmii, omul a negat absolut totul și a susținut că l-ar fi văzut pe Black de la distanță în ziua următoare dispariției, iar Liam Kelso i-a susținut declarația. Kelso a spus că, în ziua aceea, îl însoțea pe MacDonald într-una din plimbările sale zilnice și că l-au zărit pe Black îndreptându-se spre gară.

— Presupun că au verificat la gară să vadă dacă a dat careva cu ochii de el sau dacă i s-a vândut vreun bilet, își frecă McNamara bărbia gânditor.

— Da, așa e, îi răspunse Jo, dând din cap. Bineînțeles că nu au dat de nicio urmă de-a lui, însă, ridică ea din umeri, imitând gestul lui Mike de mai devreme.

— De ce spui asta, Jo? se interesă sergentul, ridicându-şi sprâncenele de curiozitate.

— Ei bine, având în vedere informaţiile pe care am reuşit să le adunăm, mă îndoiesc că domnul Black se mai află printre cei vii, declară Jo fără menajamente, îndreptându-şi privirea fermă spre James.

— Şi cam ce înseamnă asta? se aplecă McNamara în faţă, fixând-o pe detectivă cu ochii săi de cremene.

— Ei bine, am reuşit să punem cap la cap următoarele, îşi întoarse Jo ochii asupra caietului din faţa sa. În primul rând, numără inspectoarea pe degete, există o relaţie de afaceri evidentă între Kelso şi MacDonald.

Jo îşi ridică privirea şi adăugă:

— Cât am stat noi în cârciumă, cei doi au purtat o discuţie liniştită tête-à-tête, iar jandarmul ne-a spus că fac asta cam tot timpul. În al doilea rând, mai ridică ea un deget, înţeleg că nu prea exista multă dragoste între MacDonald şi Walsh sau între Kelso şi Walsh. În al treilea rând, MacDonald şi Kelso îşi petreceau timpul cu Grant, dar îl dispreţuiau. Se pare că MacDonald chiar a spus odată că Grant era un laş în esenţă, iar el, în ceea ce-l priveşte, nu suportă laşii, îşi încheie ea relatarea, fluturându-şi mâna prin aer.

— Sună... interesant, îşi clătină James capul, privind-o pe Jo gânditor. Şi totuşi mă întreb de ce au lucrat împreună în astfel de condiţii, adăugă el fără să se adreseze cuiva în mod special.

— Probabil pentru că Grant se pricepea să deschidă cam orice încuietoare, interveni Mike, ridicând din umeri.

McNamara îşi aţinti privirea atentă asupra lui, evaluându-i cuvintele.

— Ce vrei să spui?

— Ne-am uitat puţin peste trecutul lui Grant, îi explică Mike. Cea mai mare parte a vieţii sale de adult, acesta a lucrat ca lăcătuş şi nu există nicio îndoială că omul îşi cunoştea meseria. Am vorbit cu cei de la compania unde lucra şi l-au lăudat pentru munca sa. Totuşi, nu au fost tot atât de elogioşi când a venit vorba despre caracterul său, mai adăugă Mike cu o grimasă.

— Deci nu a fost o persoană cumsecade, conchise McNamara.

Jo şi Mike clătinară din cap la unison.

— Nu au avut nimic frumos de spus despre el, în afară de faptul că omul era bun la ceea ce făcea, reiteră Jo cuvintele lui Mike.

— În regulă atunci, îşi scutură James capul. Deci putem presupune că i-ar fi putut ajuta pe ceilalţi dacă ar fi fost implicaţi în spargeri.

— Trebuie să fie nişte spargeri la mijloc, dădu Jo din cap cu entuziasm. Am verificat mijloacele financiare oficiale ale tuturor bărbaţilor din grup. Ceea ce am aflat despre câştigurile lui MacDonald şi Kelso nu se potriveşte defel cu ce obişnuiesc ei să cheltuie. Din câte ne-am putut da seama, amândoi risipesc de cel puţin patru ori mai mulţi bani decât ar trebui să aibă la dispoziție. Nu încape nicio îndoială că își rotunjesc bugetele prin alte mijloace, declară tânăra detectivă cu convingere.

— Așa se pare, o aprobă McNamara, știind cât de minuțioasă putea fi Jo în cercetările sale.

Dacă femeia spunea că bărbații cheltuiau mai mult decât ar fi trebuit să aibă în buzunare, inspectorul șef o credea.

— Dar de ce spargeri și nu altceva? îi chestionă el.

— S-ar putea să fie și altceva, îi răspunse Mike. Desigur că nu putem exclude această variantă, își clătină detectivul capul, privindu-l pe McNamara.

— Mai este ceva la mijloc, declară James cu convingere. Am văzut niște intrări registrul acela care nu ar avea sens altfel.

— Asta înseamnă că va trebui să ajungem și la acelea, replică McNamara cu asprime, iar James se arătă de acord.

— Cu toate acestea, sunt destul de sigur în privința spargerilor, insistă Mike asupra ideii sale. Am verificat jafurile înregistrate în ultimii doi ani. Mă refer la cele care nu au fost încă rezolvate, se gândi să precizeze detectivul.

— Și ce ați descoperit? se întoarse McNamara cu totul spre el pentru a-i vedea mai bine chipul.

— Ei bine, am pus pe hârtie o evaluare a fiecăruia. M-am gândit că am putea compara sumele cu ceea ce se află în acel registru, arătă Mike cu bărbia spre jurnalul așezat pe masă în fața lui James.

Înregistrările fuseseră decodificate în întregime în noaptea respectivă și în prima parte a dimineții.

— Să verificăm atunci, scoase sergentul hârtiile din dosarul de lângă registru, punându-le pe masă, în fața lui, pentru a le vedea mai bine.

Mike își deschise carnetul, localiză secțiunea unde își făcuse notițele și citi prima însemnare.

— 3 ianuarie, acum doi ani. A avut loc un jaf la un magazin cu antichități din Fife. Pierderea a fost estimată la aproximativ douăzeci și cinci de mii de lire sterline, spuse el, iar apoi își ridică ochii din carnet pentru a-l privi pe James.

— Am o intrare similară aici, își scutură James capul. Pe 4 ianuarie. Mai târziu, pe data de 15, văd plata împărțită la trei persoane. Fiecare a primit șapte mii de lire sterline, își ridică James privirea. Probabil că au vândut unele lucruri în pierdere.

— Ei bine, nu se poate să fi obținut suma exactă acum, interveni Donna. Trebuiau să vândă la un preț mai mic. Altfel, nu ar fi găsit vreun cumpărător, ridică ea din umeri. Cine ar fi cumpărat de la ei dacă ar fi vândut marfa la același preț ca la magazin? își întoarse ea mâinile cu palmele în sus.

— Asta are sens, se arătă McNamara de acord cu ea. Dar ar fi interesant să aflăm cui au vândut lucrurile. Trebuie să știm cine este cumpărătorul lor, se uită el de la un detectiv la altul.

— Mă tem că putem găsi cumpărătorul doar dacă unul dintre ei vorbeşte sau dacă îi prindem în flagrant, interveni pentru prima dată Mackie.

De regulă, detectivul nu vorbea prea mult. Cu toate acestea, ori de câte ori avea ceva de împărtăşit, opinia lui se vădea a fi solidă.

Ceilalţi îşi întoarseră ochii spre el, dar nu comentară. În fond, nimeni nu-i putea contesta cuvintele.

— Îi vom face să vorbească, hotărî McNamara cu ferocitate în glas. Trebuie să descoperim cine este veriga mai slabă din lanţ şi să lucrăm asupra ei, decretă el cu duritate.

Timp de câteva clipe, nimeni nu spuse nimic, dar privirile lor nu-i părăsiră chipul lui McNamara. Acesta îşi ridică o sprânceană interogativ, semn că voia să afle ce s-a întâmplat.

Doar Jo părea să fie adâncită în gândurile sale, trecându-şi, absentă, un pix peste buze. Când a ajuns la o anumită concluzie, îşi întoarse şi ea ochii spre McNamara.

— Cred că acela ar trebui să fie Liam, decise ea. Nu cred că l-am putea face pe MacDonald să vorbească. În orice caz, MacDonald trebuie să fie şeful în această schemă. Asta este senzaţia mea. Bineînţeles, s-ar putea întâmpla ca bossul să fie, de fapt, altcineva de care nici nu ştim încă, iar el să fie doar paravanul, conchise ea, încreţindu-şi nasul, nesigură pe propriile spuse pentru prima dată de când începuse şedinţa.

— Cred că ai dreptate. MacDonald nu ne-ar spune nimic, se arată James de acord cu raționamentul ei. Când l-am chestionat, ne-a spus o mulțime de lucruri, dar numai pentru că voia să ne ațintim ochii asupra lui Murray, explică el, înțelegând brusc ce se întâmplase în timpul interviului. Îmi amintesc cum insista asupra neîncrederii sale că Murray l-ar fi ucis pe Walsh, dar, în același timp, ne tot oferea pe tavă cât mai multe dovezi circumstanțiale împotriva lui, se încruntă el.

— Cred că ai dreptate, i se alătură Claire. Și nu, MacDonald nu va spune nimic din ceea ce nu vrea să spună. Asta este clar. Liam ar putea fi cea mai bună alegere pentru noi, se arată ea de acord.

— Da, o aprobă Donna. Totuși, cred că ar trebui să aflăm și motivul uciderii lui Walsh și Grant, adăugă ea. Dacă MacDonald este cel care i-a ucis. S-ar putea ca el să fi dat doar ordinul, sublinie ea.

— Este vinovat de omucidere indiferent de situație, îi răspunse McNamara cu duritate în glas. Ceea ce trebuie să facem noi este să ne asigurăm că va plăti pentru asta, lovi el cu degetul în masă, cu mânie în ochii.

— Oricum, dacă am găsi o modalitate să îi luăm amprentele, atunci am putea afla cu certitudine dacă el este criminalul nostru, sublinie Claire, pentru ca mai apoi să observe că toată lumea o privea în expectativă, așa că își dădu seama că era necesar să ofere mai multe explicații. Vă amintiți că băieții de la criminalistică au dat peste un set de amprente pe care nu le-au putut asocia cu niciuna dintre persoanele legate de acest caz.

Ei bine, ele ar putea foarte bine să-i aparţină lui MacDonald, insistă inspectoarea să-şi apere teoria.

— Da, aşa este, îi susţinu Mackie teoria. Întrebarea este cum putem să-l determinăm să ne dea amprentele fără ca să îşi dea seama că suntem cu ochii pe el, adăugă el.

— Ei bine, începu să spună Mike, dar apoi se gândi mai bine şi îşi închise gura, sperând că nu l-a auzit McNamara.

— Ce vrei să spui, Mike? se interesă James, mai puţin dornic să-l lase să-şi păstreze ideile pentru sine.

— Ei bine, am împrumutat halba pe care MacDonald a folosit-o la cârciumă, recunoscu el cu o grimasă, iar Jo, care era la curent cu ce făcuse Mike, îşi coborî ochii pe tăblia mesei, nesimţindu-se în stare să întâlnească privirea lui McNamara.

Cu o seară înainte, poliţista se arătase împotriva acelei acţiuni, ştiind foarte bine că inspectorul şef nu ar fi privit cu ochi buni aşa ceva, dar Mike nici măcar nu a vrut să-i asculte argumentele, aşa că femeia nu a găsit nicio modalitate să-l oprească. Evident, ea se temea exact de acel moment în care McNamara ar fi aflat ce îi trecuse prin minte lui Mike.

— Ce spui că ai făcut? se încruntă McNamara, fixându-l pe Mike cu o privire glacială.

— Am observat când MacDonald şi-a terminat berea şi s-a dus la toaletă, mărturisi Mike cu sfială acum. Liam, tovarăşul lui, vorbea cu un alt bărbat chiar în acel moment şi îşi întorsese spatele la scaunul pe care

MacDonald şezuse mai înainte. Eu doar ce am trecut pe lângă el şi am subtilizat halba, ridică Mike din umeri, încercând să-l facă să creadă că ceea ce făcuse nu reprezenta un capăt de ţară.

— Ce credeai că ai putea face cu ea? îl întrebă McNamara, confuz şi uluit pentru o clipă, acţiunea respectivă neavând niciun sens pentru el.

— Păi, mă gândisem că am putea compara amprentele şi, cel puţin, astfel, am putea şti cu siguranţă dacă MacDonald a fost acasă la Grant, îşi apără Mike acţiunile.

— Dar el poate foarte bine să spună că a mai fost şi altă dată la Grant acasă, sublinie Donna.

— Ştiu asta, dar nu îi va merge, clătină Mike din cap. Sunt sigur de asta pentru că, în acest caz, amprentele de pe sertarele inferioare ar fi fost şterse până acum.

— Face sens ceea ce spui, observă James. Cu toate acestea, tot nu ne putem folosi de amprentele de pe halbă. Până la urmă tot va trebui să avem un motiv plauzibil pentru a-l amprenta.

— Ştiu asta, îşi flutură Mike degetele, dar cel puţin aşa am şti cu siguranţă cum stau lucrurile, insistă el.

McNamara îşi clătină capul dezamăgit.

— Nu ai pritocit suficient de bine lucrurile astea, Mike. Nu putem să ne petrecem timpul furând diverse obiecte pentru a ridica amprentele de pe ele, în urma unei supoziţii, îi reproşă el, străpungându-l pe tânărul detectiv cu o privire tăioasă.

Mike vru să mai spună ceva în apărarea sa, dar mai apoi renunță și își coborî ochii pe carnetul din fața sa, încercând să nu se mai gândească la gafa pe care o făcuse.

— Ei bine, ai făcut ce ai făcut și faptul este consumat, își clătină McNamara capul. James? se întoarse el spre sergent.

— Cred că ar fi bine să organizăm totul temeinic, răspunse James gânditor. Ar trebui să pregătim o relatare cronologică a spargerilor și a înregistrărilor din registru. Ar trebui, de asemenea, să încercăm să determinăm unde se aflau MacDonald și Kelso în momentul crimelor, mai adăugă el.

— Bine, începeți cu asta, le ordonă McNamara. Mike, cred că ar fi cazul să-mi faci o vizită în birou acum, ordonă el pe un ton aspru, iar Mike se ridică în picioare, posomorât, având senzația că se afundase în nisipuri mișcătoare până la gât.

McNamara pretinse că nu îi observase reacția și, întorcându-se pe călcâie, părăsi sala de conferințe. În urma lui, se lăsă liniștea în încăpere pentru câteva clipe. Mai apoi, James își drese glasul și începu să împartă diverse sarcini detectivilor.

James îi însărcină pe Donna și Mackie cu supravegherea lui Lachlan MacDonald și Liam Kelso. De asemenea, sergentul ceru ca și ceilalți din grupul lor să fie monitorizați, considerând că nu-i putea elimina pe ceilalți fără a avea toate datele. Cei doi detectivi au cerut să le fie alocați și câțiva jandarmi, a căror muncă o cunoşteau, iar James le îndeplini dorinţa fără niciun comentariu.

Ceilalţi detectivi se întoarseră să lucreze la birourile lor, căutând să dezgroape diverse declaraţii financiare şi orice alte documente pe care le puteau găsi.

Cu un oftat, James se ridică şi el în picioare, încercând să se dezmorţească. Tensiunea i se infiltrase în oase şi muşchi, dându-i senzaţia că abia terminase un meci de box. După aceea, bărbatul se întoarse spre Claire cu ochi rugători.

— Mă ajuţi tu să organizez evenimentele în ordine cronologică? Ne-am folosi de copia registrului şi de notiţele lui Mike, îi explică el.

Claire acceptă cu plăcere şi îl însoţi pe James la biroul său, bucurându-se că va avea ocazia să petreacă ceva mai mult timp cu el.

— Să fac rost de nişte ceai şi prăjituri pentru noi? îşi ridică ea privirea blândă spre chipul bărbatului.

— Da, chiar te rog, îi ceru James, simţind nevoia să îşi umezească gâtul cu altceva decât cafeaua pe care McNamara i-o oferise mai devreme.

CAPITOLUL TREIZECI ȘI DOI

Următoarele trei săptămâni au fost marcate de o activitate intensă, care aproape că a extenuat întreaga echipă. McNamara îi dăduse mână liberă lui James în desfășurarea anchetei, acestuia permițându-i-se să-și aleagă oamenii.

James însărcinase jandarmii și detectivii să facă mai multe cercetări în cazul dispariției lui Daniel Black, ba chiar ceruse și ajutorul Interpolului pentru a-l localiza pe bărbat, deși el nu avea nici un fel de îndoială că bietul om nu se mai afla printre cei vii.

Veștile începură să curgă treptat, ceea ce-i mai înveseli sergentului dispoziția într-o oarecare măsură. Încetul cu încetul, oamenii lui reușiră să scoată la iveală amănuntele afacerii profitabile dezvoltate de Lachlan MacDonald. James jurase să nu renunțe la anchetă până când nu vor afla detaliile fiecărei scheme pe care omul o pusese pe picioare.

La sfârşitul celor trei săptămâni, previziunea sa sumbră despre fostul prieten al lui Lachlan MacDonald şi Liam Kelso se transformă într-o realitate întunecată.

Daniel Black nu părăsise niciodată ţara, iar Interpolul nu auzise niciodată de el. Aceştia l-au asigurat pe James în termeni foarte clari că ar trebui să caute în propria curte dacă dorea să dea de dispărut.

Cu ajutorul jandarmilor săi de încredere, James reuşi să restrângă arealul în care ar fi putut fi abandonat cadavrul dispărutului, dar, spre dezamăgirea sa, curând află că două dintre acele locuri nu puteau fi cercetate. Cu toate acestea, omul nu acceptă înfrângerea.

Sergentul confirmă perioada exactă a dispariţiei, precum şi starea vremii în acel timp şi locurile pe care se ştia că bărbatul le frecventa. Elimină posibilitatea ca trupul să fi fost aruncat într-un lac în plină iarnă, mai ales că nu vedea cum ar fi putut fi transportat cadavrul până la un lac, din moment ce nu se afla niciunul suficient de aproape.

Se gândi el mai apoi că Black şi-o fi găsit locul de veci în Marea Nordului, dar alungă imediat acel gând pentru că nu ar mai fi avut şanse să-l găsească în acel caz.

Sergentul era conştient că exista şi posibilitatea să nu mai scoată la iveală cadavrul, deşi nu era încă pregătit să renunţe la cercetările sale. Până la urmă, îi veni ideea să discute cu nişte experţi în scufundări, sperând că aceştia l-ar putea ajuta să rezolve enigma dispariţiei bătrânului.

Cu toate acestea, după ce a epuizat investigațiile peste tot pe unde a presupus că ar putea da peste victimă și a învârtit în cap tot felul de soluții posibile, James s-a văzut pus în situația de a renunța. Black nu se găsea nicăieri.

Cu reticență, James abordă subiectul cu McNamara și îi mărturisi că și-a pierdut speranța de a găsi rămășițele bărbatului, rămânând în pană de idei. Acum, nu mai avea nicio îndoială că trupul fusese aruncat în Marea Nordului, ceea ce însemna că valurile nu îl aduseseră la țărm.

— Ați verificat curenții marini? îl întrebă McNamara într-o doară, iar James îl privi uluit, preț de câteva clipe, pentru ca după aceea să clatine din cap cu amărăciune, supărat pe el însuși.

— Ar fi trebuit să mă gândesc și la asta, spuse el, dar McNamara se mulțumi să sublinieze faptul că nimeni nu se poate gândi la toate și de aceea lucrau în echipă.

Ascunzând o grimasă, James îi mulțumi și se grăbi să găsească un expert în curenții mareelor de pe coastă, socotind că, după aceea, ar putea contacta unitatea de infracțiuni majore din zona în care Black ar fi putut să reapară, pentru a se interesa dacă nu cumva eșuase pe țărmul lor, în jurul sfârșitului lunii noiembrie a anului trecut, un cadavru cu descrierea lui Black. Evident, el spera și că aceștia încă mai păstrau cadavrul la gheață, căci altfel toată munca lor ar fi fost în zadar.

Destul de curând, cu ajutorul expertului, după trasarea mai multor grafice și elaborarea de teorii variate, detectivii determinară locația exactă unde valurile ar fi adus corpul la mal.

Descoperirea locației îl umili pe James și îi șocă pe ceilalți din echipă, care își scuturară capul de consternare, nevenindu-le să creadă că răspunsul se aflase sub nasul lor în tot acel timp.

James se ocupă de cercetările de rigoare și, după ce primi un răspuns afirmativ din partea procuraturii, îl informă pe McNamara, deși amână acea vizită cât putu de mult, nesimțindu-se capabil să dea ochii cu șeful său. Știa el bine că inspectorul șef nu era un om iertător. Nimic nu îl supăra mai mult pe McNamara decât lipsa de raționament din partea membrilor echipei.

În plus, James se simțea umilit pentru că nu îi trecuse prin minte, nici măcar pentru o clipă, gândul că trupul pe care îl căutau s-ar fi aflat la morga din Edinburgh în tot acest timp, iar sergentul se temea că acest fapt vorbea foarte mult despre abilitățile sale detectiviste, iar acel eșec îl durea profund.

James îi explică totul pe îndelete lui McNamara, iar acesta îl ascultă într-o tăcere profundă, fără să reacționeze când acesta își termină relatarea. Omul se mulțumi să se holbeze la subordonatul său cu ochii indescifrabili, mânia trădându-i-o doar buzele ce deveniseră o linie subțire, aproape lipsită de culoare.

După ce tăcerea se prelungi preț de mai multe minute, James simți imboldul de a-l apuca pe inspectorul șef de umeri pentru a-l scutura și a-l readuce la viață.

Acesta îşi încrucişase mâinile pe masă, încheieturile albite trădând faptul că îşi încleştase degetele unele de altele.

Deşi încercat de mai multe emoţii, sergentul se luptă să nu arate ce gândea sau simţea, dar se rugă pe muteşte ca bărbatul să spună ceva în curând. Privirea lui verde ascuţită îl tăia până la os, iar tânărului detectiv îi venea greu să îi susţină privirea. Şi totuşi, în ciuda temerilor sale, omul nu voia să lase impresia că nu ar fi capabil să-şi asume greşelile şi de aceea făcea efortul de a ţine capul sus.

Fără nici un fel de avertisment, McNamara sări în picioare sub privirea lui nedumerită şi se îndreptă cu paşi apăsaţi spre uşa biroului. James îl privi confuz, încercând să înţeleagă ce se întâmpla. Se aşteptase să fie mustrat, ba chiar penalizat pentru eroarea sa, dar nu se aşteptase la aşa ceva.

Sub ochii săi lărgiţi de uimire, inspectorul şef deschise uşa, ieşind din încăpere, şi apoi o trase în urma lui, lăsându-l pe James singur în cameră.

Sergentul deschise gura să spună ceva, dar îşi dădu seama de inutilitatea gestului său. În fond, se găsea singur în acea încăpere şi ar fi vorbit cu pereţii. Omul se agită câteva clipe pe scaun, întrebându-se dacă nu ar trebui cumva să-şi urmeze şeful. McNamara nu-i dăduse, însă, niciun indiciu, iar tânărul nu ştia ce se aştepta de la el. Îşi aruncă privirile încolo şi încoace, ca şi cum răspunsul corect ar fi putut răsări de pe undeva, din vreun cotlon, astfel luminându-l cu privire la procedura corectă în acel caz.

Muşcându-şi buzele şi încleştându-şi pumnii, James învârti tot felul de gânduri în cap, dar, după câteva minute, sări în picioare, incapabil să mai rămână acolo fără să aibă habar de ceea ce se întâmpla. Se îndreptă spre ieşirea din birou cu toată demnitatea pe care o putea aduna.

Spre surprinderea lui, îl găsi pe McNamara de cealaltă parte a uşii, bătând nervos din picior. Alături de el, un jandarm stătea drept ca o suliţă, aţintindu-şi cu atenţie ochii spre tavan, ca şi cum ar fi găsit ceva interesant acolo. Bărbatul lăsa impresia că şi-ar fi dorit enorm să poată fluiera, dar nu îndrăznea să o facă în prezenţa inspectorului şef.

McNamara se întoarse spre el brusc, trăsăturile trădându-i nerăbdarea.

— Am crezut că nu vei mai ieşi niciodată de acolo. Ce aşteptai? O cerere specială din partea mea? lătră el, privirea lui îngustată săgetându-l pe James, care se înroşi violent.

Bărbatul înghiţi în sec, dar nu-i răspunse, deşi el, unul, considera că într-o astfel de situaţie ar fi a fost cazul ca omul să-i ceară să-l însoţească, aceasta făcând mai mult sens decât să fie abandonat în birou cu speranţa că ar fi ghicit ce îi trecea lui prin cap.

Uneori, acţiunile lui McNamara cochetau cu limita absurdului. Dar, desigur, James nu îşi putea dezvălui gândurile, simţul lui de conservare fiind mult prea puternic. Dar, uneori, i-ar fi plăcut să aibă curajul de a-i dezvălui şefului său câteva adevăruri dureroase.

Lipsindu-i, însă, curajul de a face asta, James îşi ascunse sclipirea de furie din ochi şi o porni alături de McNamara, fiind urmaţi de poliţistul pe care îl găsise în faţa biroului.

Curând, deveni evident că se îndreptau spre morgă, iar James se gândi că, probabil, McNamara îşi propusese să vadă el însuşi cadavrul lui Daniel Black, care, din fericire, fusese ţinut la rece în speranţa că cineva îl va identifica într-o zi.

James se întrebase ce paşi s-au urmat pentru a face posibilă o astfel de identificare, pentru că el nu auzise nici un cuvânt despre o asemenea investigaţie. Sergentul presupuse, până la urmă, că toate eforturile fuseseră concentrate în zona în care fusese descoperit domnul Black. Cu toate acestea, el tot nu înţelegea cum de nu ajunsese nicio veste la divizia lor din Edinburgh pentru că ar fi trebuit să li se trimită măcar o notificare, cel puţin ca semn de curtoazie. Dacă s-ar fi făcut eforturile necesare, nu s-ar fi găsit el în această situaţie.

Cum McNamara se hotărâse să conducă el însuşi, stresul lui James crescu şi mai mult. Cea mai mare parte a drumului se derulă într-o tăcere intensă, întreruptă doar de invectivele ce zburau de pe buzele lui McNamara, ori de câte ori vreun participant la trafic nu reacţiona aşa cum se aştepta el, ceea ce se întâmpla cu regularitate.

Evident, James nu comentă defel şi nici jandarmul aşezat în spatele maşinii nu se gândi să deschidă gura, astfel permiţându-i inspectorului şef să îşi epuizeze repertoriul de înjurături fără a fi deranjat. Oricum, James ştia din experienţă că dacă ar fi spus ceva nu ar fi făcut decât să-l înfurie şi mai tare pe McNamara, iar celălalt ofiţer nu mai primise niciodată ordin să-l însoţească pe acesta până atunci, aşa că nu îndrăznea să scoată nici un sunet. Bietul tânăr îşi controla până şi respiraţia pentru a nu-şi atrage vreo mustrare din partea şefului cel mare.

Ajunseră la Royale Mille în cincisprezece minute, ceea ce, aparent, însemna cu cinci minute mai târziu decât plănuise McNamara iniţial şi acea întârziere îi deterioră şi mai mult starea de spirit a acestuia. James observă însă că omul nu se sfia să-şi exprime frustrarea în faţa lor.

Din fericire, strada Cowgate nu era departe de acolo, aşa că, după numai două minute, McNamara îşi parcă maşina cu un scârţâit de roţi, care ar fi făcut toţi banii la linia de sosire de la orice cursă celebră.

James coborî din maşină cu un oftat adânc, pe care jandarmul, care îi însoţea, îl împărtăşi din toată inima. Ajunsese la urechile tânărului jandarm zvonul că puţini agreau felul în care conducea McNamara şi că cei mai mulţi ar fi dat orice numai să nu se afle într-o maşină cu el la volan, dar nu-l crezuse. El se gândise că era o simplă exagerare, însă, acum, îşi dădea seama că reflecta realitatea.

McNamara se opri în faţa clădirii şi coborî din maşină, pentru ca mai apoi să-şi sprijine mâna de capotă şi, fluierând, să studieze structura din faţa ochilor ca şi cum nu ar mai fi văzut-o niciodată. Atât James, cât şi jandarmul, deşi mai ales cel din urmă, se simţiră recunoscători pentru acel moment de respiro, având astfel timp să se adune.

— Să mergem înăuntru, lătră McNamara după câteva clipe şi se îndreptă spre uşile de sticlă ce conduceau în interiorul clădirii.

James şi Martin, jandarmul, îşi aruncară o privire, după care se repeziră în urmă lui. Omul era într-o dispoziţie îngrozitoare, iar aceasta se reflecta în pasul său lung şi apăsat. Cei doi tineri nu îşi doreau ca mânia lui să se îndrepte spre ei, aşa că se străduiau din răsputeri să nu-i ofere nici un motiv pentru aşa ceva.

Odată ce păşiră în interiorul clădirii, James îl zări pe David Stewart ce aştepta nerăbdător în holul mare, bătând din picior. Bărbatul îşi aruncă o privire la ceas înainte de a se întoarce spre uşa de la intrare din nou. Ochii îi căzură pe McNamara şi pe însoţitorii săi imediat, dar omul nu se obosi să îi întâmpine, ci, gesticulând, le ceru să i se alăture.

Trăsăturile sumbre ale medicului îl surprinseră pe James, deşi Stewart nu era, de fapt, cunoscut ca o persoană veselă în viaţa de zi cu zi. Acum, însă, acesta părea mult mai întunecat decât de obicei.

McNamara o porni spre Stewart cu paşi mari şi James, atingându-l pe braţ pe Martin, îl avertiză pe acesta să-l urmeze pe inspectorul șef. Tânărul rămăsese înșurubat pe loc, neștiind ce să facă în fața norilor negri care acopereau atât fața șefului, cât și pe cea a legistului.

În câteva secunde, cei doi tineri îl ajunseră din urmă. Stewart le aruncă o privire batjocoritoare și își clătină capul.

— Așadar, niciunul dintre voi nu s-a gândit să se intereseze la morgă, remarcă el, buza lui superioară încrețindu-se cu dispreț.

Ochii lui McNamara se îngustară și o grimasă se întinse pe buzele lui, acesta considerând că insulta îi era adresată lui, deși medicul patolog i se adresase sergentului. Oricum, inspectorul șef se considera responsabil pentru acțiunile oamenilor săi și, în consecință, răspunse aspru, ridicând din umeri:

— Nimeni nu s-a gândit să îl caute în Edinburgh, deoarece omul dispăruse în Levin.

McNamara nu căuta să găsească scuze pentru lipsa de imaginație a oamenilor săi, dar considera că puteau fi iertați o dată pentru miopia lor. De altfel, polițiștii din Levin nu se deranjaseră să anunțe poliția din Edinburgh că aveau o persoană dispărută, fie pentru că povestea nu prezenta prea multă importanță pentru ei, fie pentru că își imaginaseră că omul plecase de bunăvoie pe undeva.

— Înțeleg, îi răspunse Stewart pe un ton tăios, iar, mai apoi, deși părea că ar fi vrut să mai adauge ceva, bărbatul oftă, scuturându-și capul. Presupun că nimeni nu a luat în calcul curenții de maree și felul în care aceștia funcționează.

McNamara se mulțumi să își scuture capul scurt, fără a mai da informații suplimentare, dar știa că acela era adevărul. Cum nici el nu se gândise la așa ceva, nu se simțea îndreptățit să-l mustre pe James pentru acea omisiune.

Stewart îi conduse în zona de refrigerare și împinse ușile mari de sticlă, făcându-le semn cu degetul să îl urmeze. Fără cea mai mică ezitare, se îndreptă spre un anumit congelator, căruia îi deschise ușa, pentru a trage, mai apoi, un raft metalic în afară.

Un cadavru oarecum bine conservat zăcea pe placa metalică, iar Martin își simți în gât gustarea de la ora unsprezece. Omul înghiți în sec, încercând să respire pe gură, pentru a își opri impulsul de a vomita.

Jandarmul nici măcar nu-și putea imagina ce ar fi spus McNamara dacă nu ar fi putut să se controleze, așa că își întoarse ochii spre podea, hotărât să nu-și mai ridice privirea de acolo până ce ar fi părăsit zona. Mirosurile înțepătoare și neobișnuite din jur îi iritau nasul, forțându-l să respire pe gură pentru a le îndepărta.

James nu își feri ochii, deși respira și el pe gură. Până în acel moment, sergentul văzuse un număr suficient de cadavre și, chiar dacă nu devenise imun la aspectul și mirosul lor, nu se mai ofilea la simpla vedere a unei victime.

În ciuda rănilor din zona temporală dreaptă a capului victimei, James își recunoscu omul. Într-adevăr, Daniel Black nu se hotărâse să-și ia picioarele la spinare într-o zi, aşa cum crezuseră poliţiştii din Levin. Cineva îl omorâse, probabil cu o lovitură sau mai multe în zona craniului.

— Care este cauza morţii? se întoarse McNamara spre Stewart, aşteptându-se ca bărbatul să ştie deja răspunsul.

— Am citit raportul post-mortem înainte de sosirea voastră, îi răspunse acesta. Deşi, acea lovitură la cap pare fatală, nu ea a fost motivul decesului ca, de altfel, nici traumatismul de la ceafă, pe care nu aveţi cum să îl vedeţi din această poziţie, se gândi să menţioneze medicul. Problema este că a fost aruncat în Marea Nordului în timpul iernii, în timp ce era inconştient, aşa că moartea s-a produs prin înecare, le mai explică el. În plămânii lui s-a găsit apă de mare, ceea ce arată că omul era încă în viaţă când a ajuns în valurile mării. Acum, chiar dacă nu s-ar fi înecat, tot ar fi murit din cauza hipotermiei, ridică medicul din umeri, gesticulând larg.

— Înţeleg, murmură McNamara, ochii lui trecând pentru ultima oară peste cadavru, încercând să memoreze tot ce vedea, iar apoi se întoarse spre medicul legist. Am înţeles că există o nepoată care era foarte apropiată de bătrân. O voi trimite aici pentru a face identificarea, astfel încât să-i puteţi elibera corpul. Femeia suferă deja de mai bine de jumătate de an. Poate că acum îşi va găsi liniştea, conchise el cu asprime.

Uluiala îl copleşea pe James întotdeauna când McNamara reuşea să exprime anumite sentimente, pentru că, de obicei, acesta era incapabil să le perceapă sau să le înţeleagă imediat şi trebuia să facă eforturi pentru a le descoperi. De cele mai multe ori, era necesar ca altcineva să i le indice şi să i le explice.

— Aşa să faci, îl aprobă Stewart cu hotărâre. M-aş simţi uşurat să-l văd pe bătrânul ăsta îngropat undeva, în loc să-l ţinem aici, în mormântul acesta de metal, mai adăugă el morocănos, fluturându-şi degetele spre congelatorul din faţa lor, şi, mai apoi, aruncându-i lui McNamara o privire mânioasă, împinse lespedea în interiorul congelatorului, închizând uşa după ea.

Cu toate acestea, inspectorul şef îşi dăduse seama că doctorul nu era supărat pe el, ci pe circumstanţe.

— Mai este altceva în raportul patologic? Sau poate există vreo probă medico-legală de care nu ne-aţi spus încă? mai întrebă McNamara în timp ce părăseau sala, chiar dacă avea el îndoieli că ar fi putut cineva colecta vreo probă de pe un cadavru care petrecuse ceva timp în apă.

— Am toate rapoartele în biroul meu, le făcu Stewart semn să îl urmeze. Le-am cerut celor de la criminalistică să-mi dea copii de pe toate documentele privind colectarea probelor, preciză el. Totuşi, nu înţeleg cum de nimeni nu a făcut nicio investigaţie în legătură cu acest om, îşi clătină capul a neîncredere medicul legist, indicându-le, în acelaşi timp, drumul spre biroul său.

— Au investigat ei, îi răspunse McNamara pe un ton sumbru, dar au tratat cazul ca pe un caz de persoană dispărută, aşa că cercetările lor s-au limitat la spitale, gări, aeroporturi, hoteluri... Ştiţi cum stă treaba. Au pus întrebări la morga din regiune, să-şi acopere toate bazele în cazul în care ar fi avut loc un accident, dar nu au mers mai departe de atât. Se pare că nimeni nu s-a gândit că omul ar fi putut fi ucis, aşa că nimeni nu s-a obosit cu alt gen de investigaţie, îşi clătină el capul consternat.

— Păcat, conchise medicul legist, strâmbând din nas.

— Într-adevăr, îi dădu dreptate McNamara. M-am întrebat şi de ce nu am fost anunţaţi când victima a fost găsită şi adusă aici la morgă, îi aruncă el doctorului o privire piezişă, dar acesta nu-i răspunse la reproş.

De fapt Stewart nu avusese nici o idee că decedatul se găsea în clădire până ce nu primise apelul lui.

— Îmi şi imaginez ce dovezi preţioase trebuie să se fi pierdut deja, adăugă McNamara. Nimeni nu s-a gândit să-i percheziţioneze casa, de exemplu, iar acum, mă tem că este prea târziu pentru a face acest lucru.

— Nu chiar, interveni James pe un ton liniştit. Dacă atacul asupra lui a început în propria lui casă, s-ar putea să mai existe încă nişte urme, îndrăzni el să spună. Din câte înţeleg, nepoata lui a păstrat locuinţa aşa cum a rămas în ziua în care a dispărut unchiul ei, ea tot sperând că omul se va întoarce acasă într-o zi sau alta, menţionă James. Presupun că o fi şters ea praful şi o fi măturat podelele. Poate că a spălat ferestrele şi aşa mai departe. Dar, totuşi, s-ar putea să existe locuri pe care nu le-a atins până acum.

McNamara se opri şi îl fixă cu privirea pe James, meditând la cuvintele lui. Preţ de câteva clipe, nu îşi desprinse ochii reci de pe chipul acestuia, chiar dacă gândurile îi erau, de fapt, în altă parte şi el nici nu-l vedea pe sergent.

— Da, cred că s-ar putea să ai dreptate, James, îl aprobă el după câteva clipe. Ocupă-te de asta chiar acum, îi ordonă McNamara. Mai întâi contacteaz-o pe Jo şi roag-o să discute cu nepoata. Trebuie să-i dea vestea proastă că l-am găsit pe unchiul ei şi că acesta a decedat. Nu uita să-i spui să-i ceară nepoatei şi permisiunea pentru a percheziţiona casa. Asta ne-ar scuti de o mulţime de necazuri şi alte întârzieri, îl avertiză el. Nu uita să-i aminteşti să îl sune pe Steven când va termina cu nepoata şi va obţine acordul ei. Să-l trimită cu o echipă ca să pieptene locul de la acoperiş până în pivniţă, dacă este cazul.

— Da, domnule, îi răspunse James. Unde ar trebui să vin după ce am terminat cu apelul? mai întrebă el, oscilând cu privirea între McNamara şi Stewart.

— Biroul meu este a treia uşă pe dreapta, îi arătă Stewart.

— În regulă, domnule, voi veni acolo atunci, îşi clătină sergentul capul, în timp ce-şi scotea telefonul mobil din buzunar pentru a telefona.

James ştia că îi va găsi pe Jo şi Mike în birou, din moment ce, în ultimele trei săptămâni, aceştia fuseseră relegaţi, în principal, la rolul de contabili şi-şi mijeau toată ziua ochii peste copia registrului decodificat de departamentul de cifru.

Sergentul ştia că, pe de o parte, Jo avea cunoştinţele necesare pentru a trece prin filtru tranzacţiile, iar pe de altă parte, Mike era suficient de încăpăţânat încât să nu lase nimic să-i scape. Aşadar, avusese încredere că cei doi se vor completa reciproc şi vor aduna toate informaţiile de care aveau nevoie pentru a finaliza ancheta.

Într-adevăr, Jo îl informase deja pe James în acea dimineaţă că descâlciseră toate datele şi că erau pe punctul de a întocmi un grafic cronologic. De asemenea, aceştia descoperiseră şi semnificaţia celorlalte tranzacţii din registru, iar hidoşenia acelei descoperiri pusese pe jar pe toată lumea. Pentru a-şi dovedi teoria, Jo apelase şi la ajutorul mai multor poliţişti în civil, care adunaseră un teanc de mărturii şi fotografii, dovedind astfel că suspecţii se ocupau şi cu traficul de persoane.

Operaţiunea nu era extinsă, dar, totuşi, indivizii gestionau douăsprezece fete sub cincisprezece ani, pe care le închiriau pentru petreceri speciale. Kelso, aparent, folosea serviciile a trei bărbaţi voinici, cu vârste cuprinse între douăzeci şi cinci şi treizeci de ani, pe care îi plătea generos. Aceştia ademeniseră fetele în serviciu, dacă se putea spune astfel, şi se ocupau de partea practică a acelei afaceri colaterale. Fetele păreau dispuse să facă treaba, dar toată lumea se întreba cât de mult discernământ aveau acestea, având în vedere vârsta lor.

Ultimele informaţii despre acea întreprindere veniseră cu o seară înainte şi atât James, cât şi McNamara, simţiseră imboldul de a-i pune capăt chiar în acel moment, dar rezistaseră. Ancheta era aproape finalizată, iar câteva zile în plus nu ar mai fi contat, în fond, mai ales că activitatea legată de traficul de persoane se desfăşura doar în weekend. Asta însemna că aveau timp să îşi încheie cazul fără ca vreunul dintre cei implicaţi să-şi dea seama ce se întâmpla.

În timp ce Jo se ocupase cu acea investigaţie, Mike adunase toate dovezile legate de spargeri. Acum aveau la îndemână tot ce le-ar fi trebuit pentru când venea momentul să facă arestări.

Totul se corobora cu informaţiile şi probele strânse de Donna şi Mackie în timpul supravegherii lor, aşa că nici MacDonald şi nici Kelso nu ar fi avut loc de întors şi nu ar fi reuşit să evite arestarea. Cei doi se expuseseră de câteva ori, iar fotografiile şi martorii îi condamnau fără drept de apel.

James era încrezător că ancheta se va încheia curând, iar suspecţii vor ajunge după gratii pentru o perioadă îndelungată de timp, ceea ce i-ar fi îmbunătăţit, cu siguranţă, dispoziţia inspectorului şef. Atunci când McNamara era mulţumit, toată lumea era fericită.

Gândindu-se la toate acelea, James căută un loc mai retras pentru a o suna pe Jo şi, după câteva minute, localiză o bancă într-o nişă de la capătul coridorului. Cu un oftat, sergentul se lăsă să cadă pe lespede şi formă rapid numărul de telefon al detectivei, care îi răspunse în trei secunde, ca şi cum deja ar fi avut telefonul mobil în mână în momentul apelului.

— Bună sincronizare, James, vocea veselă a inspectoarei îl informă pe sergent. Tocmai ce am legat fundiţa festivă micii noastre anchete, continuă ea. Avem tot ce ne trebuie pentru a ne reţine oamenii. Avem registrul de evidenţă, spargerile cu probe criminalistice care îi indică pe aceştia ca fiind culpabili, precum şi dovezile financiare ce demonstrează cum au folosit banii obţinuţi.

— Mă bucur să aud asta, Jo, şi apropo, felicitări. Cu toate acestea, nu am sunat pentru asta, o avertiză James, după care o puse la curent cu ce se întâmplase puţin mai devreme.

Cuvintele lui o uluiră atât de mult pe detectivă încât, preţ de câteva momente, aceasta nu reuşi să rostească niciun cuvânt. Inspectoarea nu-şi imaginase că ancheta privind dispariţia lui Daniel Black fusese atât de prost făcută.

— Eşti încă acolo, Jo? o întrebă James cu nerăbdare când îşi dădu seama că de la celălalt capăt al firului nu venea niciun răspuns.

Jo îl asigură că era încă la telefon şi îl întrebă ce trebuia ea să facă. Îl cunoştea bine pe James şi nu credea că acesta o sunase doar pentru a o pune la curent cu ce descoperiseră la morgă.

James îi explică succint ce aşteptări avea McNamara de la ea, iar tânăra inspectoare îşi înţelese rolul imediat şi îi promise că se va ocupa de toate şi că îi va prezenta raportul seara.

Sergentul spera din tot sufletul că erau într-adevăr aproape de a încheia şi acea anchetă. În afară de dorinţa sa cea mai sinceră de a-i vedea pe vinovaţi plătind pentru ceea ce făcuseră, omul îşi planificase şi nunta pentru sfârşitul săptămânii, iar acum îi era teamă că nu se va putea bucura de ea sau că nu ar fi fost posibil să-şi ia o scurtă vacanţă pentru luna de miere după aceea.

Cel puţin, Bryony insistase să îi ajute cu planurile de nuntă, astfel că James şi viitoarea lui soţie fuseseră scutiţi de cea mai mare parte a acelor bătăi de cap şi reuşiseră să se ocupe de investigaţie, fără a agoniza prea mult asupra detaliilor pentru a face acea zi specială.

Bryony, împreună cu mama şi sora lui Claire, petrecuseră împreună zile întregi pentru a pune la punct recepţia, cateringul şi toate celelalte activităţi pe care le plănuiseră. Ele îi raportau în principal lui Claire, aşa că sergentul nu avea o idee prea clară asupra a ceea ce urma să se întâmple în ziua nunţii lor, dar, oricum, pe el îl interesa doar să se însoare cu Claire, iar restul venea pe plan secundar. În fond, recepţia era în beneficiul lui Claire şi, poate, al prietenilor lor.

James îşi scutură capul pentru a şi-l limpezi. Dacă voia să termine acea investigaţie în timp util, trebuia să se concentreze doar asupra ei. Gândurile la nuntă şi la luna de miere mai puteau aştepta, cel puţin până seara. Claire va avea multe să-i povestească despre asta atunci, aşa cum, de altfel, se întâmpla în fiecare zi.

Sergentul îşi vârî telefonul mobil în buzunar şi se grăbi spre biroul lui Stewart, dorind să afle tot ce se afla în rapoartele pe care medicul legist i le arăta lui McNamara. Acolo, ciocăni la uşă de două ori, în succesiune rapidă, iar Stewart îl invită înăuntru.

— Stai aici, James, îi făcu McNamara semn să ia loc pe scaunul de lângă el, ca şi cum biroul îi aparţinea.

David Stewart îşi arcui sprâncenele, un surâs sarcastic aşternându-i-se pe buze. Păru să vrea să spună ceva, dar apoi clătină din cap, dând din mână cu dezgust, convins că nu ar fi ajutat prea mult, chiar dacă l-ar fi mustrat pe McNamara.

— Se pare că două persoane au contribuit la această crimă, conform raportului post-mortem, împinse McNamara raportul în cauză spre James, care îl citi, surpriza marcându-i trăsăturile.

— S-a stabilit că unul dintre criminali este stângaci, îi explică Stewart lui James. În plus, loviturile au fost plasate cu forţă diferită, ridică el din umeri.

James îşi înclină capul, în semn că înţelege, dar nu îşi ridică ochii de pe hârtii. Bărbatul continuă să citească, dar nu mai găsi nimic ieşit din comun. Lucrurile se dovedeau clare şi, mult mai important, tot ce era în acel raport putea fi folosit în acuzarea celor doi suspecţi pe care îi aveau în vedere, amintindu-şi observaţia lui Jo că Liam Kelso era stângaci.

— Mai e ceva, domnule? îşi ridică James capul, privirea lui albastră fixându-se pe chipul lui McNamara.

— Am găsit raportul criminalistic destul de interesant, îl informă McNamara, înmânându-i un alt document.

James începu să-l parcurgă şi pe acesta şi câteva lucruri îi atraseră atenţia, aşa că îşi ridică privirea surprins.

— Cum se face că există probe criminalistice? Ar fi trebuit să fie distruse de sarea din mare, dacă nu de apa însăşi, întrebă James cu uluire.

— Citeşte un pic mai departe, îl invită McNamara cu un gest, iar un surâs şugubăţ îi apăru în colţul gurii.

James îşi coborî din nou ochii peste colile de hârtie şi, în curând, găsi informaţia în cauză.

— Oh, acum înţeleg. Interesantă chestia asta cu untura de aici. Nu m-aş fi aşteptat la aşa ceva, îşi clătină el capul uimit.

— Era un obicei al vechilor scoţieni, ca să spun aşa, interveni Stewart. Aşa îşi ţineau lucrurile uscate în timpul ploilor, ungându-şi tartanele cu untură. Un om inteligent, domnul nostru Black, observă doctorul. S-a gândit să-şi ungă buzunarele pentru a păstra acea bucată de hârtie uscată. O idee absolut genială. Având în vedere că este şi semnată de şeful bandei... îşi clătină el capul consternat. În plus, trebuie să fi smuls batista aceea din buzunarul unuia dintre atacatori şi să o fi strecurat în al lui, închizându-l după aceea cu clapeta.

— Probabil că îşi dăduse seama că nu mai are şanse să scape cu viaţă, dar a vrut să se asigure că ucigaşii vor fi aduşi în faţa justiţiei, vorbi pentru prima dată tânărul jandarm, iar McNamara îşi întoarse repede ochii spre el.

— Cred că ai dreptate, Martin, îşi clătină McNamara capul, gânditor. Altfel, nu ar avea sens să o aibă în buzunar, având în vedere că ADN-ul colectat de pe ea nu-i aparţine, remarcă el.

Martin deveni stacojiu în urma cuvintelor sale elogioase, iar McNamara îşi întoarse capul, dându-şi ochii peste cap. Nu înţelesese niciodată acea reacţie pe care o observase la mai mulţi dintre subordonaţii săi. Se gândise să-l întrebe pe James despre asta de câteva ori, dar se răzgândise de fiecare dată.

— În regulă, spuse McNamara, ridicându-se de pe scaun. Trebuie să ne întoarcem la secţie. Astea sunt copiile noastre, Stewart? se interesă el, adunând rapoartele de pe masă.

— Bineînţeles, domnule, îl aprobă medicul legist cu o mişcare scurtă a capului.

— Bine atunci. Presupun că ne vom vedea curând, mai adăugă McNamara, îndreptându-se spre uşă.

— Destul de curând, îl asigură Stewart. James m-a invitat la nunta lui. Este sâmbăta aceasta, până la urmă.

— Oh, da, este adevărat, îi răspunse McNamara. Atunci ne vedem acolo, mai adăugă el, fără să şi menţioneze că spera să nu-şi vadă prietenul înainte de acel moment din cauza vreunei anchete, dar cuvintele nespuse plutiră în aer.

James şi Martin îl urmară pe inspectorul şef cu inima strânsă, amândoi gândindu-se la acelaşi lucru:

trebuiau să supraviețuiască și drumului înapoi la secție. McNamara ar fi încercat cu siguranță să ajungă acolo în mai puțin de cincisprezece minute, ceea ce însemna că urmau să treacă prin mai multe momente de groază și stres.

CAPITOLUL TREIZECI ȘI TREI

Cu o zi înainte de mult așteptata nuntă care ar fi trebuit să îl lege pe Ainsley James de Claire McKay, o ploaie rece de vară biciui orașul ore în șir, alungând căldura zilei precedente. Începuse cu tunete și fulgere în primele ore ale dimineții, dar, mai apoi, torenții se liniștiră și ploaia torențială se transformă într-o ploaie mocănească, ceea ce-i aduse pe toți la exasperare în scurt timp.

James spera că deluviul se va opri cu totul până a doua zi. Claire trebuia să se bucure de ziua nunții la care visase încă din copilărie.

Sergentul nici nu știa câte perechi de ochi priviseră cerul în acea dimineață, rugându-se pentru soare în ziua căsătoriei lor.

Tunetul zguduindu-i fereastra o trezise pe Bryony în zori, iar aceasta sărise din pat și începuse să bombăne, necăjită că descoperise ceva ce nu putea controla. McNamara își dăduse ochii peste cap, incapabil să înţeleagă de ce un pic de ploaie o supăra atât de tare pe soţia sa.

În ciuda ploii puternice de dimineaţă, Donna şi Mackie îl reţinură pe MacDonald când acesta ieşise dintr-o alimentară, prezenţa şi cuvintele lor şocându-l. Chipul său împrumută culoarea varului şi omul se clătină pe picioare câteva clipe, iar Donna îl apucă de braţ pentru a-l ajuta să-şi recapete echilibrul. Curând, însă, bărbatul îşi reveni şi încercă să conteste cu vehemenţă arestarea sa.

— Veţi avea ocazia să vă prezentaţi toate opiniile la secţie, domnule, i-o întoarse Mackie pe un ton politicos, dar ferm.

În acel moment, MacDonald afişă un zâmbet de lup, gândindu-se că va ieşi destul de repede din acea situaţie neplăcută. Nu credea că detectivul ar fi fost atât de politicos cu el dacă ar fi deţinut vreo dovadă certă împotriva lui. S-o mai fi schimbat poliţia faţă de cum era în tinereţea lui, dar, totuşi, unele lucruri nu îmbătrâneau şi nu dispăreau niciodată. Un detectiv cu un caz solid nu s-ar fi obosit să-i liniştească cuiva temerile.

Drumul până la secţie păru mai lung decât era de fapt pentru că nimeni nu scoase un cuvânt. MacDonald îşi ţinea gândurile pentru sine, nedorind să-i scape ceva ce nu trebuia, iar Donna şi Mackie nu voiau să facă vreo boacănă şi să prejudicieze cazul cu vorbe fără sens. Ştiau ei că pentru un făptaş ar fi fost mană cerească să dea peste un detectiv care nu ştia să îşi ţină gura închisă.

La sosirea la secţie, cei doi îl conduseră pe MacDonald într-o sală de interogatoriu, lăsându-l sub supravegherea unui jandarm.

Bărbatul îl privi pieziş pe tânărul roşcat şi masiv, dar acesta se sprijini de peretele de lângă uşă, fără a-i acorda nicio atenţie, îşi încrucişă braţele peste pieptul impresionant, iar privirea-i plictisită se opri pe peretele opus.

După cincisprezece minute, însă, Lachlan îşi pierdu răbdarea şi se hotărî să părăsească, pur şi simplu, încăperea. În fond, poliţia nu avea dreptul să-l reţină din moment ce nu existau dovezi împotriva lui. Ştia el că singurul lucru de care nu se putuse ocupa era registrul furat de Walsh, dar se îndoia el că poliţiştii îl găsiseră şi, chiar dacă dăduseră peste el, nu aveau cum să înţeleagă notele din interior, din moment ce el însuşi avusese grijă să codifice totul, astfel încât numai cei iniţiaţi să le poată citi.

Încăperea începuse să-l sufoce, aşa că omul se ridică împingând scaunul brusc în spate, doborându-l la pământ. Jandarmul se mulţumi să-şi arcuiască o sprânceană, privindu-l plictisit, fără a se obosi să-şi părăsească locul.

— Îmi pare rău, băiete, gesticulă MacDonald, încercând să-şi scuze stângăcia, şi, cu un geamăt, se aplecă să recupereze scaunul de pe podea.

Reumatismul începuse să-i răvăşească oasele în ultima vreme, iar durerile îi însoţeau mişcările aproape tot timpul.

— Am nevoie doar să iau puțin aer, să știi. E sufocant aici, îi explică el, îndreptându-se fără grabă spre ușă, temându-se de reacția polițistului.

La trei pași de ușă, MacDonald să liniști și mai mult, deși tot îl cerceta pe jandarm cu priviri furișe, dar convingerea sa că fusese invitat la o discuție amicală i se întări. Bărbatul nu schițase, până atunci, niciun gest să-l oprească. Chiar în momentul în care întinse mâna să atingă mânerul ușii, bărbatul îi tăie calea.

— Ar fi bine să vă așezați înapoi pe scaun, îi spuse tânărul fără inflexiune în glas.

MacDonald se holbă la el, incapabil să reacționeze pe moment. Tonul egal al polițistului îl speriase mai mult decât dacă acesta ar fi urlat la el. Mâna îi alunecă de-a lungul coapsei și, deși buzele i se mișcară, niciun sunet nu ieși din gura pe care și-o simți brusc uscată.

Schimbarea rapidă îl șocase, iar genunchii începură să-i tremure, astfel că trebui să facă un mare efort doar pentru a se menține în picioare. Cu toate acestea, nu era sigur că s-ar putea întoarce pe călcâie și să se îndrepte spre masă, așa cum îi indicase jandarmul.

În ciuda slăbiciunii resimțite, după câteva clipe, ochii reci ai bărbatului masiv îl ajutară să-și regăsească voința pentru a se întoarce la locul său, chiar dacă păși cu oarecare dificultate.

MacDonald se prinse cu mâinile de marginea mesei pentru a se sprijini, iar, mai apoi, cu un geamăt, se lăsă să cadă pe scaunul pe care îl părăsise cu câteva clipe în urmă. Sângele îi colorase chipul şi gâtul, iar mâinile începuseră să îi tremure.

Omul începuse să se îngrijoreze de-a binelea de gravitatea situaţiei în care se afla când uşa se deschise, iar James, însoţit de un bărbat mai în vârstă, pătrunse în încăperea minusculă, ducând un dosar gros în mână.

Lachlan încercă să le zâmbească, dar, în schimb, o grimasă i se întinse pe buze. Prezenţa dosarului bine împănat îl tulburase, chiar dacă încerca să se convingă că acesta juca, pur şi simplu, rolul de recuzită. Se gândea el că detectivii nu ar fi putut aduna atâtea dovezi împotriva lui, asta dacă ar fi avut ocazia să obţină măcar una.

MacDonald se strădui să-i citească faţa lui James, dar trăsăturile sergentului păreau săpate în piatră şi nu îi dezvăluiau nimic. Atunci îşi întoarse privirea spre celălalt inspector şi tresări când se ciocni de suliţele din ochii verzi ai acestuia.

— Ne-am întâlnit deja, menţionă James. Iar acesta este inspectorul şef McNamara, indică el spre însoţitorul său, care doar îl salută cu o mişcare scurtă a capului.

MacDonald înghiţi în sec, realizând că prezenţa inspectorului şef în acea încăpere însemna că lucrurile erau într-adevăr grave.

— Despre ce este vorba, domnule sergent detectiv? hotărî MacDonald să treacă la ofensivă. Nu cred că am mai încălcat legea de foarte mult timp. S-ar putea să fi făcut câteva lucruri minore în tinereţe, dar am uitat de ele de ceva vreme, râse el forţat, cu inima strânsă.

— Şi eu care credeam că te vei gândi să ne uşurezi situaţia şi vei mărturisi totul, răspunse James cu o uşoară ironie în glas.

— Să mărturisesc? Ce să mărturisesc? se aplecă MacDonald în faţă, aparent ultragiat. Ce aş putea mărturisi? Nu-mi amintesc să fi făcut ceva, negă el, clătinându-şi capul.

— Dacă trei crime înseamnă nimic pentru tine..., spuse James, deschizându-şi braţele consternat, lăsând fraza în suspans, prea ocupat să cerceteze chipul omului.

MacDonald păli, iar buzele începură să-i tremure, înţelegând că poliţia îl găsise deja pe Daniel Black. O liotă de înjurături i se buluci pe limbă, afurisindu-l pe Black pentru că se încăpăţânase să nu rămână pe lista persoanelor dispărute.

Nu era zi lăsată de la Dumnezeu în care Lachlan să nu îşi blesteme dorinţa de a-l atrage pe Black în afacerea lor. De fapt, acela fusese momentul în care totul se dusese pe copcă.

Omul ştia că trebuia să îşi ţină frica sub control dacă voia să câştige acea bătălie, dar simţul său de conservare îl îmboldea s-o ia la goană. Problema era că nu avea unde să fugă. Pe lângă cei doi inspectori, un jandarm colosal se afla între el şi uşa care ducea spre libertate. Mintea i se tot frământa să găsească un răspuns adecvat, dar îi luă aproape un minut de tatonare înainte de a descoperi ceva.

— Să înțeleg că nu ați reușit să aflați cine l-a ucis pe Walsh! De aceea ați decis să faceți din mine țap ispășitor, spuse el, încercând să insufle ironie răspunsului său, dar eșuând lamentabil.

— Dovezile nu mint niciodată, domnule MacDonald, își scutură James capul. Iar ele te plasează direct la locul faptei, chiar dacă ai fugit de acolo și te-ai întors mai târziu. Avem probe materiale, care pot fi puse la dispoziția ta sau a avocatului tău, gesticulă James în timp ce explica totul, dar Lachlan îl privi cu neîncredere. Avem, de asemenea, dovezi care arată că l-ai ucis și pe Joshua Grant. Chiar dacă ai încercat din răsputeri să-i arunci ambele crime în cârcă lui Angus Murray, adevărul tot a ieșit la iveală, îl avertiză James. Mai mult decât atât, Daniel Black te acuză chiar și de dincolo de mormânt, îl informă el, un zâmbet aspru atârnându-i de colțul buzelor.

— El este ucigașul, lovi MacDonald cu pumnul în masă. Angus este omul tău. Îi ura atât pe Walsh, cât și pe Grant. Nu am avut nimic de-a face cu acele morți, clătină el cu vehemență din cap, privirea lui sălbatică rătăcind de la un bărbat la altul.

— Cam greu de înghițit o astfel de explicație, domnule MacDonald, continuă James pe același ton egal. Toate probele indică spre tine și, în plus, Grant a fost și partenerul tău de afaceri. El e cel care a percheziționat casa lui Walsh în timp ce tu îl omorai pe acesta pe terenul de golf. Grant a găsit registrul pe care Walsh l-a furat de la tine. Ai căutat și tu acel registru, spuse James, iar un alt zâmbet răutăcios i se urcă pe buze. Ai căutat în primele două sertare de jos. Ai deschis și primul sertar de sus, iar mai apoi ai renunțat. Dar să știi că registrul se afla acolo, chiar în sertarul pe care ai renunțat să-l mai deschizi, își strânse James buzele pentru ca nu cumva să izbucnească în râs.

Sergentului îi plăcea când karma plătea polițele înzecit.

— Nu e adevărat, își izbi MacDonald palma de masă, dar gândul că lăsase registrul acolo îl sufoca.

'Al naibii să fie Grant și jocurile lui idioate! Știa că voi verifica doar sertarele alea!'

Omul simți nevoia să respire adânc de câteva ori, obsedat de ideea că nu putea trage suficient aer în plămâni. Suprafața restrânsă a încăperii îl deranja și îl și neliniștea în același timp.

— Eu, unul, nu am treabă cu nimeni, tăie el decisiv aerul cu latul palmei. Știți doar că m-am pensionat mai devreme din cauza sănătății. Cum ați putea crede că aș fi în stare să fac chestiile astea? se răsti el, fulgerându-l pe inspector cu o privire mânioasă, aparent hotărât să nu mărturisească nimic.

— Să știi că nu e necesar să ne spui nimic, se aplecă James ușor în față, cu palma deschisă pe dosarul din dreptul lui. Nu prea contează dacă mărturisești sau nu, ridică el din umeri. Kelso deja ne-a povestit totul și avem și dovezile care-i susțin varianta. Știm despre spargerile pe care le-ați dat, dar și despre traficul de persoane.

Faţa lui MacDonald deveni cenuşie. Degetele începură să-i tremure şi omul îşi ascunse mâinile sub masă, în timp ce privirea îi alunecă pieziş spre inspectorul şef pentru a-şi da seama ce gândea acesta. MacDonald tresări vizibil când îi întâlni ochii reci, sarcastici.

— Hai, pune capăt interogatoriului, îi ordonă McNamara lui James, ridicându-se mai apoi de pe scaun pentru a se îndrepta cu pas hotărât spre ieşirea păzită, în continuare, de jandarm, iar la semnul lui, acesta îi deschise uşa imediat.

MacDonald se strâmbă şi îşi strânse pumnii de neputinţă, nevenindu-i a crede ce i se întâmpla. El, unul, ştia că făcuse toate calculele necesare şi analizase toate riscurile. Nu ar fi trebuit să păţească nimic. Mai apoi, îşi întoarse privirea resemnată spre sergent şi, clătinând din cap, spuse:

— Am greşit când l-am invitat Black să ni se alăture, să ştii. Nu credeam că idiotul va alege să dea dovadă de conştiinţă chiar în acel moment. Nu i-a păsat atât de mult de preţioasa lui conştiinţă când specula pe piaţă în tinereţe, îşi clatină el capul mai apoi, negăsindu-şi cuvintele. Trebuia el să dezvolte nenorocita aia de conştiinţă, se repetă el. Şi Walsh..., îşi muşcă bătrânul buza inferioară, strângându-şi şi desfăcându-şi degetele spasmodic. Şi-a bătut joc de toţi prietenii, furându-le fetele sau soţiile... Iar acum, vezi Doamne, nu suporta gândul de a intra în casa cuiva să fure ceva sau de a scoate o muiere la mezat, se încruntă MacDonald. Mda, a naibii de comodă și conștiința lui, zic eu.

— Ei bine, există o diferență între a vrăji o femeie și a intra prin efracție în casa cuiva sau a vinde o fată, sublinie James.

— Ha! exclamă omul în derâdere. În ce naiba constă diferența aia? ceru el să știe.

— Dacă nu știi, nu pot eu să îți elucidez misterul, refuză James să-i explice. Oricum, ești arestat. Este târziu așa că abia luni vei ajunge în fața judecătorului, adăugă el, luându-și dosarul de pe masă. O să se ocupe jandarmul de tine, arătă el cu bărbia spre uriașul de lângă ușă.

— Nu mă puteți băga la închisoare. Nu mă puteți aresta, sări MacDonald de pe scaun.

— Ba pot, îi răspunse James calm. Și, de fapt, tocmai am făcut-o, mai adăugă el, întorcându-i spatele.

Sergentul părăsi sala de interogatoriu după ce făcu un semn către jandarmul care îi confirmă că i-a înțeles ordinul printr-o aplecare ușoară a capului. După aceea, o luă de-a lungul coridorului și, cu fiecare pas, privirea îi deveni tot mai senină. Câteva clipe mai târziu, pe buze i se urcă un zâmbet satisfăcut.

Cred că tocmai mi-am făcut un cadou de nuntă minunat, gândi el, clătinându-și capul și iuțindu-și pașii, abia așteptând să ajungă la McNamara și să-i spună că a încheiat cazul. Mai apoi putea pleca acasă.

— E totul în regulă? îl întrebă McNamara când James pătrunse în biroul său.

— Da, domnule. Nu va pleca de aici ca un om liber. Dovezile sunt, în fond, copleşitoare, şi avem şi mărturiile strânse, îl asigură sergentul.

— Bună treabă ai făcut, sergent, atât tu cât şi echipa ta. Sunt mândru de voi, îi mai spuse McNamara, iar ochii lui James se măriră.

McNamara era constant zgârcit cu laudele, ba chiar, mai mult decât atât, omul niciodată nu rostise astfel de cuvinte.

— Ei bine, degeaba te uiţi la mine aşa, băiete. Ai făcut o treabă bună şi meriţi să fii lăudat, se răsti McNamara, încruntându-se pentru o clipă. Du-te acasă, James, îşi îndulci el tonul mai apoi. Eşti pregătit pentru mâine? se interesă el cu un surâs.

— Sunt mai mult decât pregătit, domnule, îl asigură el.

— Asta e bine, James, îl plesni McNamara pe umăr. Să te însori cu Claire a fost cea mai bună decizie pe care ai luat-o vreodată. Încă mai există speranţă pentru tine, băiete.

— Da, domnule, îi răspunse James stingherit şi apoi părăsi biroul, fluturându-şi mâna în loc de salut.

Tânărul abia aşteptă să vină dimineaţa. Avea senzaţia că inima îi va exploda în piept de bucurie şi nerăbdare.

Când soarele se ivi pe cer, în pragul zorilor, James îşi scutură capul cu tâlc, ridicându-şi chipul pentru ca lumina palidă a răsăritului să-i scalde faţa.

'Ştiam eu că va fi soare astăzi. Claire nu merită mai puţin de atât', reflectă el.

BIOGRAFIA AUTORULUI

Roxana Năstase adoră să scrie și să gătească - cele două merg foarte bine mână în mână. De asemenea, îi place să petreacă timp cu câinele ei - sau cel puțin în cea mai mare parte a timpului, pentru că acesta este un mic diavol.

În timpul unei vacanțe în Scoția, și-a pierdut inima în fața acelei țări frumoase și a oamenilor extraordinari ce trăiesc acolo. De aceea a ales un detectiv scoțian pentru a promova marea parte a scrierilor sale polițiste.

CĂRȚI DE ROXANA NĂSTASE

Nebunie pe Strada Privighetorii – Seria McNamara – Cartea Întâi

Mirosuri și Umbre – Seria McNamara – Cartea A Doua

Legături Relative – Seria McNamara – Cartea A Treia

Surpriză pe terenul de golf - Seria McNamara – Cartea A Patra

Seria McNamara – Box set - Cartea I și II

Crăciunul lui McNamara - Povestire

Un Epitaf Potrivit – Seria MacKay – Detectiv Canadian - Cartea Întâi

Un Imigrant – Seria MacKay – Detectiv Canadian - Cartea A Doua

Schimbarea – Seria MacKay – Detectiv Canadian - Cartea A Treia

O muiere bisericoasă

Bărbatul din lift

Team-building cu ponoase

Răzbunarea nu e întotdeauna dulce – Seria Josh Aldridge detectiv particular – Cartea 0

Conversații cu câinele meu – Pseudo-eseuri

În curs de apariție:

Rămâi pe drumul cel bun - Josh Aldridge - Seria PI - Cartea întâi

Pentru a afla despre viitoarele lansări de carte, vă rugăm să vă abonați la newsletter-ul meu pe:
www.roxananastase.com.

www.ingramcontent.com/pod-product-compliance
Lightning Source LLC
Chambersburg PA
CBHW070411310726
48977CB00003B/648